D1673832

Godin van de jacht

Heleen van Royen
Godin van de jacht

Vassallucci Amsterdam 2003

Met dank aan Jos Jansen van het ministerie van Justitie, Anja Sinnema van het ministerie van Verkeer en Waterstaat, Peter Clerx, Arno van Mourik en Nathalie Harari voor hun bereidwillige medewerking

Eerste druk: mei 2003
Tweede druk: mei 2003
Derde druk: mei 2003
Vierde druk: juni 2003

© Heleen van Royen 2003
© Uitgeverij Vassallucci, Amsterdam 2003
Omslagontwerp: René Abbühl, Amsterdam
Foto omslag: © The Beauty Archive / Image Store
Foto achterzijde: © Brenda van Leeuwen / Sanoma
ISBN 90 5000 481 4
NUR 301
http://www.vassallucci.nl

voor mijn moeder

She is the protectress of little children, and of all sucking animals, but also lover of the chase, especially that of stags.

Robert Graves, *The Greek Myths*

Je zoekt een zo hoog mogelijke amusementswaarde, met een zo laag mogelijke kotsfactor.

Achtbaanontwerper Domingo Vergoossen, *O/N*

Een

De test

Een

'Nee.'

Ik zei het hardop, terwijl ik nooit in mezelf praat.

'Nee, hè?'

Ik zei het weer.

Ik zat met mijn broek op mijn knieën op de wc. In mijn hand hield ik een langwerpig, plastic staafje. In het staafje zaten twee vensters. In beide vensters was een horizontale, blauwe streep te zien.

Ik knipperde een paar keer, sloot mijn ogen twee volle seconden en deed ze weer open. De streepjes waren nog even blauw. Ik draaide het staafje om en om. Ik schudde het als een cocktailshaker. Niets hielp.

'Shit,' zei ik, zonder mijn kiezen van elkaar te doen.

Er werd aan de badkamerdeur gemorreld.

'Mamááá,' klonk het klaaglijk.

'Ga weg, Jesse!' riep ik.

Het morrelen ging door.

'Jesse, hou daarmee op. Waar is Daniel? Ga naar je broertje.'

Zo te horen liet hij zich tegen de deur zakken. Hij huilde.

'Niet huilen. Mama komt zo.'

Hij jammerde door. Soms vraag ik me af waarom je tegen je twee-jarigen moet praten. Alsof ze ooit luisteren naar wat je zegt.

Ik wierp een laatste blik op de test. Volgens de gebruiksaanwijzing was er sprake van een positieve uitslag. Waarom was ik zo slordig geweest?

'Maak me geen kind,' had ik gekreund, terwijl hij steeds harder en sneller in me op en neer ging. Het was zo lekker, zo overweldigend, dat ik helemaal niet wilde dat hij ophield, ik wilde alleen maar dat hij zou doorgaan, wie zo veel eer in zijn werk legt, mag daar gerust een eeuwigheid over doen. Ik voelde aan zijn bewegingen dat hij bijna kwam, ik zag het aan zijn gezicht, aan zijn mond, die samentrok... het kon niet. Ik was zelf nog niet gekomen en bovendien: het mocht niet.

9

Met mijn laatste restje verstand zette ik mijn handen tegen zijn borst en duwde ik hem van me af.

Hij rolde opzij, graaide naar zijn jasje, viste een condoom uit zijn binnenzak, scheurde de verpakking open, gooide die achteloos weg, nam zijn geslacht in zijn linkerhand en het condoom in zijn rechter. Terwijl hij het afrolde, hielp ik hem. Ik mocht het tuutje dichtknijpen waarin hij de lading zou deponeren. We spraken niet, we voerden de handelingen uit zoals we dat altijd deden: snel, bijna zakelijk.

Ook voorvocht van de man kan zaadcellen bevatten. Een druppel ter grootte van een speldenknop is voldoende.

Ik had het bij biologie gehad. Ik wist het. Ik had het kunnen weten.

Zuchtend stond ik op, ik hees mijn broek op en trok door. Een paar verrukkelijke seconden lang werd het gejank van Jesse overstemd.

'Mama komt eraan!' riep ik naar de deur.

Ik deed het staafje terug in de verpakking en verstopte het in een lege toilettas. Het was niet de eerste zwangerschapstest dit jaar. In maart was ik ook overtijd geweest, wel vijf dagen. Ik had hem zo geknepen dat ik een deal had gesloten met God. Nu geloof ik niet in God, maar in zaken van leven of dood zijn er weinig andere instanties waarmee je deals kunt sluiten.

'Oké, God,' zei ik. 'Luister goed. Als je me voor deze ene keer de dans laat ontspringen, dan beloof ik je dat ik het nóóit meer zal doen. Echt waar, ik zweer het. Ik zal me gedragen. Geen grappen, geen risico's, niet voor het zingen de kerk uit, niemand komt zonder capuchon naar binnen, deal?'

Hij was me genadig geweest. Hij had zich aan de deal gehouden. Ik niet. Ik ging vrolijk door, hield mijn eisprong met een half oog in de gaten en vergat mijn belofte. April ging goed, in mei kocht ik Clearblue, maar dat zag ik meer als een steekproef en in juni, deze maand dus, had ik totaal niet opgelet. Ik wist niet meer wanneer ik ongesteld had moeten worden en toen ik het in mijn agenda opzocht, bleek ik overtijd. Ik had zondag 3 juni ongesteld moeten worden. Het was nu maandag de vierde en ik voelde niks. Clearblue gaf altijd twee tests voor de prijs van één, ik had er nog eentje liggen, ik kon hem net zo goed even doen, om mezelf gerust te stellen.

Toen Oscar naar zijn werk was, nam ik Jesse, Daniel en de Clearblue mee naar boven. Ik deed het traphekje achter me dicht en bracht de tweeling naar hun kamertje. Ik pakte de Duplo-kist en kieperde die leeg op de vloer.

'Even lief spelen, jongens, mama is zo terug.'

Ik sloot me op in de badkamer, liet mijn broek zakken en ging op de wc zitten. Ik pakte de test uit het doosje, scheurde geroutineerd de verpakking eraf, haalde de dop van het witte staafje, liet het staafje tussen mijn benen zakken en plaste. Ik keek waar de stroom liep, hield het staafje erin en telde langzaam: één... twee... drie... vier... vijf.

Daarna trok ik de druipende test tussen mijn benen vandaan, deed ik de dop er weer op en hield ik hem vol vertrouwen in mijn hand, wachtend op het resultaat.

God flitste nog even door me heen.

'Je hebt me al een paar keer gematst, kerel. Maar ik beloof je, dit was echt de laatste keer. Ik lijk wel een junk, ik weet het, maar nu beloof ik het je echt. Sterker: ik zweer het op het leven van mijn kinderen. Laat me niet zwanger zijn. Alsjeblieft. Laat me ontsnappen, dan ga ik mijn zaakjes beter regelen. Serieus. Deal?'

'Nee.'

Twee

Sommige mensen willen eeuwig kind blijven. Ik niet. Toen ik klein was, wilde ik heel graag groot zijn. Ik wist dat mijn leven pas echt zou beginnen als ik volwassen was. Dat de hemel zou opengaan. Dat alles zou kunnen, alles zou mogen, dat ik elke nacht heel laat gierend van de pret in mijn onopgemaakte bed zou rollen, omdat er niemand meer was die me iets kon verbieden.

Het viel me wel op, als kind al, dat de meeste meerderjarigen niet of nauwelijks gebruik maakten van de onbeperkte mogelijkheden die hun leeftijd hun bood. Integendeel, alle volwassenen deden zo'n beetje hetzelfde: ze hadden een baan, een echtgenoot en op zeker moment hadden ze kinderen. Ontbrak een van de aspecten, dan zetten ze alles op alles om het rijtje compleet te krijgen. Vooral kinderen schenen het summum te zijn. Ik zag vrouwen zich in de gekste bochten wringen om ze te krijgen en zich diepongelukkig wanen als het niet lukte.

'Mensen zijn gewoontedieren,' zei mijn vader altijd.

Dat vond ik zo stom. Hoezo dieren, hoezo gewoontes? *Whatever happened to the free spirit?* De hele grap was toch juist dat wij het dierenrijk waren ontstegen? Dat we konden nadenken, dat we beslissingen konden nemen? Dat we op elk moment van de dag het roer konden omgooien en honderdtachtig graden konden draaien? We hadden met succes de meest onverbiddelijke natuurwetten ontdoken. We konden ziektes genezen, we konden het warm krijgen als het koud was en andersom, we konden sneller vliegen dan vogels, kom op man, we konden naar de maan! De natuur, die lachten we vierkant uit, op één detail na, de dood, nou goed, een mens moet iets te wensen overhouden, de dood zou me uiteindelijk te pakken krijgen, maar voorlopig niet. Ik zou honderd worden. Minstens. Orgieën zouden elke dag tot de mogelijkheden behoren, bacchanalen ook en liederlijke dronkenschap, ik zou gulzig leven en veel lachen. Elke dag van mijn volwassen leven zou ik lachen. Mijn voorouders hadden hun stinkende best gedaan ervoor te zorgen dat mijn bedje al voor mijn geboorte gespreid was, ze hadden oorlogen getrotseerd, het was ze gelukt, ik zou hen eren door de vruchten van hun noeste arbeid te plukken in plaats van ze te versmaden, zoals alle ongelukkige geluks- zoekers om me heen. Genieten was een heilige plicht. Dat was het enige wat ik hoefde te doen. Geen zware opgave. Zeker, er was een hoop narigheid op onze planeet, maar toevallig niet in Nederland, niet in het land waar ik was geboren. Daar was het goed toeven. Daar kreeg je geld, ook al werkte je niet. Daar stierf niemand van de hon- ger. Daar waren de huizen van steen, daar zaten de kindjes niet onder de vliegen. Aan alle basisvoorwaarden was voldaan. Geluk was binnen ieders bereik. Ik zou het met beide handen aangrijpen. Ik zou het omarmen. *Noblesse oblige.*

Ik heb geen broers of zussen. Mijn moeder is een hondenmens, ze wilde eigenlijk geen kinderen. Ze had twee boxers, daar deed ze alles voor, ik ben per ongeluk gekomen. Toen één van de boxers dood- ging, heeft ze het er nog met mij en mijn vader over gehad. We hadden de doos met Banjo's as net begraven, we stonden in het park op de plek waar hij altijd graag door het gras rolde, mijn moeder droeg een lange, zwarte jurk. Ik hield Bibi aan de lijn. Ik was zes jaar. Het waaide stevig. Zo stevig, dat de madeliefjes die ik op het grafje had gelegd, in een struik waren beland.

'Wat zullen we doen,' zei mijn moeder, 'nog een kind of nog een hond?'

Mijn vader en ik wilden een kind, het is een boxer geworden. Tot op de dag dat de nieuwe pup kwam, heeft mijn moeder rouwkleding ge- dragen. Ze wilde dat ik dat ook deed, van mijn vader hoefde het niet.

Banjo en Bibi zijn al heel lang dood en Benno, de pup die na Banjo kwam, intussen ook. Mijn moeder heeft het er erg moeilijk mee ge- had. Na iedere dode hond riep ze: dit nooit weer, maar later zwichtte ze dan toch. Ze kan gewoon niet zonder boxers, die moeder van mij. In het pension van mijn ouders in Frankrijk lopen er een stuk of ze- ven rond. Dat maakt het makkelijker als er eentje sterft. Zes of zeven boxers, dat verschil merk je nauwelijks.

Mijn moeder hecht zich snel aan honden, ik hecht me snel aan mensen en in het bijzonder aan mannen. Echt, ik hoef iemand maar tien minuten aan de telefoon te hebben of ik voel een band. Ik weet niet wat het is, het gaat vanzelf. Wat hechten betreft, ben ik net een pleister. Ik vind iedereen bijna altijd aardig. Oscar heeft dat niet. Oscar is mijn man. Hij wantrouwt mensen totdat het tegendeel is bewezen. Bij mij werkt dat precies andersom.

Mijn ouders hadden een Opel Kadett. Als we in de zomer naar de camping reden, zat ik op de achterbank bij de honden. Daar speelde ik mijn lievelingsspelletje. Ik draaide het raampje open en pakte mijn meest waardevolle bezit tussen duim en wijsvinger. Het ene jaar was dat mijn bedelarmbandje, het andere jaar mijn dagboek. Wat het ook was, ik hield het uit het raam en terwijl de wind eraan trok, probeerde ik het voorwerp zo losjes mogelijk vast te houden. De kunst was om het niet te verliezen en tegelijkertijd een zo groot mogelijk risico te nemen. Meestal won ik, soms won de wind. Dan mocht ik niet huilen, dat had ik van tevoren met mezelf afgesproken.

Op zaterdag 2 juni 2001 had ik het spelletje weer gedaan, in Oscar's Volvo. We reden op de A1, ik zat achterin bij Jesse en Daniel, dat was makkelijker als ze hun speen op de grond gooiden. We waren op weg naar IKEA. Ik draaide het raampje open, wrikte de ring van mijn vinger en pakte hem tussen duim en wijsvinger. Ik stak mijn linkerhand uit het raam. Oscar luisterde naar de radio en had niets in de gaten. De wind zoog hongerig aan mijn hand. Ik glimlachte. Het was een vertrouwd gevoel. Honderden meters bungelde mijn ring boven de A1. Ik kon het nog.

We reden op de middenbaan, we waren even voorbij de afslag Weesp. Links van de weg lagen akkers en een boerderij. LAND VOOR ZAND stond op de gevel. Ineens zei Oscar: 'Wil je het raam dichtdoen? De airco staat aan.'

Ik schrok van zijn stem, mijn arm schoot een stukje omhoog en gedurende een fractie van een seconde verslapte de greep van mijn vingers.

Het ging zo snel dat ik niets zag. Paniekerig stak ik mijn hoofd uit het raam. Ik probeerde op het wegdek te focussen. Het lukte niet. We reden al tientallen, honderden meters verder, het kleinood lag ergens op het wegdek, niet meer waar te nemen met het blote oog.

Ik trok mijn hoofd terug en draaide het raam dicht. Mijn hart bonkte in mijn keel. Ik wilde Oscar op zijn schouder tikken. Hij moest remmen, hij moest ogenblikkelijk stoppen, we moesten terug, we moesten de auto op de vluchtstrook parkeren en zoeken. Samen zoeken moesten we.

'Heb je de kussens binnengelegd?' vroeg Oscar.

'De kussens?' echode ik.

'De kussens van de tuinstoelen. Het betrekt. Volgens mij gaat het regenen.'

'Ik geloof het wel,' zei ik verward. 'Maar ik weet het niet zeker.'

'Handig,' zei Oscar.

Ik keek naar mijn ringvinger. Op de plek van de ring zat een smal, wit streepje. Waarom was ik zo stom geweest? Zo ongelooflijk stom. Ik had gegokt en verloren. Had ik nou maar de speen van Jesse genomen. Die sliep toch. Drie minuten in de auto en hij sliep als een roos.

Nog een keer keek ik achterom. Mijn meest waardevolle object lag net voorbij de afslag Weesp, ter hoogte van de boerderij LAND VOOR ZAND. Dat moest ik goed onthouden.

Oscar wierp een korte blik over zijn rechterschouder.

'Ruik jij wat ik ruik?' zei hij.

'Wat?'

'Volgens mij heeft er eentje gepoept.'

Ik snoof, zonder wat te ruiken.

'Het geeft niet. Ik heb luiers bij me,' zei ik werktuiglijk.

Oscar nam de afslag naar de A9. Ik zou niets zeggen, besloot ik, ik zou zwijgen en hopen dat hij niets zou merken.

'Wat ben je stil, is er iets?' Oscar legde zijn vork naast zijn bord.

Het was maandagavond. We aten pasta. Jesse en Daniel zaten in hun kinderstoelen, naast elkaar. De stoelen stonden op een groot stuk plastic van twee vierkante meter, zodat ze naar hartenlust konden knoeien. Een slab weigerden ze te dragen, daarvoor voelden de heren zich te groot. Jesse was ermee begonnen om zijn slab tijdens het eten los te trekken, Daniel had de truc snel overgenomen. Als Oscar of ik de slab opnieuw om wilden doen, werden ze hysterisch. Daniel liet zich dan half uit zijn stoel zakken en weigerde nog een hap te eten, Jesse liep rood aan en kwakte zijn bord met eten op de grond. Na dit tafereel vijf keer te hebben meegemaakt, had ik het opgegeven en een stuk afdekplastic bij de Praxis gekocht. Het was knaloranje, het leek alsof we elke avond in een bouwkeet aten, maar het beschermde onze vloerbedekking. Enigszins.

'Nee hoor, alleen een beetje moe. Ze waren erg druk vandaag,' zei ik, terwijl ik Jesse een hapje pasta gaf. Daniel graaide met zijn vingers in zijn bordje. Het was een leugen. Ik hield er niet van om tegen mijn man te liegen. Nood breekt wet. Uitgerekend deze middag hadden Jesse en Daniel tweeënhalf uur aan één stuk door geslapen. Ze waren vrolijk keuvelend wakker geworden, ik was naar hun bedjes gegaan, had hun katoenen slaapzakjes afgeritst, ik had ze verschoond en aangekleed, daarna waren we met z'n drietjes naar buiten gegaan voor een wandelingetje in het park. We waren een uurtje weggebleven, onderweg hadden ze een banaan gekregen. Ik had gezegd dat ze mama's liefste jongetjes waren, want dat stond in alle boeken die ik over opvoedkunde had gelezen. Je moest het positieve gedrag van kinderen belonen en stimuleren, dan zou het negatieve gedrag vanzelf minder worden. Baat het niet, dan schaadt het niet, had ik gedacht en zo was het ook: het baatte niet.

De relatieve rust van de middag had me tijd gegeven om na te denken. Ik was verbaasd dat ik niets aan mijn lichaam had gemerkt. Toen ik zwanger probeerde te worden, had ik elk pijntje, elke verandering, elke zwelling opgemerkt, een paar uur na een op voortplanting gerichte vrijpartij meende ik al voortekenen te bespeuren, voelde ik de misselijkheid bij wijze van spreken al opkomen en had ik Oscar half grappend gevraagd om augurken te halen. Nu ik er niet op gespitst was geweest, had ik niets gemerkt en nog steeds kon ik geen enkele aanwijzing ontdekken. Ik voelde niets bijzonders, het was dat ik wist hoe betrouwbaar de test was, anders had ik smakelijk gelachen om de suggestie dat ik verwachting was.

Misschien waren zwangerschapsverschijnselen de eerste weken louter psychisch. Ik had daar ooit iets over gelezen in zo'n negen-maanden-feestboek. Het was een Weetje: Wist u dat vrouwen in China of Afrika of godweetwaar helemaal niet misselijk zijn geduren-de het eerste trimester? Misselijkheid bij zwangerschap is een typisch Westers verschijnsel. Nu weet je bij zo'n weetje nooit van welke tegel zo'n redacteur zijn tekst heeft overgeschreven, ik bedoel, dat eeu-wig terugkeerde romantische gezever over de eskimo's die 36 639 verschillende woorden hebben voor sneeuw, blijkt ook volslagen quatsch: eskimo's duiden sneeuw namelijk net zo aan als wij: *nat*, *droog*, *gesmolten*, *poeder-*, maar toch vond ik het verdacht. Als al die vrouwen massaal boven de pot gaan hangen, omdat hen nu eenmaal is ingeprent dat ze dat geacht worden te doen, waar blijven we dan nog? Wat is er dan eigenlijk nog wáár? Soms denk ik wel eens dat het leven helemaal psychisch is, echt, dat denk ik.

Zouden het er een of twee zijn? Terwijl ik bij de eendjes stond, met Jesse aan mijn rechterhand en Daniel aan mijn linker drong de vraag zich aan me op. Stel je voor dat ik een echo zou laten maken en dat ze zouden zeggen: 'Gefeliciteerd, u krijgt er weer twee.' Wat dan? Wat zou ik dan zeggen?

'Haal ze maar weg!'

Zou ik dat zeggen?

Zou ik dat durven?

Dan zou het lijken alsof ik mijn eigen kinderen wilde doden. Niet nóg een Jesse en nóg een Daniel, alstublieft. Twee is genoeg.

Daniel trok zijn plakkerige knuistje uit mijn hand en wees naar de sloot.

'Eendje, mama, eendje!' riep hij. Kinderen hebben een vernuftig talent voor wat ik '*pointing out the obvious*' noem. Er dreven zeker acht eenden in het water, alleen maar eenden, geen zwanen, geen pin-guïns, amper kroos en mijn zoon roept: kijk, mama, eenden!

'Ja, jongen, eendjes,' zei ik, want eerder zou hij niet tevreden zijn.

Het was niet alsof, besefte ik, het was echt. *Pointing out the obvious.* Ik wílde mijn eigen kinderen doden. Of het er nou één of twee of drie waren. Diep in mijn hart wilde ik geen kinderen meer.

'Zo boeven, hebben jullie mama weer lopen pesten?' zei Oscar met luide stem. Hij kietelde Daniel onder zijn kin. Daniel lachte. Ik maakte van de gelegenheid gebruik nog een hap in zijn mond te stoppen. Jesse liet zijn lepel op de grond vallen. Ik raapte hem op. Toen hun bordjes min of meer leeg waren, kregen de kinderen een Danoontje. Oscar zette koffie. Ik bracht de kinderen naar boven, sloeg het bad over, trok ze hun slaapzakjes aan, legde ze in bed, raffelde een verhaaltje af, gaf ze allebei een kus, ging naar beneden en schonk koffie in.

Oscar zat in de werkkamer achter de computer. Ik zette zijn kopje op het bureau en bleef dralend naast zijn stoel staan.

'Ja?' zei hij, zonder zijn ogen van het scherm te halen.

Hij was bezig met een rekenprogramma.

'Er is iets ergs gebeurd. Iets heel ergs. Beloof me dat je niet boos wordt.'

Hij keek verbaasd naar me op. Oscar wordt niet gauw kwaad, hij kan zich goed beheersen.

'Ik weet niet hoe ik het zeggen moet. Het is mijn eigen stomme schuld. Ik hoop dat ik het nog kan oplossen. Op een of andere manier—'

'Vertel het nou maar,' zei hij.

Ik stak mijn rechterhand uit. 'Ik ben mijn ring kwijt.'

Oscar zei niets. Hij staarde secondenlang naar mijn vinger, die kaal aanvoelde. Ik hoopte opluchting op zijn gezicht te zien verschijnen, een vage glimlach misschien, ik hoopte dat hij zou vragen of dat nou alles was, mijn ring kwijt, daarover hoefde ik me toch niet zo druk te maken, goh, ik dacht dat je me iets heel anders zou gaan vertellen, iets echt ergs, een knobbeltje in je borst of zo, dit is maar een sieraad, dit is materie, dit lossen we wel weer op, we kopen wel een nieuwe.

Hij lachte niet. 'Hoe is het gebeurd?'

Die vraag had ik kunnen verwachten.

Ik legde het uit. Terwijl ik het vertelde, hoorde ik hoe zwak het klonk. Ik bracht mijn linkerhand naar mijn hoofd, pakte een streng haar, draaide die om mijn wijsvinger tot hij helemaal strak stond en ik er een knoopje in kon leggen. Ik trok het knoopje los en begon opnieuw.

Ik wist wat Oscar zou gaan zeggen en hij zei het ook, langzaam en vol ongeloof. 'Jij hebt je ring uit het raam van de auto gehouden? En toen losgelaten?'

'Het was een spelletje, dat zei ik toch. Wat ik als kind altijd deed. Ik schrok van jouw stem en —'

'O, dus eigenlijk was het mijn schuld?' zei hij scherp.

Snel schudde ik mijn hoofd.

'Het gebeurde op de snelweg?' vroeg Oscar. 'Van het weekeinde, toen we naar IKEA gingen?'

Ik knikte.

'Waarom zei je dan niks?'

'Omdat ik schrok. Ik durfde niks te zeggen.'

'Weet je zeker dat je die ring niet ergens anders hebt afgedaan?'

Verbaasd keek ik hem aan. 'Ik doe hem nooit af. Nooit. Daarom vind ik het ook zo erg. Ik weet niet waarom ik het deed.'

Oscar richtte zijn ogen weer op het scherm.

'Het spijt me,' zei ik.

Hij haalde zijn schouders op.

'Zeg nou iets,' drong ik aan.

'Wat wil je dat ik zeg – het geeft niet? Ik weet niet wat ik moet zeggen, Daan, ik weet niet wat ik ervan moet vinden.'

Ik legde mijn hand op zijn schouder. 'Wat wil je dat ik doe?'

Hij wees naar zijn koffie. 'Rij maar naar de pomp en haal een reep chocola voor me.'

Ik trok het laatste knoopje uit mijn haar. 'Ik bedoel met mijn ring.'

'Je kunt niks doen,' zei hij. 'Die ring ben je kwijt.'

'Maar als ik nou een paar belletjes ga plegen, met Rijkswaterstaat of zo?' zei ik. 'Het is zaterdag gebeurd, hij ligt er heus nog wel. Misschien kunnen ze me helpen. Ik weet precies waar ik hem losliet, op de A1, vlak bij de afslag Weesp, ter hoogte van een boerderij. Zand voor Land heet ie, of Land voor Zand...'

'Je kunt bellen tot je een ons weegt, je trouwring vind je nooit meer terug.' Hij opende een ander programma.

Ik liep naar de keuken, pakte mijn portemonnee uit de la en vertrok. Oscar was teleurgesteld, maar niet heel boos. Toch goed dat ik het had gezegd. Als hij er zelf achter was gekomen, was het erger geweest. 'Jij bent niets nut, Diana,' zei mijn moeder altijd als ik weer eens iets stuk of kwijt had gemaakt. Het was een feitelijke constatering, geen verwijt. Ze had gelijk. Ik was 'niets nut'. Toen Jesse en Daniel één jaar werden, had mijn moeder ze een bordje en een soepkommetje gegeven. Schattig oudblauw aardewerk, met buitelende, witte poesjes erop. Mijn moeder had er als kind van gegeten, ze had het setje meer dan een halve eeuw bewaard en al die tijd was er geen schilfertje van afgegaan. Ik had het nog geen week in huis of ik stootte de soepkom van het aanrecht. Hij viel op de tegelvloer en brak in vijf stukken. Eigenlijk was het een wonder dat mijn kinderen nog heel waren. Morgen zou ik gaan bellen met de Rijksdienst voor het Wegverkeer. Morgen zou ik vast ook ongesteld worden. Wat zei zo'n positieve test nou helemaal? Ik was pas één dag overtijd. Sommige dingen lopen slecht af. Dit zou goed aflopen.

Drie

Wat goed genaaid zit, tornt niet. Dinsdag 5 juni was ik op kantoor. Jesse en Daniel zaten op het kinderdagverblijf. Zo'n beetje om het uur ging ik zo onopvallend mogelijk naar de wc. De ene keer deed ik het in één moeite door met koffie halen, de andere keer nam ik een paar A-viertjes mee. Vanaf het kopieerapparaat was ik in drie stappen bij de deur van het damestoilet. Elk uur trok ik mijn slip omlaag. Mijn inlegkruisje begon wit, werd in de loop van de ochtend gelig, maar niet rood. Twee dagen overtijd, één positieve test. Het had er alle schijn van dat ik nog steeds zwanger was.

'Ik moet even bellen,' zei ik na mijn vierde toiletbezoek tegen mijn collega Belinda, die aan het bureau tegenover me zat.

Ik pakte mijn agenda en een pen, liep naar het stiltehok en sloot de deur. Op het bureau stond een computer, een telefoon en een plastic bekertje met thee, waarin drie peuken dreven. Ik zette het bekertje opzij, sloeg mijn agenda open en ging zitten.

Het was één uur. Jesse en Daniel deden nu hun middagdutje. Op de crèche leefden ze volgens een strak schema, iets wat ik thuis maar niet voor elkaar kreeg. Ik pakte de hoorn van de haak. Het liefst zou ik Evelien bellen. Evelien is drie jaar ouder dan ik. Ze heeft een zoon van zes, Thijs, een dochter van vier, Marieke, en nog een dochtertje van zeven maanden, Sofietje. Evelien is mijn beste vriendin. Nou ja, ze was mijn beste vriendin, ik weet niet zeker of ze dat nog is. Sinds ze kinderen heeft, is Evelien veranderd. Ik niet. Ik ben zo'n beetje hetzelfde gebleven.

Toen ik Evelien op de universiteit leerde kennen, was ze slim, goedgebekt en ambitieus. We zijn nu twaalf jaar verder. Slim en goedgebekt is ze nog steeds, ambitieus niet meer. Evelien is fulltime moeder. Sinds Thijs is ze gestopt met werken, sinds Marieke met sporten, sinds Sofietje met make-up en nieuwe kleren, eigenlijk is ze overal mee gestopt, behalve met eten.

Als ik Evelien zou vertellen dat ik zwanger was, zou ze zeggen: 'Meid, wat geweldig. Van harte.'

Evelien vindt haar kinderen het mooiste wat haar ooit is over-komen. Ze geven haar leven zin, zegt ze. Ik weet niet of de tweeling het mooiste is wat me ooit is overkomen. Ze zijn het meest intensieve wat me ooit is overkomen, dat wel. En zingeving? Ik heb geen tijd om na te denken over zingeving. Jesse en Daniel zijn een vieren-twintiguursbedrijf. Ze huilen ieder zeker tien keer per dag. Om alles. Om niets. Als hun ook maar het minste of geringste niet bevalt, zetten ze een keel op en storten ze zich roodaangelopen ter aarde. Het schijnt de bedoeling te zijn dat ik ervoor zorg dat ze weer stil worden. Maar mama kan de bron van het kwaad niet altijd weg-nemen. Soms moeten jasjes nu eenmaal aan en schoentjes ook. Soms wil mama even rustig naar het toilet, zonder dat Jesse aan haar linkerbeen hangt. Soms moet mama een belletje plegen met de meneer van de verzekeringen en dan kan ze Daniel niet helpen met zijn vormpjeskubus, nee, echt niet, strakjes weer, toe nou, stil nou, even wachten, niet meteen huilen, sorry meneer, wat zei u, Jesse, blijf daarvan af, ja, ik hoor het ook meneer, dat is mijn zoontje, nee, ik knijp hem niet, ja, met zijn longen is niets mis, weet u meneer, ik bel u vanmiddag wel terug, ik heb net achttien minuten in de wacht ge-staan à raison van één gulden vijftig per minuut, dat doe ik straks met liefde dunnetjes over en als u dan net uit lunchen bent geeft het ook niet, meneer, wees blij dat u uit lunchen kunt, lunch, in godsnaam lunch, bestel een broodje krabsalade en laat elke hap ongestoord door uw keel glijden, u weet niet wat er afgeleden wordt in de levens die u hebt verzekerd, meneer, u hebt geen flauw benul en zo moet het ook zijn, want waarlijk lijden doet men in stilte.

Als Evelien me zou feliciteren, zou ik moeten uitleggen dat er sprake was van een drama. Dat ik niet blij was. Evelien zou luisteren, dat kon ze goed, ze zou me bemoedigend toespreken en na een half uurtje – 'Nou, veel sterkte, meid. Ik hoor Sofietje.' – zou ze op-hangen.

Sinds ik moeder ben, ga ik efficiënter met mijn tijd om. Ik moet toegeven dat de tweeling wat dat betreft een positieve invloed op mijn leven heeft. Je blijkt een gigantische hoeveelheid dood hout uit je agenda te kunnen snoeien, zonder dat het wat uitmaakt voor de essentie van je bestaan.

Ik legde de hoorn weer neer. Geen Evelien vandaag. Geen meelevende vrouwenpraat. Ik was op mijn werk en zou mijn probleem projectmatig aanpakken. Zakelijk en snel, dat was het beste voor iedereen. Ik zette de computer in het stiltehok aan en maakte verbinding met internet. De hele afdeling was permanent online, in het stiltehok moest je nog ouderwets inbellen. Ik surfde naar Google, de zoekmachine. Wat zocht ik? Even aarzelde ik, toen gleed mijn middelvinger naar de 'a'. Ik tikte 'abortus' in en klikte. De zoekbewerking duurde 0,12 seconden, het woord bleek voor te komen op zo'n 17 500 Nederlandstalige websites.

'Telefoon voor je.' Belinda stak haar hoofd om de deur. ''t Is Oscar. Moet ik doorverbinden?'

Snel maakte ik de website onzichtbaar.

'Nee, ik ben nog even druk hier. Zeg hem maar dat ik zo terugbel, oké?'

Ze knikte.

Toen ze weg was, ging ik terug naar Google. Via twee klikken vond ik een lijst met abortusklinieken. Stichting MR 70 in Amsterdam had een heldere website. Onder de kopjes Abortushulpverlening, Bedenktijd, Overtijdbehandeling, Abortuspil en Kosten stond alles wat ik wilde weten. Het leek allemaal doodeenvoudig. De beslissing om een zwangerschap af te breken, lag bij mij. Het recht op abortus bestond in Nederland sinds 1985. De zwangerschap mocht niet verder gevorderd zijn dan 22 weken. Klonk redelijk. Als ik meer dan zestien dagen overtijd was, moest ik vijf dagen nadenken over mijn wens tot zwangerschapsafbreking. Was ik minder dan zestien dagen overtijd, dan hoefde dat niet. Dan kon ik meteen geholpen worden en heette de ingreep een overtijdbehandeling en geen abortus. Onwillekeurig glimlachte ik. Hoe eerder je bij die types aan de bel trok, des te minder moeilijk ze het je zouden maken.

'U bent pas drie dagen overtijd? Geweldig! Gaat u maar liggen, ik ben zo bij u met de spulletjes.'

'Maar de bedenktijd dan?'

'Die geldt in uw geval niet. Heerlijk, hè? We kunnen in één moeite door. U mag zich daar uitkleden, achter het gordijn.'

Voor de tragere vrouw-wezens die in de kliniek belandden, lag het anders.

'U bent vier weken overtijd? Helaas, dan kan ik op dit moment niets voor u doen.'

'Ik wil er zo snel mogelijk van af.'

'Dat begrijp ik. Ik kan u een gesprek aanbieden met onze sociaal-psychologisch medewerker—'

'Ik wil geen gesprek, ik wil een abortus.'

'—als u mij even laat uitspreken, in dat gesprek kunt u uw wens tot zwangerschapsafbreking kenbaar maken aan onze medewerker. Daarna gaat u naar huis en vijf dagen later komt u in aanmerking voor een behandeling.'

'Dit is bezopen, ik heb er een maand lang over nagedacht.'

'Dat kunnen wij niet controleren, mevrouw.'

Ik klikte opnieuw op het kopje Overtijdbehandeling. Het stelde niets voor. Bijna niets. Voorafgaand aan de ingreep moest ik even praten ('het besluitvormingsgesprek'), er zou een echo worden gemaakt en een zwangerschapstest worden gedaan, daarna zou ik in een kwartiertje worden verlost van de ongenode gast. Indien ik er prijs op stelde, kon ik erover napraten. In totaal, zo schatte MR 70, zou ik twee uur in de kliniek doorbrengen. Dat was te overzien.

Nu ik toch bezig was, klikte ik ook nog even op het kopje Abortus-pil. Het klonk hip en simpel – sla een paar witte jongens achterover, *problem solved* – maar viel in de praktijk tegen. Wilde ik oraal van de ongeboren vrucht afkomen, dan moest ik de gang naar MR 70 maar liefst drie of zelfs vier keer maken. Bij het eerste consult zou ik een echo en het onvermijdelijke besluitvormingsgesprek krijgen. Was ik te ver heen, dan moest ik hierna vijf dagen gaan nadenken, was ik er bijtijds bij, dan zou ik drie pillen krijgen (3x Mifegyne 200mg) en een bekertje water. Die pillen zouden ervoor zorgen dat de ontwikkeling en de innesteling van de bevruchte eicel werden gedwarsboomd. Bij het tweede consult zou ik enkele uren in de kliniek verblijven. Ik zou twee tabletten prostaglandine (2x Cytotec 200mcg) krijgen, die het afstoten van de vrucht bevorderen door het samentrekken van de baarmoeder. Binnen drie uur vond in circa vijfenzestig procent van de gevallen 'afstoting van het zwangerschapsproduct' plaats. Behoorde ik tot de vijfendertig procent pechvogels, dan zou ik een tweede prostaglandine-stoot krijgen en moest ik nog een uurtje blijven zitten. Binnen twaalf uur vond dan de uitstoting plaats. Dat gebeurde tijdens een bloeding, die zeven tot tien dagen aanhield. Bij het derde en laatste consult was het tijd voor de nacontrole. Ik zou weer een echo krijgen, ze zouden me aan de pil proberen te praten en ik kon nababbelen over de verwerking van de gebeurtenis.

Het leek me een hoop omslachtig gedoe voor één bevrucht eicelletje.

Als het dan toch moest, ging ik voor de zuigcurretage. De stofzuiger erin, slurpen en klaar. Waarom zou ik er moeilijk over doen? Ik was een Dolle Mina après la lettre. Modern was ik, zelfbewust, bazin in eigen buik, heerseres over mijn leven.

En wat zou het me helemaal kosten? Ik klikte op het kopje Kosten. Een ongelovige glimlach verscheen op mijn gezicht. Er waren geen kosten. De behandeling was geheel gratis en viel onder de Algemene Wet Bijzondere Ziektekosten. Wat woonde ik in een geweldig land. De overheid betaalde voor mijn stommiteiten, wat heet: mijn buren betaalden mee aan mijn stommiteiten. Voor de pil moest je een eigen bijdrage betalen, condooms waren rukduur, maar met abortussen werd gestrooid.

Vastberaden pakte ik de telefoon. Hoe eerder ik het achter de rug had, hoe beter. Ik toetste het nummer in van de kliniek en bedacht dat ik niet moest vergeten na het bellen even een ander nummer te kiezen. Het zou vervelend zijn als een collega per ongeluk de herhalingstoets zou indrukken. Dat telefoons tegenwoordig alle laatstgekozen nummers onthielden, vond ik een gruwel. Thuis had ik er een dagtaak aan om de nummers van mijn minnaars na het bellen uit het systeem te verwijderen en ze te vervangen door de onschuldige cijfercombinaties van mijn moeder, schoonmoeder en andere familieleden. Ik had Oscar wel eens voorgesteld zo'n ouderwets bakelieten geval met draaischijf neer te zetten. Het diepe zwart zou mooi staan bij onze bank, had ik verzonnen, maar hij was er niet ingetrapt. Hij wilde ook op zolder kunnen bellen.

De telefoon ging over.

'U bent verbonden met het nummer van MR 70 / Rutgershuis in de Sarphatistraat 618,' zei een beschaafde vrouwenstem. 'Momenteel zijn al onze medewerkers in gesprek.'

Ik moest wachten. Het was druk in abortusland. Ik pakte het plastic bekertje en staarde naar de peuken. Ik dacht aan Jesse en Daniel, die zoetgeurend in hun slaapzakjes in bed lagen. Ik zou ze deze kwestie pas later, veel later, kunnen uitleggen, als hun hersens er rijp voor waren, als ze hadden kennisgemaakt met sexualiteit, misschien pas als ze zelf per ongeluk een meisje hadden zwanger gemaakt. Mensen zijn doorgaans vol onbegrip over de (wan)daden van anderen, totdat ze gewild of ongewild in een soortgelijke situatie belanden. Dan keert alles in een keer om, zijn alle vroegere oordelen en vooroordelen vergeten en is elke reactie, elk gevoel en elke beslissing hunnerzijds volkomen begrijpelijk en logisch en klaagt men over gebrek aan steun vanuit de omgeving.

'MR 70 goedemiddag,' zei een vrouwenstem. Niet de stem van het bandje, wel een vrouw. Ze klonk beschaafd en op leeftijd.

'Goedemiddag, u spreekt met Diana de Wit. Ik eh... heb een vraagje.'

'Zegt u het maar,' zei de vrouw rustig.

Ik haalde diep adem. Nu moest ik het hardop zeggen, het was vervelend, maar het kon niet anders.

'Ik ben zwanger. Ik heb gisteren een test gedaan en die is positief. Ik heb al een tweeling, die is twee jaar oud. Een derde kind was niet de bedoeling.'

'Bent u al bij uw huisarts geweest?' vroeg de vrouw.

'Nee. Is dat nodig? Ik wil een overtijdbehandeling. Zo snel mogelijk. Het liefst morgenmiddag.'

Er klonk paniek door in mijn stem. Ik probeerde normaal en zakelijk te klinken, maar tot mijn ergernis lukte dat niet.

'Ik hoor wat u zegt en ik begrijp het,' zei de vrouw. 'Vertel eens, hoelang bent u overtijd?'

Mijn agenda lag opengeslagen op het bureau. Ik hoefde niet te bladeren, ik wist het.

'Twee dagen,' zei ik. Ze kon geen bedenktijd eisen, ik was er vroeg bij.

'Twee dagen,' herhaalde ze. 'Dan komt u nu nog niet in aanmerking voor een overtijdbehandeling. Daarvoor moet u minstens twaalf dagen overtijd zijn.'

Ik pakte een streng uit mijn haar en begon te draaien. Deze telefoniste was verkeerd geïnformeerd. Het kon niet anders. Ik legde een dubbele knoop in de streng.

'Mevrouw, ik heb uw website bekeken en daarin staat heel duidelijk dat ik meteen geholpen kan worden als ik nog geen zestien dagen overtijd ben. En dat ben ik.'

'Dat klopt, maar we kunnen de behandeling pas goed uitvoeren als u twaalf dagen overtijd bent. Dat staat ook op de website. Echt waar.'

Ik had de website weggeklikt en de verbinding met internet verbroken, maar ik zou het straks checken.

'Waarom?' vroeg ik.

'De vrucht is nog te klein,' zei ze eenvoudig.

Ik voelde een lichte misselijkheid opkomen en maakte een gesmoord geluid.

'Gaat het, Mevrouw De Wit?' vroeg de vrouw.

Toen ik mijn naam hoorde, werd ik iets rustiger.

'Ik weet dat het vervelend klinkt,' zei ze. 'En dat is het ook. Maar de bevruchte eicel moet echt iets groter zijn voordat we die kunnen weghalen. Als we de behandeling vandaag of morgen zouden uitvoeren, is de kans te groot dat we hem missen. Dan zou u later nog een behandeling moeten ondergaan.'

Tien dagen, drong het tot me door, als ik dit zou doorzetten, zou ik nog minstens tien dagen moeten wachten voor ik kon worden geholpen. Ik zou tien dagen zwanger zijn zonder het te willen. Het vruchtje zou dapper doorgroeien zonder te beseffen wat voor snode plannen zijn moeder met hem had.

'Ik begrijp het,' zei ik schor. 'Kan ik dan wel vast een afspraak maken? Voor over tien dagen?'

'Dat kan,' zei de vrouw vriendelijk.

We pakten de agenda erbij.

'Hebt u een voorkeur voor een bepaalde dag?' vroeg ze. Ik was nog nooit ergens telefonisch zo vriendelijk geholpen als bij deze kliniek. Er klonk geen spoor van ongeduld in haar stem, geen irritatie, geen routine, niets van dat alles. Ik had al zeker vier minuten een aardige, begripvolle dame aan de telefoon, het trof me als een bijzonder aangenaam en uiterst zeldzaam fenomeen.

We leefden op dinsdag 5 juni 2001. Dinsdag 12 juni werd ik vijfendertig. Ik zou zwanger zijn op mijn verjaardag. Kon er ook nog wel bij. 'Vrijdag de vijftiende?' opperde ik. Vrijdag was een goede dag. Dan waren de kinderen naar de crèche. Ik zou vrij nemen.

'Dat kan,' zei ze. 'Wat dacht u van elf uur 's ochtends?'

'Prima.' Ik schreef *11 uur, A* in mijn agenda.

Ik voelde iets van opluchting. Het zou geregeld worden. Het zou gewoon geregeld en opgelost worden. 'Moet ik nog iets meenemen?'

'Een bewijs van uw ziektekostenverzekering, een nachthemd, een paar sokken en extra ondergoed. Dat is alles.'

Ik aarzelde even, maar schreef het niet op. Ik hoopte dat ik het zou onthouden.

'Komt u met de auto?' vroeg de vrouw.

'Waarschijnlijk wel, ja.'

'U kunt erover nadenken of u iemand wilt meenemen, die u kan terugbrengen. Het is sowieso prettig als u iemand bij zich heeft.'

'Dat... eh... dat begrijp ik. Maar het is niet verplicht of zo?'

'Als u het niet wilt, hoeft het niet.'

Dat moest de missie van deze kliniek zijn. 'Als u het niet wilt, hoeft het niet.' Een mooie missie.

'Stel nou dat ik van gedachte verander,' zei ik. 'Dat kan toch? Of dat ik een miskraam krijg? Dat kan ook.'

Ik verbeeldde me dat de vrouw glimlachte. 'Mevrouw De Wit, het staat u te allen tijde vrij om van de behandeling af te zien. We zouden het wel op prijs stellen als u ons dat bijtijds laat weten.'

'Natuurlijk,' haastte ik me te zeggen. 'Dat zal ik dan zeker laten weten. Uiteraard. Dan kan er iemand anders...' Ik maakte mijn zin niet af.

'Het is goed,' zei de vrouw.

Het gesprek liep op zijn eind. Er was niets meer te bespreken. We zouden nog wat beleefdheden uitwisselen, daarna zou het afgelopen zijn. Ze was de enige vrouw op de wereld die wist dat ik zwanger was. Ze was de enige tegen wie ik het had durven zeggen. Ik wilde niet ophangen, maar het moest.

Ik bedankte de vrouw en verbrak de verbinding. Daarna toetste ik het mobiele nummer van Oscar in, liet hem één keer overgaan en legde de hoorn weer op het toestel.

Twee

Tien dagen

Vier

Chatten is de meest simpele en minst risicovolle manier om contact te leggen met het andere geslacht. Alles wat je nodig hebt, is een computer, een internetverbinding en een aantrekkelijke schuilnaam. 'Leila' doet het goed, heb ik gemerkt, 'Tante Greet' werkt minder. Als je zonder omhaal besprongen wilt worden door types als 'Grote-Geilerd27' of 'xxcm-Keihard', kies dan voor 'HornyBitch', 'Klitty' of 'Lief-en-Willig'.

Op vrijdagavond 30 maart 2001 ging Oscar stappen met zijn studievriend Maurice. Voor hij wegging, bracht hij Jesse en Daniel naar bed. Ik settelde me na het achtuurjournaal achter de computer met een kop thee en een zak drop. Voor het eerst van mijn leven zou ik gaan chatten. Ik maakte verbinding en surfde naar www.cu2day.nl (*see you today*) wat volgens de systeembeheerder van mijn werk dé ontmoetingsplek was voor snelle contacten. Ik hoopte maar dat de systeembeheerder – 'Pokdalig47' – die avond niet online was en logde in als 'Leila'.

Cu2day heeft verschillende chatboxen, dat zijn de virtuele plekken binnen de site waarop de chatters elkaar ontmoeten. Je kunt naar het AllNightCafe, naar ChatAway, naar CoolDown of naar Oldies, in wezen maakt het niet uit, het gaat erom dat je jezelf ergens toevoegt aan de gastenlijst en een praatje aanknoopt.

In het AllNightCafe was een levendige conversatie gaande.

Xplosive zei iedereen gedag. Hotgirl wilde een privé-gesprek, Daniel26 vroeg waar de geile meiden waren, Hugo19 zwaaide naar Hotgirl, Hassan zei 'Waaaahaaaaaaaaaaaaaaaaaaahhhhh', en Nadine#13# wilde MSN-contact met 'lekkere dingen van 13, 14 of 15 jaar'.

Leila zei zachtjes: 'Hoi allemaal.'

Niemand reageerde.

Na een paar seconden verscheen er een nieuw venster over het venster van het chatcafé op mijn beeldscherm. Hugo19 nam me apart. Hij schreef: 'Hoi, hoe gaat ie?' Dit was een privé-gesprek,

begreep ik, Nadine, Hassan en de anderen konden niet meele-
zen.

'Goed, met jou?' typte ik.

'Hoe oud ben je?' vroeg Hugo19.

'34 jaar,' zei ik eerlijk.

Ik wachtte even, maar er kwam geen antwoord.

Ineens verscheen een mededeling op het scherm: *Hugo19 heeft het
privé-gesprek verlaten.*

Lang tijd om te treuren had ik niet, want JongenApeldoorn dook
op.

'Heyyyy schatje,' schreef JongenApeldoorn.

'Hoi,' zei ik.

'What's up?'

Ik was nog flabbergasted over Hugo19. 'Joh, ik was net leuk aan
het praten met ene Hugo, gaat ie gewoon weg, zonder gedag te
zeggen.'

'Onaardig,' vond JongenApeldoorn.

'Nogal.' Ik begreep dat lange zinnen niet hip waren.

'Wat was er dan?' vroeg JongenApeldoorn

'Ik zei hoe oud ik was. Eerlijk.'

'Aiiiiii!'

Het was even stil.

'Hoe oud ben je dan? Eerlijk?' vroeg JongenApeldoorn.

'29,' typte ik.

'Yezzz, da's niet jong.'

'En jij dan?'

'20, bijna 21.'

'Oeps!' schreef ik.

'Probeer het bij de Oldies,' zei JongenApeldoorn, hij tekende er
een knipoog bij ;-)

Daar had ik al even gekeken. Daar waren ze allemaal in de veertig.

'Hoe zie je eruit?' vroeg JongenApeldoorn.

Even aarzelde ik. Zou ik 'blond, grote borsten' typen en kijken
wat er dan gebeurde? Ik durfde het niet. Mijn god, die jongen was
twintig.

'Heb je een foto?' vroeg hij nu.

'Geen foto,' typte ik haastig. 'Ik ben 1.73, slank.'

'Single?'

'Getrouwd.'

JongenApeldoorn bleef maar vragen op me afvuren. Waarom ik chatte, wat ik in het dagelijks leven deed, of ik wel eens een afspraak had gemaakt met iemand van de chatbox en ten slotte vroeg hij: 'Ben je heet?'

Mijn mond zakte open. Een twintigjarige jongen uit Apeldoorn, die ik net drie minuten kende, vroeg aan mij, een vierendertig-jarige moeder van een tweeling, getrouwd, werkzaam bij De Vries Consultancy, of ik heet was. Er was maar één antwoord mogelijk.

'Ja.'

Ik stak een winegum in mijn mond. De technologische dijken mochten doorbreken. Mijn thee was toch koud geworden.

'Wat vind je lekker?' vroeg JongenApeldoorn nieuwsgierig.

'Mm, van alles. Wat vind jij lekker?'

'Van achterlangs. Heb je een strak kontje?'

Weer zo'n gewetensvraag. Ja, natuurlijk had ik een strak kontje, mijn kontje, tjonge nou, dat was zo strak, je kon er een tennisracket op spannen.

'Wat is je cupmaat?'

Deze JongenApeldoorn had bijzonder veel informatie nodig om zijn plaatje compleet te krijgen.

'C,' zei ik. Eerlijk.

'!!!' reageerde hij. En toen: 'Zullen we een keer daten?'

'Daten?' echode ik dommig.

'Wat afspreken. Elkaar lekker verwennen.'

Getverdemme, waarom zei hij dat nou? Ik knapte gelijk af. *Too much, too soon.*

'Mijn man komt binnen. Byeyeye.' Snel drukte ik op het kruisje rechtsboven. Weg was JongenApeldoorn. Tot nooit.

Leila heeft het privé-gesprek verlaten.

Ik liep naar de hal en luisterde of ik de tweeling hoorde. In de keuken schonk ik een verse kop thee in. Na enige aarzeling ging ik terug naar de studeerkamer en meldde ik me opnieuw bij het chatcafé. Zou JongenApeldoorn beledigd zijn? Voor de zekerheid logde ik in onder de naam 'Sugar'. Binnen no time had ik weer beet.

Twee uur lang chatte ik met de meest uiteenlopende figuren, soms met meerdere tegelijk. Het taaltje was makkelijk – veel Engels, alles zo kort mogelijk zeggen en zo veel mogelijk getallen gebruiken, dus 'w8 ff' en niet 'wil je even wachten' – de meeste mannelijke chatters waren brutaal en kwamen snel terzake. Het was amusant, zeker, het was spannend, maar opgewonden werd ik niet. Niemand maakte me echt aan het lachen, niemand maakte me echt geil, niemand verleidde me tot onzedelijke handelingen, zelfs HengstRdam_22cm_Puur-Plezier niet, hoewel ik om zijn naam wel even had gegrinnikt. Om half elf wilde ik het opgeven. Misschien was chatten gewoon niet mijn ding. Toen dook Joshua op.

Hij begon zoals alle anderen. 'Hi Sugar! ff prive?'

'Sure.'

'R u as sweet as ur name?' vroeg Joshua.

Baldadig tikte ik terug: 'Kom maar proeven.'

'Pardon?' schrok Joshua.

'Je las het goed,' zei ik.

'Maar mevrouw Sugar, we kennen elkaar net!'

Hij zei mevrouw tegen me. Hij beviel me. 'Hoe oud ben je?'

'24,' zei Joshua.

'Kom je hier vaker?' vroeg ik.

'Eerste keer,' beweerde hij.

'Geloof er nix van.'

'Echt, normaal zit ik op ICQ, ken je dat?'

WIST U DAT...

ICQ het oudste instant messaging programma is? Spreek ICQ letterlijk uit, op z'n Engels, dan hoor je *'aai-sie-kjoe'* ofwel *'I seek you'* ofwel *'Ik zoek je'*. Het is ontwikkeld door vier jonge, Israelische programmeurs. Voor ICQ moet je een speciaal, gratis programma downloaden, via dat programma kan je chatten met mensen die ook ICQ hebben. Als je iemand leuk vindt, zet je diegene op je contactlijst, zodat hij of zij voortaan kan zien of je online bent en dan desgewenst spontaan tegen je aan kan praten. Het icoon van ICQ is een bloemetje. Is je bloemetje groen, dan ben je online en beschikbaar, is ie rood, dan ben je offline en zo zijn er nog veel variaties mogelijk, van 'afwezig' tot 'heel lang afwezig' tot 'niet storen'.

ICQ is weliswaar het oudste, maar al lang niet meer het enige en ook niet het meest populaire messaging programma. In Nederland heeft concurrent MSN Messenger van Microsoft ICQ dik verslagen. MSN heeft twee groene poppetjes als icoon en is gekoppeld aan Hotmail. Stap binnen bij een willekeurig internetcafé waar dan ook ter wereld en je ziet jongeren met het programma bezig. Ze 'praten' met hun ouders of met hun vriendjes thuis en begeleiden hun van heimwee doortrokken teksten met emoticons, dat zijn afbeeldingen van kusjes, hartjes en rozen.

'Ik ken ICQ wel, maar heb het niet,' zei ik tegen Joshua. Pokdalig47 had me uitgelegd wat het was.

'Jammer. MSN?'

'Idem: ken wel, heb niet.'

'Hoe wilt u nou een goede chatrelatie opbouwen, mevrouw?' vroeg hij.

'Waarom zeg je de hele tijd mevrouw?'

'U bent de jongste niet.'

'Hoe weet je dat?'

'Intuïtie. Heb ik gelijk of niet?'

'...misschien.'

Joshua lachte hardop. Althans, hij schreef: 'lol', dat staat voor: *'laugh out loud'*.

'Als ik je zeg hoe oud ik ben, ben je zo vertrokken. Ik ken jouw soort,' zei ik.

'Try me,' zei Joshua.

'Oké. Ik ben dus 34 jaar, getrouwd en moeder van twee zoons, nou doeiii!'

Voor de eerste keer die avond was ik op alle fronten eerlijk.

'Is dat alles?' vroeg hij.

'Is het niet genoeg?'

'Nee. Ik ben nieuwsgierig naar je.'

'Ik ook... naar jou,' typte ik langzaam. Het was waar.

'Ik ben Joshua, aangenaam.'

'Heet je echt zo?' vroeg ik. Hij had een leuke naam. Goed, ik wist niet hoe hij eruitzag. Ik wist niets van hem. Misschien was hij een seriemoordenaar of verkrachtte hij peuters in zijn vrije tijd, maar *damn*, hij klonk leuk.

'Yep.'

'Ik heet Diana, aangenaam.'

Joshua tekende een glimlach :-)

Toen tikten we allebei tegelijk dezelfde vraag, ze kwamen onder elkaar te staan:

'Wat doe je?'

'Watdoeje?'

'Zal je niet lachen?' vroeg Josh.

'Beloofd.'

'Ik ben dakdekker.'

'Lol!!!' schreef ik gierend.

'Snik, snik... je zou niet lachen. Je had het beloofd.'

'Sorry.' Ik nam een slok thee. Het was al bijna elf uur, zag ik. Ik moest eigenlijk gaan pitten.

'Jij dan?'

'Ik werk bij een consultancybedrijf.'

'Aha.'

'In Amsterdam. Ik ben parttime accountmanager. Veel markt-onderzoek.'

'Leuk?' vroeg Joshua.

'Soms wel, soms niet,' zei ik.

'Woon je ook in Amsterdam?'

'Nee, Almere.' Het was eruit voor ik het wist. Had ik moeten liegen? Ach, Almere was groot.

'O. Schijnt heel erg te zijn, toch? Kon je nergens anders iets krijgen?'

Ging ik met een dakdekker in discussie over mijn riante twee-onder-een-kapwoning in Almere? Vanavond niet.

''t Is vreselijk,' schreef ik. 'Snik. Doodongelukkig. Kom me redden. Alsjeblieft!'

Joshua lachte. 'Je valt mee,' zei hij toen.

'Hoezo?'

'Je bent nog niet afgehaakt.'

'Waarom zou ik?'

'Omdat ik dakdekker ben.'

'Mijnheer, hebt u een minderwaardigheidscomplex?' plaagde ik.

'U moest eens weten...'

'Heb je een eigen bedrijf?'

'Werk bij mijn vader. Wordt wel mijn bedrijf. Ooit.'

'Aha. Waar woon je?'

'Zwolle.'

Geen kwaad woord over Zwolle zou uit mijn toetsenbord rollen. 'Leuk huis?'

'Galerijflat,' zei Joshua.

Ik wist even niets te zeggen.

Joshua ook niet.

'Heb jij een relatie?' vroeg ik toen maar.

'Zekerzzz. Mijn vriendin is zwanger van de tweede.'

Mijn vingers verstijfden boven het toetsenbord. Op een of andere manier had ik hem als een ruige single ingeschat. Of als iemand met een hoop vriendinnetjes. Joshua had een vaste relatie. Zijn tweede was op komst.

'Waar is je vriendin nu?'

'Beneden, ze ligt tv te kijken. Hoezo?'

'Zomaar.'

'Was je bang dat ze achter me stond?' zei Joshua.

'Weet ze dat je chat?'

'Tuurlijk.'

Hij was geen stiekemerd. Gelukkig.

'En jouw man?' vroeg Joshua nu.

'Die is stappen vanavond.'

'Wat doet hij?'

'Werktuigbouwkundig ingenieur.' Ik hield het expres een beetje vaag.

'Wow! Had ik ook willen worden.'

Dat gebeurde niet vaak dat iemand dat zei. Meestal keken mensen heel glazig als het woord 'werktuigbouwkunde' voorbijkwam.

'Waarom ben je het dan niet geworden?' Terwijl ik het typte, vermoedde ik het antwoord.

'Te weinig herseninhoud.'

Al had ik niet gedacht dat hij het zo onomwonden zou verwoorden.

'En mijn pa wilde heel graag dat ik bij hem in het bedrijf kwam, dusss...'

'I snap,' antwoordde ik.

'Waar werkt je man?'

Ineens maakte Joshua's vragen me zenuwachtig. Waren ze bedoeld om het gesprek op gang te houden of probeerde hij op slinkse wijze informatie bij me los te peuteren? Ik had het gevoel dat ik Oscar moest beschermen.

'Bij vekoma.' Dat zou een dakdekker toch niks zeggen. 'Hoe heet jouw vaders bedrijf?' tikte ik er snel onder.

'De achtbaanbouwer? Cool!'

Verbijsterd staarde ik naar mijn scherm.

'Die zitten toch ergens in het zuiden?' typte Joshua. 'End rijden voor je man.'

Ik kon me niet meer inhouden. Oscar werkte inderdaad in Limburg en vervloekte de files. 'hoe weet jij dat allemaal?'

'Ben achtbaanfanaat. Hihi.'

Dit verklaarde een hoop, zo niet alles. Diehard achtbaanfreaks kon ik uittekenen.

'Plakboek?' gokte ik.

'Yezzzz. Meerdere.'

Een echte liefhebber, dus. Die hielden plakboeken bij van welke coasters ze hadden gedaan, gaven elke rit een rapportcijfer, vermeldden alle technische gegevens en plakten hun onridefoto's in. Ze organiseerden zelfs groepsreizen naar pretparken met gelijkgestemden.

'Dus jouw man heeft Superman The Ride bedacht. Wreed!' zei Joshua waarderend.

Bij ons op zolder lag de maquette van de achtbaan die Oscar als jongetje had ontworpen. Hij had de baan 'Tarzan's Topper' gedoopt. TT slingerde zich door een jungle, compleet met gefiguurzaagde leeuwtjes, boompjes en lianen, Jesse en Daniel mochten er niet eens naar wijzen. Oscar was een serieus ventje. Niet zo druk als zijn jongere broertjes, heel gezeglijk, typisch een oudste kind, volgens zijn moeder. Op een van zijn jeugdfoto's staat hij met een Zorro-cape in de tuin van zijn ouderlijk huis. Helblond haar, een paar ontbrekende voortanden, een smoezelig T-shirtje, het capeje over zijn smalle schouders en een houten zwaardje in zijn rechterhand dat hij met een gestrekte arm naar voren steekt. Waarschijnlijk denkt hij dat hij er Héél Gevaarlijk uitziet. Toen ik die foto voor het eerst zag, wist ik gelijk dat ik kinderen van Oscar wilde.

'Mijn man rekent de baan door,' vertelde ik. Josh was praktisch een ingewijde, hij mocht het wel weten. 'Hij bekijkt of het allemaal wel kan, qua snelheid en G-kracht en zo.'

Oscar had altijd van die griezelverhalen, zo van: als je die-en-die schroef zou losdraaien, klapte de hele constructie in elkaar. Eén dodelijk ongeluk met een VEKOMA-coaster door een ontwerpfout en hij was zijn baan kwijt. Niet alleen hij, al zijn collega's ook, dan konden ze de tent wel sluiten.

WIST U DAT...

het Nederlandse VEKOMA uit Vlodrop een van de drie grootste achtbaanbouwers ter wereld is? VEKOMA is

41

de afkorting van Veld Koning Machinefabriek. De heer Hendrik op het Veld startte VEKOMA in 1926, het bedrijf maakte ploegen en andere landbouwmachines. In de jaren vijftig schakelde VEKOMA over naar de ontwikkeling van staalconstructies voor de mijnbouw en weer later – toen de mijnbouw ten onder ging door de aanvoer van goedkope import steenkool en het gebruik van aardgas – naar de levering van installaties voor de petrochemie. Op verzoek van een Duitse klant werd in 1967 een reuzenrad in elkaar gedraaid. Vanaf 1980 werd het bouwen van kermisattracties, en met name achtbanen, de kernactiviteit van VEKOMA.

'Zeg, hoe vindt je man het dat je chat?'
'Ik chat normaal niet. Dit is de eerste keer.'
'En hoe bevalt het, mevrouw?'
'Raar, maar leuk.'
Het was even stil.
'Hey Josh, ik moet maar es gaan,' schreef ik.
'Ik ook.'
Hij gaf me zijn ICQ-nummer en drukte me op het hart het programma te downloaden. Ik beloofde dat ik het zou doen. Hij beloofde dat me hij de volgende keer een foto zou mailen.
'Dag Josh... tot gauw,' schreef ik.
'N8xje,' zei Josh.
Ik glimlachte. Een nachtkusje van de dakdekker. Hoe zoet. En hoe welkom. Als hij alleen gedag had gezegd, was ik teleurgesteld geweest.
'Z8xje terug,' tikte ik.
'Zacht,' Joshua glimlachte. 'Klinkt aangenaam.'
'Issutook,' mompelde ik.
'Heeeeeel z8 terug dan.'
'Mmm. Doei!'
'x'

Met een blos op mijn wangen verbrak ik de internetverbinding. Haastig krabbelde ik het icq-nummer van Joshua op een papiertje. Ik wist zijn achternaam niet. Als iemand me zou vragen of ik iemand kende die Joshua heet, dan zou ik zeggen, ja, ik ken een Joshua. Hij is dakdekker. Zijn vriendin is zwanger van de tweede. We hebben gepraat, maar ik ken zijn stem niet. We hebben gelachen, maar ik kan je zijn mond niet beschrijven. We hebben gekust, maar ik weet niet hoe hij ruikt.

Hij kon aartslelijk zijn, besefte ik, hij kon honderd kilo wegen bij een lengte van één meter vijftig, ik had zijn maten niet gevraagd en bovendien: hij kon liegen. Hij had gezegd dat hij een foto zou mailen. Zou hij dat doen als hij een gnoom was? Nee toch?

Uiterlijk was belangrijk, heel belangrijk. Als ik zou weten dat hij een gnoom was, zou ik afhaken, ook al was hij nog zo aardig.

Joshua was geen gnoom. Toen hij me een foto mailde, ja, ik had icq gedownload, via icq kun je elkaar bestanden sturen, maar dat werkte niet, zodat we toch maar gewoon e-mailadressen uitwisselden, toen ik zijn ruige kop en mooie lijf zag, hij stond ergens half gebukt op een flat in een wijde, oranje overall die ver opengeknoopt was, met een brander in zijn rechterhand, moest ik de neiging onderdrukken ons dak op te klimmen en een klein lek te organiseren.

'Looking good!' riep ik hem toe via icq.

'Bloos,' antwoordde hij.

'Echt. Je mag mijn dak any time dekken.'

'Jaja, die ken ik.'

We hadden krankzinnig veel contact die dagen, vooral 's avonds, in het weekend ook overdag. De gedachte dat Joshua online zou kunnen zijn, maakte me onrustig, het liefst sloop ik elk kwartier naar de werkkamer om te kijken of zijn bloemetje groen was.

'Wat doe je toch de hele tijd?' vroeg Oscar. Het was vrijdagavond. Hij had *American Beauty* op video gehaald en ik was al drie keer weggelopen.

'O... even achter de computer,' zei ik achteloos.

Hij zette de video op pauze. 'Ja, dat weet ik. Je zit continu achter de computer. Maar waarom?'

43

Annette Bening was met gele rubberhandschoenen en een schuursponsje het aanrecht aan het soppen van het huis dat ze wilde verkopen. Haar arm hing nu werkeloos in de lucht.

'Ik heb een chatvriendje.' Ik zou er niet om liegen.

'Chat jij?' vroeg Oscar verbaasd.

Ik knikte.

'Dat je daar wat aan vindt.' Hij geeuwde. 'Het is toch vooral veel slap geouwehoer van treurige types die niks beters te doen hebben?'

Alle vooroordelen over chatters in één zin bevestigd. Ik moest het opnemen voor Joshua. En voor mezelf.

'Die jongen waarmee ik chat is anders erg leuk. En grappig.'

'Nou, dat zal dan wel,' zei Oscar. 'Hoe heet hij?'

'Joshua.'

'En wat doet Joshua?'

'Hij is dakdekker.'

Oscar's gezicht klaarde op. 'Volgens mij lekt de garage weer. Heb je het al gezien? Als het regent, druppelt het in de hoek bij de tuinspullen. Misschien kan hij het oplossen.'

Typisch Oscar: mijn vrouw heeft een vriendje, oké, what's in it for me? Als je het hem op de man af zou vragen, zou hij zeggen: *ja, ze heeft wel eens een scharrel. Soms noemt ze het een 'stapvriendje', soms is het een 'ik-blijf-een-nachtje-weg-vriendje', soms heeft ze maandenlang iemand onder haar vel. Ik maak er geen punt van. Ik weet wat voor vlees ik in de kuip heb. Ik weet dat ze blijft. Vroeger, vroeger kon ik me er kwaad over maken. Toen onze relatie nog pril was. Toen ik haar nog niet begreep. Toen ik bang was dat ze me zou verlaten voor een of andere Jan Doedel. Toen ik me de mindere voelde en ik volle wijnglazen kapotsmeet tegen de muur van onze flat.*

Zo'n tien jaar geleden, na onze eerste kus, na ons etentje in fonduerestaurant De Groene Lantaarn op de Bloemgracht in Amsterdam, had ik de kwestie voor het eerst aangeroerd. 'Ik geloof niet in monogamie, Oscar,' had ik gezegd. 'Ik vind dat je dat moet weten voor je met me in zee gaat.'

Hij keek me geamuseerd aan. We stonden stil op een brug. Het motregende. We hadden geen van beiden een paraplu. Hij nam me in zijn armen.

'Serieus,' zei ik. 'Ik heb te veel hysterische taferelen meegemaakt. Ik heb vriendjes gehad die mijn armen fijnknepen en me aan een kruisverhoor onderwierpen als ik te lief naar een ander lachte. Vriendjes, die me liever "per ongeluk" opsloten, dan dat ze me naar een feestje lieten gaan. Dat noem ik geen liefde. Al word ik in naam de jouwe, mijn lichaam blijft van mij.'

Hij kuste me op mijn voorhoofd.

'Maar hoe zie je dat voor je, Daantje? In de praktijk?' vroeg hij.

'Weet ik nog niet. Dat moeten we bespreken,' antwoordde ik. 'Vinden we wel een modus voor.'

En die vonden we. We hadden het monogamie-punt uitonderhandeld, zoals ik veel meer punten had moeten uitonderhandelen, waar ik niet aan toekwam, omdat ik te veel op het binnenslepen van dit ene specifieke punt was gefocust. Ik had Oscar een document moeten laten ondertekenen waarin hij beloofde dat hij de zorg voor onze eventuele kinderen minstens één werkdag per week op zich zou nemen, waarin hij garandeerde dat hij zeker drie keer per week 's ochtends zou opstaan om ze eten te geven. Ik had Oscar een lijst moeten geven van alle taken die uitgevoerd dienen te worden om een huishouden draaiend te houden, ik had hem moeten dwingen een aantal van die taken op zich te nemen. Ik had Oscar moeten vragen of hij kon koken en zo ja, hoeveel keer per week hij daartoe bereid was. Ik wist dat hij technisch was, maar was hij ook bereid zijn technische vaardigheden in huis toe te passen? Kon hij een band plakken? Was hij een stelletje-stelletje-type of meer een einzelgänger? Hield hij van verjaardagsfeestjes? Zou hij aan een attentie denken als de crècheleidster jarig was? Had hij verstand van belastingen? En van computers? Al die dingen had ik nagelaten. Al die dingen laten we na als we verliefd zijn.

Oscar en ik spraken af dat we elkaar zouden vrijlaten. Dat fysiek contact met derden geoorloofd was, dat zulks niet opgebiecht hoefde te worden, liever niet zelfs, discretie zou zo veel mogelijk moeten worden betracht, behalve als er sprake was van een hevige verliefdheid, ofwel: een relatie-bedreigende buitenechtelijke affaire.

Misschien dacht Oscar dat het zo'n vaart niet zou lopen. Misschien dacht hij dat mijn principiële overtuiging louter theoretisch was. Ik was een vrouw, die waren van nature niet zo overspelig, ik hield van hem, ik had sex met hem, er was geen enkele reden om het buiten de deur te zoeken. Die was er inderdaad niet, maar ik deed het toch. Na drie jaar... nou goed, na tweeëneenhalf. Waarom? Omdat het in mijn aard zat, daarom. Het huis was te klein toen Oscar er door toeval achter kwam, hij leek alle afspraken vergeten, ik moest hem er meermalen aan herinneren, ik moest hem meermalen overtuigen van mijn liefde en van het feit dat 'die ander' daar niets aan af deed en uiteindelijk geloofde hij me en kon hij het loslaten, soms kon hij zelfs glimlachen om mijn escapades.

WIST U DAT...

overspel in Nederland tot 1971 een misdrijf was? Volgens Artikel 241 van het Wetboek van Strafrecht hing een gevangenisstraf van maximaal zes maanden boven het hoofd van 1) de gehuwde die overspel pleegt en 2) de ongehuwde die het feit medepleegt, wetende dat de medeschuldige gehuwd is. Vervolging vond echter alleen plaats 'op klachte van den beleedigden echtgenoot', ofwel: alleen als de bedrogen partij dit wenste, zou de overspelige echtgenoot en/of diens minnaar worden berecht. Artikel 241 was in 1881 dank zij een nipte meerderheid in de Tweede Kamer (28 tegen 23 stemmen) in het nieuwe Wetboek van Strafrecht beland. Kamerlid Van Houten – ja, die knakker van de kieswet en het kinderwetje – stemde tegen. De liberaal vond overspel weliswaar een onzedelijke, maar geen strafbare handeling. Dat klinkt misschien hip, maar zijn motieven waren ouderwets. Van Houten was fel tegen de gelijke behandeling van mannen en vrouwen als het ging om overspel. Hij verwoordde dit op 2 november 1881 in Den Haag, tijdens de vaststelling van het Wetboek van Strafrecht:

De handeling van den man in strijd met huwelijks-
trouw is in 99 van de honderd gevallen enkel eene
daad van zingenot, van wellust, maar geen daad die
op zichzelf ontrouw impliceert. Omgekeerd is aan de
zijde van de vrouw in 99 van de honderd gevallen
het overspel een gevolg van ontrouw, van het aan-
knoopen eener liefdebetrekking met een bepaalden
derde.

Van Houten bedoelde: als mannen vreemdgaan, is
het altijd lust en dus geen ontrouw. Als vrouwen
vreemdgaan, is het altijd liefde en dus wél ontrouw.
Het zou volgens Van Houten verdraaid oneerlijk zijn
als de gehuwde zee-officier die voor jaren in de
tropen is gedetacheerd en daar enkele handelingen
pleegt die juridisch gesproken als overspel zouden
kunnen worden gezien, even zwaar wordt gestraft als
de gehuwde vrouw, die, terwijl haar man aanwezig is,
de plicht om te waken voor de familie-eer verzaakt.
Kamerlid Van Houten hielp dapper mee aan de
verspreiding van de mythe dat voor vrouwen sex zonder liefde ondenkbaar is.
Van Houten werd van repliek gediend door de
toenmalige minister Modderman van Justitie. Voor
hem was de gelijkstelling van man en vrouw een
principiële kwestie. Hij herinnerde Van Houten aan
het Burgerlijk Wetboek, dat uitdrukkelijk stelt dat
echtgenoten elkaar 'wederkeerig getrouwheid, hulp
en bijstand' verschuldigd zijn.
Verzoenend merkte hij op dat de arme zee-officier
uit het voorbeeld van Van Houten niet per definitie
even zwaar gestraft zou worden als de gehuwde sloe-
rie. Aan de rechter was immers een grote speelruimte
gelaten tussen de minimale en de maximale straf.
Nadat Artikel 241 door een enigszins morrende

Eerste Kamer was bekrachtigd, ontstond bepaald geen heksenjacht op overspeligen. Volgens de gegevens van het Centraal Bureau voor de Statistiek werden tussen 1894 en 1966 in totaal slechts twaalf personen wegens overspel veroordeeld, van wie zes in 1951 en nog één allerlaatste pechvogel in 1961.

Tien jaar later, op 6 mei 1971 werd Artikel 241 uit het Wetboek van Strafrecht geschrapt naar aanleiding van de herziening van het echtscheidingsrecht. De strafwetgever hoort niet binnen te dringen in het privé-leven der burgers op sexueel terrein, vond de Commissie Stoffels al in 1964. En ook de resolutie van het in 1964 te Den Haag gehouden congres van de Association Internationale de Droit Pénal was glashelder: *L'adultère ne doit être pénalement incriminé.*

'Nee, hè, lekt die garage nou weer? Kan jij er niet even naar kijken, Os?'

Ik vroeg het tegen beter weten in. Als je met een werktuigbouwkundig ingenieur trouwt, moet je vooral niet denken dat je een handige Harry in huis haalt.

'Je weet wat er gebeurt als ik ernaar kijk,' zei hij waarschuwend.

Dat wist ik. Hij zou afkeurend opmerken dat het dak nóóit zou hebben gelekt als hij het had ontworpen. Dat hij áb-só-lúút geen zin had om de problemen die een of andere prutser had veroorzaakt, op te lossen. En als hij dat deed, zou hij het kwaad bij de bron aanpakken. Hij zou dat hele vermaledijde dak eraf slopen en een andere constructie bedenken, die zowel waterdicht was als isolerend en dragend. Dank zij de volledig geïntegreerde functies zouden we er de komende vijfhonderd jaar geen omkijken naar hebben. Uiteindelijk zou ik verzuchten dat het maar een klein gaatje was, dat er daarvoor echt niet een nieuw dak op het huis hoefde en dat ik wel een klusjesman zou bellen.

'Voor Joshua is het misschien een fluitje van een cent,' zei ik. 'Wil je echt dat ik het aan hem vraag?'

'Tuurlijk,' zei Oscar, die al lang blij was dat hij van de haak was.

De video ging weer aan. Annette Bening mocht verder soppen. Ze hield haar benen stijf gesloten voor echtgenoot Kevin Spacey, maar zou ze later willig spreiden voor de meest succesvolle makelaar uit de streek. Ik had de film al in de bioscoop gezien met Tim. *American Beauty* bevestigde het ene cliché na het andere, was op alle fronten karikaturaal en op veel punten volstrekt ongeloofwaardig, maar godallejezus, wát een meesterwerk! Komisch, indringend, en Kevin, o... Kevin.... Eén nacht met Kevin. Was dat te veel gevraagd?

'Ik wil je zien,' schreef Joshua.

Het was half twaalf 's avonds. Oscar was na de film naar bed gegaan.

'Ga jij nog maar even naar je computervriendje,' had hij gezegd, toen hij me welterusten kuste.

Mijn computervriendje wilde me zien.

'Ik jou ook. We gaan het een x regelen, antwoordde ik.' Ik durfde niet gelijk over het lekkende dak te beginnen.

'Bedoel ik niet. Ik wil weten hoe je eruitziet.'

'Ik heb je toch een foto gemaild?' zei ik verbaasd.

'Dat vage plaatje?' mopperde hij. 'Veel te veraf.'

Het was niet de eerste keer dat Joshua om beeld vroeg. Hij had al diverse keren gevraagd of ik hem 'iets spannends' wilde opsturen. Ik had mijn kleding en ondergoed al eens uitgebreid beschreven, maar dat vond hij niet genoeg. Hij wilde het zien. Op zijn scherm.

'Heb je nou al een cam gekocht?'

'Nee,' zei ik.

'Lafaard,' zei Joshua. 'Ik wel.'

Een kramp schoot door mijn buik. Hij had een webcam gekocht. Hij kon plaatjes sturen en dan kon ik zien hoe hij er nu bij zat.

'Waaaahhhh!!!!' schreef ik. 'Issie al aangesloten?'

'Tuurlijk.'

'Show me!'

'Voor wat hoort wat,' zei Joshua slim.

'Huh?'

'Eerlijk oversteken. Ik iets van jou, jij iets van mij.'

'Maar wat dan, ik heb geen cam.'

'Je hebt toch een scanner?' vroeg Joshua.

Dat klopte. Die stond op het bureau, rechts naast het beeldscherm. Ik had hem gebruikt om de eerste foto's van Jesse en Daniel te scannen en te versturen naar alle familieleden met e-mail. Ook de tekeningen die de tweeling maakte vonden gretig aftrek dank zij het apparaat.

'Wat heb je voor ondergoed aan?' Het was zijn vaste vraag geworden en ik gaf altijd eerlijk antwoord.

'Een geweldig stringetje. Calvin Klein.'

'Ga door,' zei Joshua.

'Knaloranje met een gifgroen randje. Héél klein en erg doorzichtig.'

'Transparant is mooi. Wat voor stof?'

'Tja, hoe noem je dat, beetje gaasachtig,' weifelde ik.

'Niet stug?'

'Nee, stretch, en stof is een groot woord voor zo'n minuscuul 3hoekje.'

'Echt heel klein?'

'Bijeengehouden door draadjes.'

'Petit,' concludeerde Joshua. 'Klinkt leuk.'

'Wat typ je langzaam vandaag,' merkte ik op.

'Met 1 hand,' zei hij.

'1 hand??'

'Biertje in de andere. Ben man.'

'LOL,' zei ik.

'Leg hem eronder!' commandeerde Joshua.

'Waaaaaat?'

'Trek die string uit en leg hem eronder.'

Jezuschristus, dat kon ik toch niet maken. Het idee alleen al was belachelijk. Zoiets doe je gewoon niet. Als ik mijn string zou scannen en hem het plaatje zou sturen, zou hij me de rest van mijn leven kunnen chanteren. Nee, het was veel te gevaarlijk, ik moest er niet aan beginnen.

Toch had ik de knoop van mijn broek losgemaakt. Toch had ik

even naar mijn string gekeken, alsof ik wilde checken of het echt wel die oranje was, terwijl ik dat verdomd goed wist. Je hersenen onthouden altijd de meest onzinnige informatie en de onderbroek die je die 's ochtends aantrekt, vergeet je pas weer nadat je hem 's avonds in de was hebt gegooid.

'Joshua, ik begin er niet aan. Ik ken je nog maar net.'

'Oké.' Hij leek het relaxed op te nemen. 'Stuur dan wat anders.'

Ik dacht na. Als het goed was, had ik nog ergens een foto van mezelf in een nat T-shirt. Die had Oscar op Aruba genomen, toen we daar aan het snorkelen waren.

'Heb je een momentje?' vroeg ik.

Ik liep naar de kast waar Oscar onze vakantiefotoalbums bewaarde. Aruba was snel gevonden en de bewuste foto ook. Bruin en stralend zag ik eruit, met natte haren en de duikbril boven op mijn hoofd. Dat was nog van vóór de tweeling.

Ik legde de foto onder de scanner en drukte op de knop.

De lamp moest warm worden.

'Pompidom... gaap...' had Joshua intussen getikt.

'Uw geduld zal rijkelijk worden beloond, mijnheer,' beloofde ik.

De scan was klaar. Ik sloeg het fotobestand op, maakte het klein en probeerde het via ICQ naar Joshua te versturen.

Een halve minuut gebeurde er niets, toen verscheen een foutmelding.

'Werkt niet, hè? Tis hopeloos,' zei hij.

Ik pakte een oud mailtje van Joshua, drukte op reply en stuurde de foto op.

'U got mail!' zei ik tegen hem.

Ik stelde me voor dat hij drie keer achter elkaar ongeduldig op Verzenden en Ontvangen zou drukken.

Dat deed hij ook.

'Nix,' riep hij.

'Kan niet. Bij mij is het al weg.'

'Helemaal nix,' zei hij nog eens.

En toen schreef hij: 'Shit...'

'Wat is er?'

51

'Waar heb je het naar toe gestuurd?'

'Ik heb een oud mailtje van je gepakt en op reply gedrukt.' Ik fronste.

'Oeps. Ik geloof dat mijn reply-adres niet goed staat ingevuld.'

'Hoe bedoel je?'

'Daar staat joshua@zonnet.nl. Het moet zijn joshua7@zonnet.nl. Ik vergeet het steeds te veranderen.'

'Lekker slim!' zei ik. 'Dus nu heeft een andere Joshua deze foto?'

'Yep. Sorry.'

'Mm...' Ik hoopte deze Joshua nooit tegen te komen. Ik had er een hele hoop xxx-jes bijgedaan en ook de aanhef 'Voor u, Geil Monster...' zou hij misschien verkeerd opvatten.

'Zou het een voorteken zijn?' vroeg ik. 'Een slecht voorteken?'

'Neeeeeeee,' zei Joshua. 'Stuur hem nou. Please!'

Ik haalde diep adem, maakte een nieuw mailtje, hing de foto eraan en drukte op Verzenden. Terwijl het beeld werd verstuurd, pakte ik het origineel onder de scanner vandaan en deed het terug in het foto-album. Dat Oscar mij bepaalde vrijheden gunde, wilde niet zeggen dat ik hem voortdurend met bewijsmateriaal om de oren moest slaan. Sporen wissen was een tweede natuur geworden.

'HOLY SMOKE!'

Grinnikend keek ik naar mijn scherm. Joshua had de foto ontvangen.

'Niet slecht, mm?' antwoordde ik.

'Mooie vrouw ben je,' schreef Joshua.

'Dank je.'

'Ur welcome.'

'Was voor de tweeling...' voegde ik toe.

'Maakt niet uit. Je hebt een leuke toet.'

Mijn neus krulde van plezier. Het woord 'toet' was lang niet gebruikt als het om mijn gezicht ging.

'Hee... nu krijg ik een cam-shot van jou,' herinnerde ik me.

'Working on it,' zei Joshua.

Ik keek in de rechteronderhoek van mijn beeldscherm. Het liep tegen enen. Nog zes uurtjes, dan zouden Jesse en Daniel wakker worden.

'Check mail,' schreef Joshua.

Ik deed het. Er was post. Van Joshua. Snel scrolde ik naar de foto.

Een frisse kop staarde me aan. Lichte ogen. Kort haar. Grijs sweatshirt. Het begin van een lachje om zijn mond. Mooie tanden. Op de achtergrond zag ik een grenen kast. De kast stond links van een deur. De deur was halfopen en kwam zo te zien uit op een halletje.

'Help, je kijkt naar me,' schreef ik.

'Valt zeker tegen, hè?'

'Nietus,' stelde ik hem snel gerust.

Hij leek zo jong. Correctie: hij was jong. Onvoorstelbaar dat hij al een kind had. En een tweede op komst.

'Ik heb er ook een van m'n buik genomen,' meldde Josh tussen neus en lippen door.

Mijn vingers hingen aarzelend boven het toetsenbord.

'Blijft wel tussen ons, hè?' vroeg hij.

'Tuurlijk.'

'Oké dan. Onderweg.'

Ik wreef in mijn ogen. Niet denken, niet denken, gewoon doen. Leven! Je wilde dit, Diana. Tim heeft nooit tijd, weet je nog, Oscar werkt hard en is vaak moe. Je smachtte naar vers bloed.

De foto kwam binnen. Een kreet ontsnapte me. Joshua had een sixpack, voor het eerst drong de letterlijke betekenis van dit woord tot me door: zijn buik leek net de bovenkant van zes blikjes bier bijeengehouden door plastic: drie rijen van twee keurige vakjes. Maar mooier nog dan zijn wasbord, was de hand die het sweatshirt omhoog hield en die een stukje onder het shirt verdween. Een grote, brede mannenhand, met lange vingers en geprononceerde aderen. Zijn hoofd zat er niet bij, de foto ging van de hals van zijn shirt tot zijn broekrand.

'Geen woorden voor,' schreef ik. 'Een heus wasbord. SUPER. Nooit bij de hand gehad. A first!'

Joshua zweeg verlegen.

'—en je handen zijn ook tops.'

'Hihi, dank je,' schreef hij.

'Lief hoor, dat je dat durft te sturen. Ik ben gevleid.'

'Mijn handen wat?' vroeg Joshua.

'Zijn erg mooi,' bevestigde ik. 'Hoeveel buikspieroefeningen doe je per dag?'

'Stuk of negentig.'

'Moet wel, om dit op peil te houden lijkt me.'

'—en opdrukken honderd keer.'

Met resultaat. Zijn zorg, aandacht en toewijding hadden een oog-strelend resultaat opgeleverd.

'Als ik schilder was, nam ik jou als model,' zei ik.

Joshua lachte. 'Check ff mail,' zei hij toen.

Hij had alweer een foto gemaakt en vlak daarvoor zijn shirt uit-getrokken. Van heel dichtbij was het wasbord te zien, zijn borstkas met kleine, donkerroze tepels en ernaast zijn bovenarmen met stevige biceps.

'Blink, blink... het wordt steeds beter!' riep ik. 'Je bent echt trots op je buik, hè?'

'Zeker,' zei hij.

'En terecht. Beloof me één ding,' zei ik.

'Wat je maar wilt.'

Ik grinnikte. Hij wist welke antwoorden ik graag hoorde.

'Dat je straks, als je vijfendertig bent of vijfenveertig, blijft trainen. Eeuwig zonde om dit kunstwerk te laten verslonzen.'

'U bet I will,' zei Joshua. 'Was ik al van plan.'

Ik keek naar de klok. Ver na enen.

'Ik moet gaan slapen, Mister Cute, en jij ook, morgenochtend wachten de daken...'

'Mag ik je kussen?' vroeg hij.

Ineens werd ik verlegen. 'Ehm.. eh... ja hoor.'

'N8kusje.'

'Bescheiden binkie, je krijgt een warme zoen op je mond terug.'

'Wil je dat ik een kusje opstuur?'

'???'

'Ik kan een foto maken van m'n lippen...'

Joshua en zijn nieuwe webcam. Hij was niet te stuiten.

'Laat maar, ik ben die andere foto's nog psychisch aan het verwerken. Truste moppie.'

'Is al gemaakt. Bewaar hem wel.'

Hij drong niet aan. Hij drong nooit aan. Voor zover ik hem kende, was Joshua een heel oké type.

'Kus op je warme vochtige mond welke een mooie lach verbergt,' verscheen op mijn beeldscherm.

En een poëtisch type. De nacht deed hem goed.

'Ur getting a way with words, my friend.' Nadat ik mijn laatste xxx-jes had getikt, verbrak ik snel de verbinding. Soms konden we geen afscheid nemen. Bleven we maar zinnetjes tikken en waren we zo weer drie kwartier verder. Bijna half twee. Ik moest echt naar bed. Geeuwend zette ik de computer uit. Zachtjes liep ik naar boven. Ik kleedde me uit in de badkamer en poetste mijn tanden. Naakt schoof ik naast Oscar in bed. Ik warmde mijn koude lichaam aan zijn rug. Hij bewoog, maar werd niet wakker. Na een paar minuutjes draaide ik me op mijn andere zij.

'Is dat oranje slipje nou al gewassen?' vroeg Joshua op vrijdagavond 13 april.

Onze virtuele kennismaking was twee weken geleden. Joshua en ik waren zwaar verslaafd. De chatgesprekken gingen overal en nergens over. We bespraken de dag, de plannen voor het weekend, we plaagden elkaar, terwijl de koosnaampjes en kusjes over en weer vlogen. Af en toe stuurde Joshua een cam-shot, verder dan zijn blote buik was hij nog niet gegaan. Ik had hem een foto gestuurd van mijn hand. Die had ik op de scanner gelegd. Kon geen kwaad, dacht ik. Toen had ik mijn trouwring nog.

'Zachte handen,' had Joshua gezegd. En: 'Je ringvinger staat iets scheef.'

Ik keek naar de foto en zag dat hij gelijk had. Mijn vingers leken op die van mijn moeder, die hadden ook dat scheve. Grappig. Het was me nooit eerder opgevallen.

'Maf hoor, al die foto's,' zei ik. 'We herkennen elkaar straks alleen van heel dichtbij. Moet ik mijn handen in je gezicht drukken... en jij moet je shirt omhoogtrekken.'

'Alleen opdat je me herkent of omdat je dat leuk vindt?' vroeg Joshua. Hij viste vaak naar complimentjes.

Volgens mijn Persona brandde er die vrijdag een rood lampje. Persona was het apparaatje dat mijn vruchtbare dagen in de gaten hield. Ik was vóór de tweeling met de pil gestopt en er niet meer aan begonnen. Een rood lampje op de Persona betekende dat ik vlak voor mijn eisprong zat. Oscar was met een paar collega's raften in de Ardennen en zou pas zondagmiddag thuiskomen. Daniel en Jesse lagen in bed. Jesse had bronchitis. Hun deur stond open, zodat ik hem kon horen als ik in de werkkamer zat. Hij blafte flink, hij leek wel een zeehond. Als het zo doorging, moest ik maandag even naar de huisarts.

'Slipje zit in mijn ondergoedla,' schreef ik.

'Mevrouw, ik smeek u, toon mij uw ondergoed,' zei Josh.

Ik trommelde met mijn vingers op het bureau. Kwart over tien, vrijdagavond. Ooit – het leek nog niet eens zo heel lang geleden – was het dit het tijdstip waarop ik me stond op te doffen om naar de disco te gaan. Veel zwart rond mijn ogen, veel rood op mijn lippen, een minimaal rokje, zwarte netkousen en maximale hakken. Tot slot: haren touperen en kam niet vergeten mee te nemen, want het stortte snel in, dat haar van mij. Ik had een coupe soleil in die dagen. Ik zag eruit als een snol, een goedkope snol, als dat geen pleonasme is. Madonna was mijn grote voorbeeld, zoals ze in die clip op een boot door Venetië vaart en steeds moet bukken. Die look met veel vage kledingstukken, een overdaad aan kettingen en die gehaakte handschoentjes zonder vingers. Die handschoentjes had ik op het Waterlooplein op de kop getikt, zodra ik ze aantrok, voelde ik me gewapend en klaar voor de actie. Elke vrijdagavond scheurde ik in mijn Toyota Corolla over de Overtoom naar de stad, meestal met één of meer vriendinnen aan boord.

Na mijn eindexamen had ik rijlessen cadeau gekregen van mijn vader.

'Veilig vervoer is belangrijk voor een meisje,' had hij gezegd. 'Ik wil niet dat je 's nachts alleen op de fiets door de stad moet.'

De Toyota was van de buren geweest. Het was een groene

automaat, bouwjaar 1975. Ik had hem voor tweehonderd piek over-genomen. De buurvrouw noemde hem haar Turkenbak, ik noemde hem de Draak.

De Draak startte zelfs bij min twaalf. Hij bracht me altijd veilig thuis. Als ik bij iemand op bezoek was en ik uit het raam keek en hem buiten zag staan wachten, dan deed het me wat. Misschien omdat ik geen broertjes of zusjes had. Dat denk ik wel eens, dat het daardoor kwam, dat ik me zo nauw verbonden voelde met de Draak.

Noem het sentimenteel, maar ik rijd nog steeds Toyota. Natuurlijk ben ik wel eens vreemdgegaan, met Ford, met Volkswagen, zelfs met Fiat, maar altijd kwam ik weer terug bij de Japanners, die naar mijn bescheiden mening nu eenmaal de beste en meest betrouwbare auto's afleveren.

'Moment bitte,' zei ik tegen Joshua.

Langzaam liep ik de trap op. Naar de disco ging ik niet meer. Ik wreef Jesse's borst in met Vicks en hoopte dat het hem zou ver-lichten. Hij voelde koortsig aan, het arme kereltje. Daniel zou vast ook ziek worden, daar kon je de klok op gelijkzetten. In mijn slaap-kamer trok ik de ondergoedla open. Ik viste het Calvin Klein slipje eruit. Ik was niet geil, ik wilde het worden. Weer beneden liep ik naar de koelkast, pakte een Breezer, trok de dop eraf en zette hem aan mijn mond. De avond kon beginnen.

In de studeerkamer klapte ik de scanner open. Ik drapeerde het stringetje zorgvuldig op de glasplaat. Het moest een mooi driehoekje worden.

Joshua had een sos achtergelaten: 'Mis je... mis je... mis je...'

'Terug!' tikte ik met mijn linkerhand. Ik had de verbinding niet eens verbroken. Oscar zou een hartaanval krijgen als hij de telefoon-rekening onder ogen kreeg.

De scanner begon te zoemen. Ik ging op mijn bureaustoel zitten.

'Ziek kind boven,' legde ik uit.

'Gossie,' zei Joshua.

Het gescande slipje verscheen op mijn scherm. Ik giechelde. Het leek wel een foto uit Opsporing Verzocht: *Op het lichaam van het ge-wurgde slachtoffer troffen wij het volgende ondergoed aan...*

Toch had het ook wel wat. Joshua zou het vast sexy vinden. Hij moest mijn lichaam er maar bij denken.

'Heb iets voor je! Zal ik het via ICQ zenden?' vroeg ik.

'Pfff... werkt toch niet.'

Hij had gelijk. Ik pakte een mailtje van Josh, drukte op REPLY, stopte de foto erbij en verstuurde hem. Achteroverleunend nam ik een slok Breezer.

'Have I got a surprise 4 u,' tikte ik met rechts.

'Kannie wachten.'

Ik zette de radio aan.

'En?' vroeg ik.

'Noppes,' zei Josh.

Ik sloot mijn ogen. Het zou toch niet waar zijn. Ik deed ze weer open. 'Je hebt toch wel je reply-adres intussen veranderd?' tikte ik haastig.

'Eh....'

'EIKEL!'

Woest verbrak ik de verbinding. Wat een ongelooflijke droplul. Wekenlang zeurde hij mijn kop gek om een foto van mijn slipje. Hij had de instelling van zijn replay-adres al duizend keer kunnen aanpassen. Ik had er ook niet aan gedacht en nu... nu had een of andere onbekende idioot een foto van mijn stringetje in zijn postvak. Met de tekst: 'Wat hier in hoort is nog Heter&Beter'. Afzender: Diana de Wit.

Ik klokte de rest van mijn Breezer naar binnen en maakte verbinding.

Joshua was nog online.

Het ICQ-programma spuugde zijn teksten achter elkaar uit toen ik het opende.

'Diana! Diana!'

'Het spijt me.'

'Heel erg!'

'Waar ben je?'

'Back!' zei ik kort.

'Schatje,' begon Joshua weer. 'Het spijt me.'

'Ik heb GVD drie weken lopen dubben over die string. Trek ik de stoute schoenen aan, stuur ik die scan naar een wildvreemde!'

'Ja, ik vind het ook best kut,' vond Josh.

Ik schudde mijn hoofd. 'Eerst kreeg die vent geloof ik foto's van mijn kinderen en nu dit. Hij zal wel denken, *what's next?* Een afgehakte vinger of zo...'

'Hij kreeg eerst een foto van jou in wet T-shirt,' wist Joshua. 'Die van je kinderen kwamen later.'

'O god, ook dat nog.' Ik begon te lachen. 'Hij reageert trouwens nergens op. Ik heb nooit antwoord gekregen. Misschien is ie wel heel erg oud en impotent. Wat denk jij?'

'Ehm... een Joshua die impotent is? Lijkt me sterk. Misschien is het zijn nickname,' zei Joshua.

'LOL,' zei ik.

'Durf het bijna niet te vragen, maar eh...' begon Joshua.

Ik kon niet kwaad blijven. 'U ook een stringetje, Mister Cute? Zegt u het maar hoor, we hebben genoeg op voorraad. Ik ben leverancier voor het halve world wide web. Geen probleem. Oranje doen?'

'Graag, m'vrouw,' zei Joshua.

Ik maakte een nieuw mailtje en voerde zijn adres handmatig in.

'Ben ff weg. Drankje pakken. U got mail,' zei ik via ICQ.

'Caramba!' stond er toen ik terug kwam met de eennalaatste Breezer.

'U like?'

'U bet I do,' glimlachte Joshua.

'Excuses voor de kreukels. Ze is een beetje gehavend uit de droger gekomen.'

'Ondergoed strijk ik ook niet,' antwoordde hij. 'Wel spannende string.'

'Dank je.'

'Heb intussen niet stil gezeten,' meldde Joshua. 'Check mail.'

Nieuwsgierig haalde ik mijn post binnen. Als onderwerp had Joshua eenvoudigweg 'enjoy' getikt.

De achtergrond was vertrouwd: de grenen kast, de halfopen deur, het halletje. Joshua zat op zijn bureaustoel. In plaats van op zijn torso, had hij de camera op een lager gedeelte van zijn lichaam gericht. Ik zag een verschoten jeansbroek, waarvan de bovenste drie knopen openstonden. Daaronder droeg hij wit ondergoed van Dim, het merk stond op de rand.

Joshua durfde wel. Die knoopte gewoon zijn broek open, legde het uitzicht vast en stuurde het door.

'Mooi...' zei ik. 'Erg mooi. Wat voor eh... is het een slip of een boxershort?'

Ik moest toch wat vragen.

'Mail!' zei Joshua alleen.

Nog meer post, o hemel, hij ging gelijk door. Ik haalde diep adem en keek in mijn postvak. Het volgende plaatje zette al mijn zintuigen in één klap op scherp.

Het was zijn kruis. Fullfront. Beeldvullend. Joshua was gaan staan. De foto bestreek het gebiedje tussen zijn navel en zijn bovenbenen. De achtergrond was niet of nauwelijks te zien. Mijn vraag was gelijk beantwoord. Joshua droeg een nauwsluitende boxershort met korte pijpjes. Zijn geslacht tekende zich er duidelijk in af. Stijf leek ie niet. Of niet heel erg. Joshua was rechtsdragend, voor de kijkers links. Een zak van indrukwekkend formaat helde naar voren.

Ongeconcentreerd nam ik een slok Breezer, de helft van het vocht droop langs mijn kin. Ik veegde en likte het weg. Totaal in beslag genomen door het beeld, had ik nog niets tegen Joshua gezegd. Ik scande het geslacht van iemand die ik nog nooit had ontmoet, van onder tot boven, van links naar rechts. Onvoorstelbaar handig dat dit kon. Het zou nooit tegenvallen. Ik wist precies wat ik kon ver-wachten, als ik Joshua ooit live zou ontmoeten. Plus: ik kon nu een weloverwogen beslissing nemen óf ik hem ooit live wilde ontmoeten. Gebaseerd op feiten. Harde feiten.

'Je verwent me,' schreef ik uiteindelijk. 'Oogstrelend materiaal, m'neer.'

'Graag gedaan, m'vrouw. U verdient het.'

'Wat wil je?' vroeg ik hem. Een man die zoiets opstuurt, mag een beloning.

'Jouw zachte handen op de plek die ik je net heb gestuurd.'

'O boy!' zei ik. 'Ik krijg zin.'

'Waarin?'

'Je heel uitgebreid te zoenen. Je te plagen met mijn tong... en zachtjes in je onderlip te bijten.'

'Mm,' zei Joshua. 'Lijkt me ondeugend, maar erg leuk. Is een tong te scannen?'

'NO WAY!'

'Ssst... zachtjes, straks worden de kinderen wakker,' knipoogde Josh.

'Er zijn grenzen, m'neer.'

'Verontwaardigd?' vroeg hij.

'Zitten we heel lief te zoenen, ga jij vragen of ik mijn tong tussen de scanner wil leggen. Waar is de romantiek gebleven, ik vraag het u.'

Josh lachte. 'Zoiets komt in me op en dan ben ik te impulsief. Romantiek: hoe schrijf je dat?'

'Het begint met de R van Rotzak,' begon ik.

Ping!

Mijn computer maakte een geluidje. Er was nieuwe mail. Hij zou toch niet—? Snel klikte ik mijn postvak aan.

'O...

mijn...

god...' schreef ik.

Joshua zat met zijn hand in zijn broek. Zijn duim zat over de rand. Hij hield zijn geslacht vast. Het was stijf. Zijn eikel piepte nog net boven zijn pols uit en drukte tegen zijn buik. Hij had een korte tekst bij de foto geschreven: 'Wil zien waar je deze in wilt.'

Duidelijke taal.

Hij zou nu zeker iets terugverwachten. En terecht. Hij had zich bloot gegeven. De scanner was al warmgedraaid voor mijn slipje. Ik klapte hem open en haalde mijn ondergoed eruit. Wat nu? Ik ging niet in mijn blote gat op die scannerplaat zitten, zoveel was zeker. Misschien iets met borsten. Zou hij dat waarderen?

Nog even keek ik naar de foto. Het idee dat er ergens in een flat in Zwolle een man met zijn geslacht in zijn hand zat, dat mede door mijn toedoen hard was geworden, was prikkelend. Meer prikkelend dan ik van tevoren had ingeschat.

'Je bent in een ondeugende, gevaarlijke bui, Joshua,' schreef ik.

'Wij samen,' constateerde hij.

'Heeft het alle schijn van.'

'Vond je het niet erg?' vroeg hij. 'Niet te plat?'

Lief dat hij dat vroeg.

'Nee,' stelde ik hem gerust. 'Ik vind het dapper.'

'Ben dappere ridder,' zei Josh.

'Wat een toestand,' zuchtte ik. 'En dat op mijn leeftijd. Ben ik niet veels te oud voor jou?'

'Leeftijd telt niet,' vond hij. 'Kus je zachtjes op je mond.'

'Heel zacht kusje terug.'

'Draai met m'n tong rond je navel...'

Hij begon helemaal in de stemming te raken. En ik ook. Alle alarmbellen zouden moeten gaan rinkelen, maar dat gebeurde niet. Ik had zin om iets te scannen. Om iets terug te sturen. Om hem gek te maken.

Ik kon niet scannen en chatten tegelijk.

'Gimme 5, sugar...' schreef ik.

Mijn Breezer was op. Langzaam knoopte ik mijn zijden blouse open. Eronder zat een zwarte bh. Laag uitgesneden. De scanner stond uitnodigend open. Mijn bh hield ik aan, de blouse liet ik van mijn schouders glijden. Ik schoof het toetsenbord opzij en klom op het bureau, zodat ik op mijn knieën voor de scanner zat. Ik bukte zo ver mogelijk voorover. Het vereiste een zekere lenigheid, maar het lukte. Mijn borsten bevonden zich op de glasplaat. Met mijn linkerhand pakte ik de klep en deed hem zo ver mogelijk dicht. De klep zat deels in mijn nek en deels op mijn rug, ik zat nu klem tussen de klep en de glasplaat. Met mijn rechterhand tastte ik de voorkant van de scanner af, daar zat de scan-knop. Ik drukte hem in. Het apparaat begon te zoemen, de lamp schoof langzaam voorbij en weer terug. De scan was gemaakt. Giechelig klom ik van het bureau om het resultaat te beoordelen.

Altijd maar mislukte scans?
Met deze tips lukt het wél!

Les 1 Scan *nimmer* in kleur! U ziet elk pukkeltje, elke
vlek, elke oneffenheid. Zet uw scanner in de zwart-
wit-stand en u zult aanzienlijk beter resultaat boeken
Les 2 Zorg er te allen tijde voor dat de te scannen
lichaamsdelen *niet* op de glasplaat drukken, contact
met de glasplaat zorgt voor een onappetijtelijk 'ge-
plet' aanzicht. Positioneer het te scannen lichaams-
deel net boven de glasplaat voor het beste resultaat
Les 3 Beweeg niet tijdens het scannen. Een scanner
is geen fototoestel! Het heeft tijd nodig om de informatie te verwerken, net als een kopieermachine
Les 4 Wie boven een scanner hangt, heeft de zwaar-
tekracht tegen. Houd daarom uw adem in en span uw
spieren stevig aan. Dit zal het eindresultaat zeker ten
goede komen

Mijn borsten zagen er monsterlijk uit. Dit bestand ging niet richting
Zwolle. Dit bestand ging linea recta naar de prullenbak. En de prul-
lenbak werd meteen geleegd.
   'Wat doe je?' vroeg Joshua.
   'Nog ff geduld, snoepie.'
   Even overwoog ik om de scanner op de grond te zetten. Dat zou
misschien makkelijker zijn. Maar dan zat ik met de draden en de aan-
sluiting, nee, het was te veel gedoe, ik klom toch maar weer op het
bureau. Nu ik wist waarop ik moest letten, zou het vast beter gaan.
   Ik zette mijn handen onder mijn bh en drukte mijn borsten om-
hoog om ze nog wat extra op te bollen. Daarna boog ik voorover.
Eén centimeter boven de glasplaat bleef ik hangen. De klep liet ik
voor wat hij was. Ik drukte op de knop. Het zoemen begon.
   Net op het moment dat de lamp halverwege was, ging de telefoon.
Shit.

Dat was ongetwijfeld Oscar, die welterusten wilde zeggen.

Ik ging rechtop zitten, graaide naar achteren, zette de radio uit en nam de telefoon op.

'Hoi lieverd,' zei Oscar.

'Hallo schat,'.

'Alles goed?' vroeg hij.

'Prima,' zei ik. 'Hoe is het daar?'

'Vermoeiend. Maar leuk, erg leuk.'

Ik glimlachte. Joshua had 'Mork calling Orson, come in Orson...' ingetypt. Die serie kon hij helemaal niet kennen, die was van ver vóór zijn tijd.

'Alles goed met de jongens?' vroeg Oscar.

'Eh... Jesse hoest nog steeds. Ik denk dat ik maandag naar de dokter ga.' Ik klemde de hoorn tussen mijn oor en schouders, trok het toetsenbord naar me toe en gaf Joshua antwoord.

'Hou hem maar goed in de gaten. Wat was je aan het doen?'

'Tv kijken,' zei ik.

'Nou, ze willen hier nog uit, dus ik dacht: ik bel je vast even om welterusten te zeggen.'

'Dacht ik al. Ga jij maar lekker stappen, schat. Veel plezier.'

Het was twaalf uur. Wat ik dringend nodig had, was de laatste Breezer.

'Alles komt goed!' schreef ik aan Joshua. Ik klom van het bureau en ging in mijn bh naar de keuken. Het huis was stil. Muisstil. Zelfs Jesse hoestte niet. Niet meer. Toch maar even naar boven. Het beeld van een levenloos lichaampje sprong voor mijn ogen. Het schudden aan het lichaam in het nog warme bedje, de angst, de paniek. Het besef van de onverbiddelijkheid van de dood: *Opgestaan is plaatsje vergaan.* Sinds de kinderen had ik een rijk scala aan b-films in mijn hoofd, die nooit goed afliepen. *Laat hem niet, laat hem alsjeblieft niet...* dacht ik bij elke trede, wetende dat het onzin was, wetende dat het voor sommigen werkelijkheid werd, nog altijd verbijsterd over het feit dat verreweg de meeste ouders die een kind verliezen, twee dagen later enveloppen schrijven in plaats van een doorgeladen pistool tegen hun hoofd te drukken.

Jesse sliep. Daniel ook. Mijn kleine konijnenkontjes.

Gerustgesteld ging ik naar beneden, viste de Breezer uit de koelkast, zuchtte eens diep en trok het flesje open.

Time 2 party!

Expres zwalkend liep ik naar de studeerkamer. De radio moest weer aan. Muziek, maestro.

Ik wierp een blik op het beeldscherm en schrok.

Joshua was offline. Mijn dakdekker was hem gepeerd.

Lekker dan. Net nu ik in alle rust mijn borsten voor hem wilde gaan scannen. De ondankbare hond.

Ik schoof het toetsenbord opzij. De klep van de scanner stond nog steeds open. Ik zou het karwei afmaken, dan vond hij de foto morgenochtend in zijn postvak. Ook leuk. Voor de derde maal klom ik op het bureau. Ik bukte, bracht mijn boezem in de ideale positie en drukte op de scannerknop. Het duurde lang. Heel lang. De lamp was afgekoeld en moest eerst opwarmen. Al die tijd hing ik boven de glasplaat. Mijn borsten werden erin weerspiegeld. Je zag alleen de bovenkanten, die ronde, volle vormen verraadden. Mijn tepels werden bedekt door zwart kant. Het apparaat begon te zoemen. Ik hield mijn adem in en hield mijn armen langs mijn hoofd. Op hoop van zegen.

Het resultaat mocht er wezen: de foto toonde twee borsten van heel dichtbij, gevat in een donkere bh. Het sierlijke kanten randje langs de twee cups, het strikje dat de twee cups met elkaar verbond, de bollingen erboven, het stukje middenrif onder de bh, het zag er allemaal erg sexy uit. Dit zou Joshua geweldig vinden. Tim trouwens ook. En nog wel meer mannen uit mijn adresboekje. En Oscar natuurlijk.

'Diana!'

Joshua was terug.

'Schatje,' tikte ik snel. 'Super dat je er weer bent.'

'Moest even Monique gedag zeggen. Ze ging naar bed.'

'Aha. Alles goed met haar?'

'Ja, hoor,' schreef hij. 'Wel kwaaltjes. Spataderen, brandend maagzuur, je kent het wel.'

'Wanneer komt de baby?' vroeg ik.

'Half juni.'

Nog twee maanden dus.

Zorgvuldig componeerde ik een mailtje. Met het juiste adres. Verzenden die handel.

'Wil je al naar bed?' vroeg Joshua.

'Ikke niet! Jij?'

'Neeeeee...' zei hij.

'Je hebt mail,' meldde ik hem.

Het was even stil.

'Slik,' zei Joshua toen.

'Tevreden?'

'I like this a lotta,' ging hij door.

'Ben je hard?' vroeg ik. Het was tien voor half één. Ik was enigszins dronken. Ik moest het weten.

'You made me, yes.'

'Weet je waar ik zin in heb?' vroeg ik.

'Tell me.' Soms schakelde Joshua volledig over op Engels. Het viel mij nauwelijks op.

'Dat je doorgaat waar je gebleven bent. Je tong cirkelde rond mijn navel...' herinnerde ik me nog.

'Zak langzaam af,' Joshua viel gelijk in. 'Over je slipje naar de binnenkant van je bovenbenen. Langzaam schuif ik je slipje iets opzij... je lippen glinsteren. Je ruikt zoet en lekker.'

Zijn woorden gingen van het scherm via mijn ogen naar mijn hersenen. Mijn mond werd droog.

'Ik pak je hoofd vast van achteren en duw je zachtjes...' schreef ik.

'Mm,' zei Joshua. 'Ik proef je vochtige lippen en zucht. En vraag of je je slipje uit wilt doen...'

'Je mag het zelf uittrekken,' beloofde ik.

Onrustig draaide ik heen en weer op mijn stoel. Onder mijn rode rok droeg ik een zwart hoog opgesneden slipje. Zonder lang na te denken, deed ik mijn billen omhoog, trok mijn rok op tot mijn middel, haakte mijn duimen bij de zijkanten van mijn slip en schoof hem naar beneden. Ik haalde de slip over mijn voeten en slingerde hem op de glasplaat.

'Behendig stroop ik het naar beneden toe af...' Het was alsof Joshua zag wat ik deed: 'M'n vingers spelen plagerig...'

'Josh...' kreunde ik, terwijl de scanner zoemde.

'Met mijn vingers voel ik hoe nat je bent en lik ze af. Ik dwing je om jezelf te proeven door je te zoenen...'

Mijn linkerhand gleed onwillekeurig tussen mijn benen. Jezus, wat was hij lekker.

De slip was gescand. Ik had twee handen nodig om een mailtje te maken en door te praten.

'Je doet het... erg lekker...' schreef ik. 'Check mail.'

'Ik spreid je lippen en begin je zachtjes te likken.'

De betekenis drong volledig tot me door. Joshua likte me. Ik sloot mijn ogen. Kort, want ik wilde niets missen.

'Ik lik je navel,' verklapte hij. 'Je borsten en kus je terwijl ik je tegen me aandruk...'

O, hij likte iets hoger dan ik in gedachte had: 'Ik zoen je ongeduldig terug...'

'Hey... ik zie je mail,' zei Joshua verrast. 'Nu word ik helemaal nieuwsgierig.'

'Naar wat?'

'Naar wat hierin zat en ik graag wil proeven.'

'De slip die jij nu voor je hebt, had ik net nog aan,' zei ik, voor het geval hij dat niet had begrepen.

'Kreun,' zei Joshua. 'En nu dan, wat heb je nu aan?'

'Weinig.'

'Tell me.'

'Die zwarte bh. Heb je ook gezien. En een rood rokje. Zit rond mijn middel.'

'Uit!'

'W-w-wat bedoelt u, m'neer?'

'Je begrijpt me wel. Alles uit. En ik wil het bewijs zien. U got mail!'

Ik schudde lachend mijn hoofd. We voelden elkaar haarfijn aan. Het was bizar.

De mail kwam binnen. Joshua's jeans stond nu helemaal open. Hij hield zijn slip omlaag met zijn linkerhand. Zijn geslacht was hard en recht.

'En?' vroeg hij.

Hij leek zich geen zorgen te maken om zijn zwangere vrouw. De deur naar het halletje stond nog steeds half open. Als hij zich geen zorgen maakte, deed ik dat ook niet.

'Durfal!' zei ik. Daarna haakte ik mijn bh los en gooide hem op de scanner, bij de slip. Mijn rokje ging ook uit en erbij. Ik was nu helemaal naakt.

Mijn kleren werden gescand. Het bewijs ging naar Joshua. Hij was tevreden.

Ik keek nog eens goed naar zijn laatste foto.

'Weet je,' zei ik. 'Weet je wat ik wel zou willen?'

'Zeg het maar.'

'Even in die Dim graaien, cadeautje uitpakken.'

'Lekker,' vond Joshua.

'Zachtjes strelen zodat ie hard blijft.' Ik ging door: 'Op mijn knieen voor je gaan zitten...'

'Sounds good.'

'...met mijn tong plagerig over je eikel gaan...'

'Aiii,' zei Joshua.

'Zou ie in mijn mond passen?' vroeg ik me af. 'Even proberen. Kijken of het gaat...'

'Denk het wel,' schreef hij snel. 'Niet helemaal in de lengte, dat niet...'

'Mjam, ja, dat gaat wel... goed zo.... mijn lippen sluiten zich om je harde pik.'

Joshua zweeg.

Ik beschouwde het als een aanmoediging: 'Ik zuig je af, terwijl ik met mijn handen je billen kneed.'

'Mm, ik voel je zuigen.'

'Nu ik hem in mijn mond heb, wil ik eigenlijk meer...' aarzelde ik.

Joshua begreep de hint. Hij nam het initiatief over.

'We liggen in bed,' schreef hij. 'Allebei naakt.'

Dat was helder.

'Ik lig op je. Je bent nat. Ik lik je. Ik zoen je overal. Op je buik, rond je navel. Ik neem je tepels in mijn mond. Ze zijn hard.'

Ze werden hard. In het echt.

'Ga door,' tikte ik met mijn rechterhand.

'Nu zoen ik je mond. Je tong krult uitnodigend.'

Zoenen was lekker. Maar niet nu. Het was tien voor half twee. We waren al uren bezig. Eigenlijk al weken.

'Ik kreun zachtjes,' schreef ik. 'En begin ongedurig te bewegen. Ik trek je heupen naar me toe, hou je billen vast.'

Joshua wist wat er van hem verwacht werd: 'Hij is hard voor je. Ik duw hem zachtjes tegen je lipjes....'

'Ik hef mijn heupen en wil dat je stoot...'

'Stoot nu hard en diep in je...' antwoordde hij onmiddellijk. 'Steeds ruwer.'

Misschien was het mijn eisprong, misschien waren het de drie Breezers, misschien mijn herinneringen aan de tijd toen ik jong en wild was, ik had geen pasklaar antwoord op de vraag waarom ik me zo liet gaan. Deze jongen, deze jonge god, woonachtig te Zwolle, bestuurde mijn lichaam op afstand.

'Ga door!' beval ik hem

'Dieper en dieper stoot ik. Ik voel je samentrekken en stop, pesterig...'

Hij mocht niet ophouden. Hij mocht nu absoluut niet ophouden, ik typte snel met tien vingers: 'Ik haat het dat je me pest en ik fluister in je oor dat ik je wil. Ik wil dat je me neemt, steeds harder...'

'Toch kom ik uit je en ga op mijn rug liggen. Ik trek je tegen me zodat jou rug op mijn borst ligt. Ik masseer je borsten en voel je buikje snel op en neer gaan...'

Even moest ik nadenken om het plaatje voor me te zien. Toen kon ik antwoorden: 'Weerloos lig ik op je harde buik, je mag alles met me doen...'

Joshua wist precies wat hij wilde doen: 'Ik trek je knieën omhoog en ram mijn pik in een keer diep in je natte kutje.'

De woorden 'ram', 'pik' en 'natte kutje' werkten als een rode lap op een stier. Het was zo simpel. Waarom deden mensen er altijd zo ongelooflijk moeilijk over? Het hele leven draaide om het rammen der pikken in natte kutjes. Als we dat nou eens met z'n allen zouden toegeven, waren we een heel end.

'Hard stoot ik in je...' schreef Josh. 'Met mijn vingers streel ik je klitje, mmm wat ben je nat... Met mijn vingers streel ik je mond. Je proeft jezelf en mij.'

Ik voelde me verplicht af en toe een teken van leven te geven: 'Mijn lippen zijn gezwollen, zo heet ben ik... je maakt me gek.'

'Ik spreid je lippen en stop met stoten. Je trilt. Je wilt komen. Ik streel je en stoot zachtjes. Je bent in extase. Je wilt komen, maar ook weer niet...'

'Als je zo doorgaat, kan ik het niet erg lang meer volhouden,' schreef ik waarschuwend.

'Je vecht tegen een orgasme, maar ik voel je al samentrekken...'

Zou Joshua weten hoe dicht hij bij de waarheid zat?

'Ik begin te stoten, terwijl je samentrekt. Mijn zaad—'

Heel langzaam tikte ik: 'Ik kreun steeds harder en roep je naam.'

Joshua zei alleen nog maar 'mmmm'.

'Kom maar, schatje,' zei ik.

Hij bleef beleefd: 'Ik vraag of ik in je mag spuiten.'

'Het mag.'

Natuurlijk mocht het. Zó mocht alles. Dit was volstrekt ongevaarlijk.

'Diep spuit ik in je. Ik voel je spieren om mijn pik, hij klopt met langzame bewegingen, ik beweeg mijn heupen, stoot, tril... en ontspan.'

Met grote ogen keek ik naar het scherm. Waar haalde hij het vandaan? Dit was een pro.

'Uitgeput rollen we van elkaar af. Ik vraag of je nog leeft...' zei Joshua.

'Geloof het wel,' zei ik zacht.

'Lekker?'

'Yes. Very. Je kan het goed... op papier...'

'Ben je echt gekomen?' vroeg hij nieuwsgierig.

'Ja,' tikte ik blozend.

'Dan zou ik je vingers wel willen ruiken en aflikken nu,' genoot Joshua.

'En jij?'

'Ik bewaar het. Straks pak ik je foto's erbij,' zei Josh.

Huiverend haalde ik mijn blouse onder de scanner vandaan en trok hem aan.

Het stelde me een beetje teleur dat hij niet was gekomen.

'Vond je het wel lekker?'

'Zekerzzz,' stelde hij me gerust.

Ik moest ineens ontzettend gapen. 'Ik begin om te vallen, mop.' Het was kwart over drie, geen wonder. 'Dit is mijn absolute chatrecord.'

'Haha. I'm glad we broke it,' zei Josh blij. 'Zullen we nog een fotomailtje doen? Om af te sluiten?'

'Schatje, ik heb vierkante ogen,' zei ik. 'Ik kan echt niks meer verzinnen.'

'Volgende keer dan?'

'Sure,' zei ik.

'Er komt toch nog wel een volgende keer?' Ineens klonk hij ongerust.

'???'

'Ik hoop niet dat vanavond een einde maakt aan onze eerdere chats. Je bent leuk. Met of zonder sex.'

Hij was een echte ridder. Hij mocht blijven.

'Geen zorgen. Ben moe, maar gelukkig,' schreef ik. 'Tot gauw, snoepie.'

'Truste, lieverd,' typte mijn ridder. 'Ik heb nog één dingetje te doen. Daarna ga ik ook slapen. ☺ & xxx-jes van Joshua.'

Op zaterdag 14 april, om 3:23 uur werd de verbinding tussen onze computers verbroken.

Vijf

'Wát heb je gedaan?!' Evelien schoot overeind en stootte haar hoofd aan het dak van de zonnehemel. 'Chips, dat doet zeer.' Sinds ze kinderen had, zei Evelien geen 'shit' meer, maar 'chips'. Ze wreef over haar schedel.

'Ik heb het gedaan. Via de computer. Met Joshua.' Ik grinnikte en trok het brilletje terug over mijn ogen.

De zonnebank kraakte, Evelien ging liggen.

'Waarom?' vroeg ze.

'Waarom denk je?'

'Ik dacht dat je alleen maar chatte met die jongen.'

'Dat deed ik ook.' Een zweetdruppel gleed tussen mijn borsten. 'Maar het werd steeds... eh... erotischer.'

Ik deed mijn brilletje weer omhoog en keek opzij.

Evelien trok een bedenkelijk gezicht. 'Erotisch? Met een dakdekker?'

Er ging een zoemertje af. Ik draaide me op mijn buik. 'Joshua is heel bijzonder. Het ging eigenlijk vanzelf. We zijn tot diep in de nacht doorgegaan. De volgende ochtend voelde ik me geradbraakt, joh. Alsof ik heel heftig was wezen stappen. Terwijl ik al die tijd achter mijn computer had gezeten. Nou ja, behalve even... om te...'

Ik begon te lachen.

'Om wat?' vroeg Evelien. Ze lag op haar rug. De zwangerschappen hadden er flink in gehakt. Ik vond het moeilijk om ernaar te kijken.

'Om een paar dingen te scannen.' Ik had me voorgenomen discreet te zijn, maar ik kon het niet laten.

'Te scannen?' vroeg Evelien.

'Ik heb stukjes van mijn lichaam gescand. En wat ondergoed. En dat naar Joshua gemaild.'

'Mijn god,' zei Evelien. Nu ging haar zoemertje af. Ze draaide zich met enige moeite op haar buik. 'Wat vreselijk plat.'

'Jij vindt alles wat ik doe plat.'

Ze schudde haar hoofd. 'Ik probeer je te volgen, Diana, echt, maar het gaat allemaal zo snel. De laatste keer dat ik je sprak, was je nog helemaal vol van de vibrator die je had besteld. Hoe heette dat ding ook alweer?'

'Tarzan.'

'En?'

'En wat?' vroeg ik onschuldig.

'Heb je hem al binnen?' wilde ze weten. Ze had haar brilletje ook afgezet en keek me aan. We lagen allebei op ons buik. Ik knikte.

Op donderdag 8 maart had ik bij een sexshop op internet een vibrator besteld. Het voelde als een verzetsdaad. Oscar en ik hadden in geen weken sex gehad. Tim was druk-druk-druk. Druk met zijn werk, druk met zijn puberzoon, druk met zijn demente vader, ik kon de verhalen dromen. Ik haat het als mannen me in de koelkast zetten. Een man moet God op zijn blote knieën danken dat ik hem wil ontvangen en niet gaan lopen piepen over allerhande onbenullige bijzaken.

Toen Tim die donderdag voor de zoveelste keer onze afspraak afzegde, was ik net boodschappen aan het doen. Ik ontving zijn sms-je in de supermarkt bij de kaasafdeling. Achter de toonbank stond een jongen van een jaar of twintig, met zo'n witblauw hoedje van papier. De meeste bedienden lopen voor gek met zo'n ding, hij kon het hebben. 'Stel je voor,' zei ik tegen de jongen. 'Stel dat ik jouw minnares was. En dat ik je zou bellen en zeggen: ik wil je nú. Kom hierheen! Wat zou jij dan doen?'

De jongen bloosde en nam me schielijk op. Het was een zachte dag, ik had zo min mogelijk aan en droeg hoge hakken.

'Nou... eh... ik zou het wel weten, mevrouw,' zei hij zacht. 'Ik denk dat ik me zou ziek melden.'

'Dankjewel, dat bedoel ik,' zei ik. 'Een plat stuk pittig belegen van een pond, alsjeblieft.'

Het is later nog even wat geworden met de jongen van de kaas-afdeling. Als je zo'n lijntje eenmaal uitzet, kun je net zo goed doorgaan. Het duurde een week of twee, toen was het voorbij, daarna ging ik aan de chat. Hij was lief, echt waar, hoe heette hij nou ook alweer... Bart, geloof ik, o ja, Bart. Een schatje, maar heel onervaren. Hij zat telkens zo te trillen en te stotteren als we samen waren, ik kon het op een gegeven moment niet meer aanzien. Bart heeft nu een leuk vriendinnetje, zij staat bij het vlees.

Toen ik die middag thuiskwam met de boodschappen had ik uit pure ellende de laatste banaan van de fruitschaal gepakt: 'Vanaf nu ben jij van mij, cowboy.' Ik nam hem mee naar boven, kleedde me uit, ging op bed liggen en legde de banaan op Oscar's kussen. Hij was naar zijn werk. De tweeling zat op het kinderdagverblijf. Mijn minnaar had afgebeld. Ik was een volwassen vrouw. Ik had zin. Ik mocht de daad bij het woord voegen. De gedachte alleen al, dat er een banaan bij me naar binnen zou gaan, was behoorlijk opwindend.

Ik streelde mezelf met links en pakte de banaan in mijn rechterhand. Met de stompe kant duwde ik hem naar binnen. Ongepeld. Later las ik iets in de *Aktueel* over een vrouw die ook een banaan in haar geval deed, maar zij had de vrucht eerst uit de schil gehaald. Het gaf me alsnog het gevoel een blunder te hebben begaan. Die vrouw had haar man naar huis gelokt en hij was aan het stukje dat er nog uithing, gaan knabbelen. Dat zou Oscar nooit doen, ik wist het zeker.

Mijn banaan was een stevige jongen. Het voelde goed, ik moest het toegeven. Jezelf vingeren is één ding, maar daarnaast een stormram hebben voor het stevige werk geeft de sessie net dat beetje meer. Binnen twee minuten kwam ik klaar. Ik trok hem eruit. Het stickertje zat er nog op. Dit orgasme werd mede mogelijk gemaakt door Max Havelaar Keurmerk Bananen.

'Was het ook lekker voor jou?' fluisterde ik.

Ik kleedde me aan en nam hem naar beneden. In de keuken stond ik even in dubio. De tweeling was dol op banaan. Ik was al bij de supermarkt geweest en ging niet nog een keer. Ik spoelde Max af en legde hem terug op de fruitschaal. Daarna kroop ik achter computer, surfde naar een online sexshop en bestelde een vibrator.

de Black Tarzan, type TS 2050, een high tech verwenner is, die door de meeste vrouwen wordt geprefereerd boven alle andere vibrators? De TS 2050 heeft een drievoudige werking, hij stimuleert vagina, clitoris en anus tegelijk. Als deze jongen je geen orgasme kan bezorgen, kan niemand het.

Evelien geeuwde. 'En hoe bevalt ie?'

'Prima,' zei ik. Na de heftige chatsessie met Joshua had ik Tarzan uit de kast gepakt en nog even nagedroomd. Vervolgens was ik als een blok in slaap gevallen.

'Wat vindt Oscar ervan dat je chat met een dakdekker?' vroeg Evelien.

Ik veegde een zweetdruppel van mijn wang. 'Hij vindt het best.'

Evelien schudde haar hoofd. 'Ik geloof het niet. Het moet aan hem vreten. Hij zegt het misschien niet, en ik weet dat jullie die afspraak hebben, maar toch... Joost zou het vreselijk vinden. Hij zou het nooit pikken.' Evelien stak haar hand uit, tastte de vloer af, vond haar flesje water en nam een slok.

'Joost is Oscar niet,' zei ik kort. 'En Joost pikt dingen die Oscar nooit zou pikken.'

'Zoals?'

'Slaapt Sofietje nog steeds bij jullie in bed?' vroeg ik.

'Dat is heel wat anders.' Evelien's stem schoot omhoog.

'Waarom? Ik kan me niet voorstellen dat Joost daar blij mee is.'

'Joost heeft ook geen zin om er drie, vier keer per nacht uit te gaan,' zei Evelien afgemeten. 'Als ze groter wordt, gaat het vanzelf over. Ze zal echt niet tot haar achttiende tussen ons in liggen.'

Ik dacht aan het gesprek dat ik met Joost had gevoerd op de verjaardag van Marieke. Hij was biertjes aan het tappen toen ik met een stapel vuile gebaksbordjes de keuken binnenkwam.

'Ha, daar hebben we het frivole vriendinnetje van mijn vrouw,' zei hij. 'Fijn truitje hebben we weer aan, Diana.'

'Dank je.' Ik zette de bordjes op het aanrecht en wilde weggaan. Met Joost was ik meestal snel uitgepraat.

'Biertje?' vroeg hij. Zo te horen, had hij zelf al het nodige achter de kiezen.

'Heb je Breezer?' vroeg ik.

Hij trok de koelkast open. 'Breezer, Breezer... nee, geen Breezer, wel biologisch appelsap... kindercola.... en Karvam Cevitam.'

'Laat maar.'

Hij deed de koelkast weer dicht, pakte zijn biertje en nam een slok.

'Mag ik je iets vragen?' Hij boog zich samenzweerderig naar me over. 'Jij en je man hebben toch een open relatie... Hoe is dat nou?'

Zie hier, het grootste nadeel van een open relatie. Als mensen er lucht van krijgen, moet je op elk verjaardagspartijtje met de billen bloot. Mannen willen vooral likkebaardend weten hoe het is en vrouwen willen vooral in alle toonaarden benadrukken dat zíj er niet aan zouden moeten denken.

'Die Oscar van jou boft maar. Toch? Die kan doen en laten wat hij wil. Met toestemming. Godsamme, het lijkt me geweldig.' Hij liet een boer.

Ik trok de afwasmachine open en begon de bordjes in te ruimen.

Joost liet een restje bier in zijn glas ronddraaien. 'Ik heb het wel eens aangekaart, hoor, héél voorzichtig. Sofietje slaapt elke nacht bij ons in bed, ik word er gestoord van. Overdag is Evelien altijd moe of bezig, dus...' Hij dronk het restje op. 'Het is onbespreekbaar. Totaal onbespreekbaar.' Hij staarde in het lege glas. 'Nu heb ik het opgelost zoals alle mannen het oplossen, met smoesjes over late vergaderingen, je kent het wel...'

Ik klapte de afwasmachine dicht. 'Ik geloof niet dat ik dit wil weten, Joost.'

'Kom op zeg, wat doe jij ineens zedig. Ik dacht dat jij me zou begrijpen. Jij bent toch van de vrije sex?'

Joost ging vreemd. Hij dacht dat hij het wel aan mij kon opbiechten, omdat ik van de vrije sex was. De lul vergat voor het gemak dat Evelien mijn vriendin was.

'Ik ben vooral van de eerlijkheid. Als jij een afspraak met je vrouw hebt over vreemdgaan, dan moet je je daaraan houden.'

Hij zuchtte. 'Daarvoor is het een beetje te laat. Ik ben een beetje verliefd.' Hij giechelde. 'Een béétje verliefd, ik ben heel erg verliefd.'

In de woonkamer werd *Twee violen en een trommel en een fluit* ingezet.

Joost liet zijn glas nog een keer vollopen. 'Het klinkt misschien maf, maar ik zou willen dat ze hier was. Het liefst wil ik haar aan iedereen voorstellen. Nathalie is een geweldige meid, jij zou haar ook leuk vinden.'

Ei, ei, ei, we zijn zo blij, want Marieke die is jarig en dat vieren wij.

En ze heette Nathalie. Dank zij die zak hooi zou ik elke keer als ik Evelien zag aan Nathalie denken. Nathalie die het met Joost deed, Joost die verliefd was op Nathalie, zonder dat mijn vriendin het wist.

'Is het serieus?' vroeg ik.

'Wat kijk je streng, Daan,' lachte hij. 'Ja, het is serieus. Maar mijn gezin is nog serieuzer. Daar komt Nathalie niet tussen.'

Nee, nee, nee, nee, geef dan maar een kopje thee.

Ik hoopte maar dat Nathalie goed besefte waar Joost zijn prioriteiten legde.

'Wil je echt niets drinken?' Joost gebaarde naar de tap.

'Nee, dank je.' Moest ik blijven of weggaan? Als ik langer bleef, zou ik meer informatie krijgen en werd de kans groter dat ik Joost zou begrijpen. Misschien was het beter dat ik hem een lul bleef vinden.

'Soms snap ik Evelien niet,' zei Joost. 'Marieke heeft jaren tussen ons in gelegen. Ik mocht haar niet wegsturen, want dat was zielig. Totdat Sofietje kwam, toen was het ineens niet meer zielig, toen moest Marieke naar haar eigen bed. En het gebeurde ook. Waarom heb je dat nou nooit voor mij gedaan, dacht ik...'

Honderd jaren leven in de gloria.

Joost zocht steun. Hij hoopte in mij een medestander te vinden. En inderdaad: ik kon zijn redenering volgen, maar ik was ook een vriendin van zijn vrouw. Als ik hem gelijk gaf, verraadde ik Evelien. *Hoe zou Oprah zoiets oplossen?* vroeg ik me af. *Of dokter Phil?*

'Nu ligt er dus weer elke nacht een kind naast me. Evelien wil niet streng zijn, want dat was ze bij Marieke ook niet, zegt ze.' Joost haalde een sigaret uit het pakje in zijn borstzak en zette het keukenraam op een kier. Hij stak de sigaret in de geiser en gebruikte de waakvlam om hem aan te steken. 'Weet je wat ik het ergste vind? Het allerergste?' zei hij na de eerste, diepe haal. 'Dat mijn vrouw er totaal niet naar verlangt om alleen met mij in bed te liggen. Ik ben steeds degene die erover begint. Die altijd wil. Ik wil dat zij mij wil, dát wil ik.'

De moeder van Joost kwam de keuken binnen. Ze had een glas witte wijn in haar hand. Joost zweeg abrupt.

Ik pakte een doekje en begon het aanrecht schoon te vegen.

'Goh jongen, ik dacht dat jij gestopt was,' zei Joost's moeder.

'Dat ben ik ook,' zei Joost. Hij draaide de kraan open en hield de peuk eronder.

Marieke's verjaardag was nu twee maanden geleden. Ik had Joost niet meer gesproken. Het vrat aan me. Ik had het aan Oscar verteld. Oscar kon problemen waar ik nachten over lag te malen in drie zinnen tackelen. *Hou je erbuiten*, had hij gezegd. *Het is niet jouw zaak. Als het echt serieus wordt met die Nathalie, zal Joost het vanzelf wel opbiechten.*

'Mis jij het dan niet?' vroeg ik voorzichtig aan Evelien. 'Je sexleven staat al zo lang op een laag pitje. Laatst zei je nog dat je niet begreep hoe Sofietje er ooit was gekomen.'

Evelien's zonnebank sloeg af, de hemel ging piepend omhoog. Ze draaide zich op haar zij.

'Niet iedereen is er zo mee bezig als jij, Diana.'

Ze had het misschien verdrongen, maar ooit, vóór het kindertijdperk, vond Evelien sex minstens zo belangrijk als ik. In de zomer van 1994 moest Joost onverwacht naar het buitenland. Zijn broer Mark was in de problemen gekomen. Iets met hasj, een hele toestand. Uiteindelijk bleef Joost maanden weg. Ik had Evelien zowat elke avond aan de telefoon. 'Ik vind het heel zielig voor Mark,' zei ze dan. 'En die dreigende doodstraf is natuurlijk geen pretje. Maar het komt er wel op neer dat ik al in geen zeven weken een goede beurt heb gehad. Zeven weken! Is dat een misdaad tegen de mensheid of niet, Daan?'

We waren het van harte eens. Ik had haar gevraagd of ze al last had van fatamorgana-pikken.

'Wat is dat?'

'Dat krijg je als je heel lang droog staat. Dan zit je bij voorbeeld in de auto en kun je alleen maar aan piemels denken.'

'O ja, dat ken ik!' had ze geschaterd. 'Dan rijd ik op de snelweg en zie ik alleen maar penissen om me heen. Grote, harde, stijve, slappe. Ze dansen om mijn hoofd. En als ik er eentje probeer te pakken, grijp ik mis.'

Ik zuchtte en keek naar de teller. Nog een halve minuut, dan zouden mijn lampen ook uitgaan.

'Weet je nog van de fatamorgana-pikken?' vroeg ik aan Evelien.

Ze wist het nog.

'Heb jij die nooit meer? Ik zie ze nog geregeld.'

Evelien ging rechtop zitten, pakte haar handdoek, sloeg hem om zich heen en zette hem boven haar borsten vast.

'Ik snap niet wanneer je daar tijd voor hebt. Jij hebt de tweeling. Je hebt Oscar. Je hebt Tim nog steeds. Toch?'

Ik knikte.

'En dan nog die... die hoe heet ie... Hoe kun jij dromen over piemels? Als ik droom, dan is het over acht uur ongestoord slapen.'

Dat is het punt, Evelien, Joost wil dat je over hem droomt. Maar dat doe je niet. De blik van je man is aan het dwalen geslagen. Hij is blijven rusten op Nathalie.

'Hoever wil jij eigenlijk gaan?' vroeg Evelien. 'Tot je een elftal hebt?'

'Een élftal?' grinnikte ik. 'Wow, als dát zou kunnen.'

Plof! Het werd donker. Mijn zonnehemel ging omhoog. Toen hij boven was, zwaaide ik mijn benen over de rand van de bank. Ik pakte Evelien's flesje en nam een slok water.

Ze fronste. 'Jij gaat altijd zo ver. Nu weer met dat chatten. Kun je nou niet alleen een beetje flirten? Dat is toch ook spannend?'

Verder dan flirten zou Evelien nooit gaan, ik wist het. Ze ging niet voor de kill. Bewonderen op afstand vond ze voldoende.

'En dan zo'n dakdekker.' Ze trok een zuinig mondje. 'Ik weet het niet, hoor. Zo'n jongen heeft toch geen enkele conversatie?'

Soms denk ik heel gemene dingen die ik niet durf te zeggen. Zeker niet tegen vriendinnen. Met vriendinnen moet je het altijd eens zijn, dat is een ongeschreven wet. Waar haalde Evelien het lef vandaan op voorhand te concluderen dat Joshua niets te melden zou hebben? Alsof zij de wereld dagelijks verraste met een baaierd aan gespreksonderwerpen. De ijssalon van haar conversatie kende nog maar drie smaken: Thijs, Marieke en Sofie. *No more stracciatella.*

'Kom je nooit een leuke, jonge vader tegen? Op de crèche of zo?'

Evelien's kinderen gingen niet naar de crèche. Ze vond crèchekinderen zielig.

WIST U DAT...

de leuke, jonge vader steeds vaker bij de ingang van het kinderdagverblijf wordt gesignaleerd? Hij beweegt zich gehaast voort. Op zijn rechterarm draagt hij een tot in de puntjes gestylde dreumes met ingevlochten haar, aan zijn linkerarm bungelen een aktetas en een knuffelbeest. Crèches hanteren een streng deurbeleid. Meisjes moeten minstens één stuks haarversiering dragen, anders wordt hun de toegang geweigerd. De leuke, jonge vader ziet de omgeving niet als jachtgebied, zoals een gezonde man dat zou doen, hij ziet slechts een verantwoorde, fleurige plek waar zijn nageslacht zal worden verzorgd en opgevoed.

De leuke, jonge vader overhandigt zijn kind aan de leidster, wier gezicht hem vagelijk bekend voorkomt. De leuke, jonge vader geeft zijn brullende kind een knuffel, streelt haar onhandig over het ingevlochten haar en verzekert haar dat mama haar vanmiddag snel

zal halen. Hij weet dat hij liegt, mama komt meestal
één minuut voor sluitingstijd binnenhollen en soms
nog later, zodat het nageslacht eenzaam met de leidster in de lege hal zit te wachten, terwijl de stoeltjes
omgekeerd op de tafeltjes staan. Leuke, jonge vaders
hebben veel kopzorgen en zijn doorgaans niet geschikt als minnaar.

'Goed, geen jonge vader, dus,' concludeerde Evelien. 'Maar je hebt
Tarzan, is dat dan niet voldoende?'

Ik begreep dat ik met Lolo Ferrari, God hebbe haar ziel, over de
voordelen van de A-cup van gedachte probeerde te wisselen. Ik ging
staan en graaide mijn slip van de vloer. 'Voordat ik Tarzan had, deed
ik het met bananen. Hoe diep kan een mens zinken? Ik hou van sex,
Evelien, het spijt me vreselijk, maar ik wil gewoon vaak neuken. Met
een kerel. Niet met een stuk plastic.'

Zes

Tim Kloosterziel verzorgde groepstrainingen voor het bedrijfsleven. Burnout-preventie was zijn specialiteit. Twee keer per jaar vertrok hij naar de Spaanse Pyreneeën, voor de Time Out-cursus, waarin met behulp van een enneagram een week lang werd gewerkt aan de ontwikkeling van de deelnemers. In de zomer van 1997 had De Vries Consultancy zijn werknemers een Time Out-cursus aangeboden. Ik was een van de cursisten, samen met een aantal collega's. Eind augustus reisde ik af naar een landgoed in de buurt van Gerona. Het enneagram boeide me niet, Tim Kloosterziel wel. Ik wist al na tien minuten dat ik hem wilde. Na twintig minuten wist ik dat ik hem zou krijgen. Tijdens onze eerste lunch vroeg ik de cursusleider plagerig of hij me de missie van zijn bedrijf wilde uitleggen. Die had ik in de folder gelezen, ik had me er erg mee vermaakt.

'Wij vervullen de sturende rol om de oorspronkelijke inspiratie-bron te herontdekken en te benutten,' antwoordde Tim ernstig. 'Met de wetenschap dat ieder mens de eigen specifieke kracht en motivatie kan vinden, is werken inspirerend en zijn de resultaten zichtbaar.'

Het was ongelooflijk. Hij lepelde de onzin foutloos op. Wist hij niet dat ik bij een consultancybedrijf werkte? Wist hij niet dat ik dit soort rookgordijnen van zinnen dagelijks maakte, maar dan stukken beter en met een hogere graad van geloofwaardigheid?

'En wat betekent dat, concreet?' vroeg ik.

'Heel simpel: als je mensen motiveert en inspireert, leveren ze beter resultaat af,' schokschouderde hij. Hij keek een beetje gekweld. Het maakte hem onweerstaanbaar, precies zoals Harrison Ford in *Sabrina*. Een draak van een film, maar Harrison vergeef je alles, zelfs een reclamespot waarin hij iets onduidelijks met een bonsaiboompje doet.

'Weet je wat mijn missie is?' vroeg ik, nadat ik een kloddertje jam uit mijn mondhoek had gelikt.

Tim schudde zijn hoofd.

Ik wees naar zijn borstkas, terwijl mijn mond het woordje 'jij' vormde.

De cursusleider verschoot van kleur. Ik knipoogde, legde mijn servet op de picknicktafel, klom zo elegant mogelijk uit het bankje en heupwiegde weg.

Missie Tim was een fluitje van een cent: de laatste nacht lag ik bij de trainer in bed. Op zijn brede borstkas krulden grijze haren.

'Ik heb het nog nooit met een deelneemster gedaan,' bekende Tim.

Hij zag mijn ongelovige blik.

'Echt niet. Ik heb me dat altijd heilig voorgenomen. Het leek me buitengewoon onprofessioneel.'

'Het lijkt mij vooral buitengewoon lekker...' zei ik, terwijl ik mijn hand in zijn Sloggi liet glijden. 'Trouwens, ik voel hier een heel bijzondere punt van de enneagram,' zei ik zacht. 'Ik geloof dat er sprake is van een stukje zeer gemotiveerde groei...'

Tim lachte. Hij lachte luid en smakelijk. Toen pakte hij me bij mijn haar en trok hij mijn hoofd ruw naar achteren, zodat mijn kin omhoogschoot.

'Brutaal juffertje,' zei hij. 'Ik zal je leren.'

Hij leerde me zijn pirouettes.

Tim was toen vijftig, ik was bijna twintig jaar jonger. Daar maakten we grapjes over, hij verweet me lachend dat ik gewoon een vaderfiguur zocht.

'Jij, een vaderfiguur? Verbeeld je maar niks,' zei ik. 'Een vieze, oude man ben je.'

'Leven je ouders nog?' vroeg Tim.

'Ze wonen in Frankrijk. Ze runnen daar een pension.' Ik zweeg abrupt. Eigenlijk had ik al te veel gezegd. Ik wilde geen intimiteiten delen met mijn minnaars.

Tim vroeg of ik ook zussen of broers had. Hoe die heetten.

'Jij bent veel te nieuwsgierig,' zei ik, terwijl ik mijn nachthemd uittrok. Ik droeg een rood behaatje met een wit kanten randje. Tim verlegde zijn aandacht. 'Eigenlijk,' zei ik liefjes, 'wil ik dat je alleen geïnteresseerd bent in mijn lichaam. Is dat heel lastig?'

Hij haakte zijn wijsvinger achter het kanten randje, trok en ontblootte mijn linkerborst. Ik liet de bandjes van mijn bh zakken. Tim hield zijn adem in. Het was niet lastig.

Ik dacht dat Tim een one-night-stand zou zijn. Ik dacht dat ik hem na de cursus nooit meer zou zien. Er was een hoop chemie tussen ons, zeker. We zouden die nacht wegzoenen, wegvrijen, we zouden elkaar opeten tot het klaar was en dan zouden we elk ons weegs gaan, hij naar zijn vrouw, ik naar Oscar.

Tim kon erg lekker vrijen. En de Sloggi bevatte een geslacht dat perfect van formaat was. Lang, maar niet te lang. En breed. Heerlijk breed, niet zo'n dunne stengel, daar hield ik niet van.

De volgende ochtend zouden de cursisten voor de laatste maal gezamenlijk ontbijten. Ik was om zes uur uit Tim's bed gekropen en naar mijn eigen kamer gegaan. Niemand had me gezien.

Tim zou me naar het station van Gerona brengen. Dat hadden we die nacht afgesproken. Toen hij opstond van de ontbijttafel sprak ik hem er nonchalant over aan. Alsof we de afspraak al dagen geleden hadden gemaakt en niet een paar uur daarvoor, terwijl we in elkaars armen lagen. Tim knikte en zei dat hij over een kwartiertje zou wegrijden.

Helaas ving Mirjam, een collegaatje van mijn afdeling, zijn laatste woorden op. Mirjam heeft krullend rood haar, dat op een heel vreemde, asymmetrische manier is opgeknipt, alsof het een heg is. Ze droeg die ochtend een ketting van grove, houten kralen, een ruitjesblouse en een donkergroene ribbroek. Mijn schoonmoeder zou zeggen dat ze er ongezellig uitzag.

'Kan ik met Tim en jou meerijden? Ik moet ook naar Gerona,' zei ze. 'Kunnen we samen de trein pakken.' Ze smeerde een dikke laag pindakaas op een stuk stokbrood.

Ik schrok. Het laatste wat ik wilde was met Tim en Mirjam in één auto zitten, laat staan met Mirjam naar Nederland reizen. Ik wilde alleen zijn, ik wilde de hele weg aan Tim denken. Zijn geur hing nog om me heen, ik had me expres niet gewassen.

Volgens mij was Mirjam niet per trein gekomen, ik had haar aan het begin van de week bij een andere collega uit de auto zien stappen. Wie was het ook alweer? Bertrand.

'Rij jij niet met Bertrand mee?' vroeg ik.

Bertrand hoorde zijn naam en keek op.

'Nee, die gaat niet naar Nederland,' zei Mirjam. 'Die blijft nog even in Spanje. Zijn tante woont hier, geloof ik.' Ze stak het stokbrood in haar mond.

Bertrand en ik waren al lang collega's maar ik had nog nooit van een tante in Spanje gehoord. Ik keek hem met opgetrokken wenkbrauwen aan. Zijn ogen twinkelden. De zak! Hij had Mirjam gedumpt. Hij had geen zin om met haar terug te reizen en nu zat ik ermee opgescheept

'Kan het?' vroeg Mirjam met volle mond.

Ik dacht snel na. Mijn tas was al gepakt. Die stond klaar in de hal.

'Waar is je koffer?'

Ze wees opzij.

'Ik moet nog wat spulletjes pakken,' loog ik. 'Ik ga naar boven. Eet jij maar rustig af, dan kom ik je halen als we weggaan, goed?'

Ik ging niet naar boven, ik haalde mijn tas uit de hal en ging op zoek naar Tim. Hij stond in de keuken met de pensionhoudster te praten.

'Kom mee, we moeten weg,' zei ik dwingend. 'Waar staat je auto?'

'Heee juffertje, waar is de brand?' vroeg hij verbaasd.

De pensionhoudster keek van Tim naar mij. Ze verstond geen Nederlands.

'Geen grappen,' zei ik nadrukkelijk. 'En geen vragen. Gewoon met me meegaan. Ik leg het straks wel uit. Vertrouw me.'

Hij liet zich meetrekken.

'*Hasta la vista! Muchas gracias for everything, siñora Orobio de Castro!*' riep ik tegen de pensionhoudster. Ze hief aarzelend haar hand. Ik wuifde vrolijk.

'Geweldige naam, zo zou ik ook wel willen heten,' zei ik tegen Tim. 'Heb je je autosleutels bij je?'

'Die zitten in het contact,' grijnsde hij. 'Dit is *the middle of nowhere*, weet je nog?'

'*Go, go, go!*' zei ik.

Tim nam mijn tas van me over, liep met me mee naar buiten en legde de tas op de achterbank. Hij had een donkerblauwe Citroën BX. We stapten in. Hij startte de auto. Grind spatte op zodra hij gas gaf. Angstig keek ik door de achterruit. Tim verliet het grindpad en draaide de zandweg op naar het nabijgelegen Sant Jaume de Llierca. Pas toen ik het pension niet langer door de achterruit kon zien, draaide ik me om en liet ik me gerustgesteld achteroverzakken.

'Dat scheelde weinig.'

'Kleine druktemaker, wat was er nou?'

Tim legde zijn rechterhand op mijn bovenbeen en kneep er zacht in. Onmiddellijk ging er een scheut door mijn onderbuik. Die kramp was de leidraad van mijn leven. Deze niet te missen fysieke reactie, dit kompas, maakte duidelijk dat ik een man leuk vond. Dat ik hem wilde. Of hij of ik gebonden was, deed er niet toe. Het kompas faalde nooit. Soms had ik een zwak voor iemand zonder dat ik het wilde toegeven. De scheut drukte me altijd met mijn neus op de feiten, als ik de man onverwacht tegenkwam, als hij me terloops aanraakte, zelfs als ik zijn naam ergens op papier zag staan.

Ik vond Tim Kloosterziel leuk. Ik vond hem heel erg leuk. Misschien was ik wel een beetje verliefd op Tim.

De timing kon niet slechter. Oscar en ik wilden kinderen. Ik was eenendertig, Oscar drieëndertig, het werd onderhand tijd. Op 1 januari 1998 zou ik met de pil stoppen, de datum was al geprikt.

'We moeten praten,' zei ik tegen Tim.

Hij hield beide handen weer aan het stuur. De zandweg was bijna vijf kilometer lang, voerde door een bos en werd onderbroken door een riviertje dat je moest oversteken door er dwars doorheen te rijden. Het water stond meestal zo laag, dat het geen probleem was. Alleen als het heel hard had geregend, was het stroompje onbegaanbaar en moest je wachten tot het water zakte.

Tim leidde zijn Citroën behendig door het water. Hij had het vaker gedaan.

'Waarom heb je geen terreinwagen?' vroeg ik. 'Lijkt me echt iets voor jou.'

'Dit is een leaseauto,' legde hij uit. 'Ik kon kiezen tussen deze en een Daewoo.'

Hij blikte opzij. 'Waarom vind je een terreinwagen echt iets voor mij?'

'Gewoon. Stoer,' zei ik. Ik wist toen nog niet hoe serieus Tim was. Hoe serieus hij iedereen nam, mij ook. Tim zocht achter elke opmerking, hoe losjes of nietszeggend ook, een diepere betekenis. Hij woog elk woord op een goudschaaltje. Tim onthield alles.

'Vertel me eens waarom je zo'n haast had om weg te komen,' zei hij.

Ik was Mirjam alweer bijna vergeten.

'Een collega van me wilde meerijden. Ze had gehoord dat jij me een lift zou geven.'

'Welke collega?' vroeg Tim.

'Mirjam Rutte,' zei ik. 'Die met dat scheve haar.'

'Ik weet wie Mirjam is,' zei Tim. Hij klonk een beetje gepikeerd. Natuurlijk, hij had een week met ons gewerkt, het zou lullig zijn als hij niet wist wie ze was. Tim was even stil. 'Een bijzonder meisje,' concludeerde hij toen. 'Ze leek wat wereldvreemd, maar zocht toch nadrukkelijk contact met de groep. De respons was gering, terwijl ze erg haar best deed.'

Ik had geen zin in een Mirjam-evaluatie. Ik wilde over ons praten. Over vannacht.

'Vond ze de cursus goed?' vroeg Tim nieuwsgierig. 'Heeft ze nog wat over mij gezegd?'

Ik legde mijn hand op zijn schouder en kriebelde hem achter zijn oorlel. 'Waarom rijden we niet even terug? Dan halen we Mirjam op en kan je het haar allemaal zelf vragen. Goed idee?'

Hij lachte. Tim had warrig, grijs haar, een rechte neus en vrij dunne lippen. De scherpe lijnen in zijn gezicht maakten hem knap. Zijn helderblauwe ogen gaven hem iets jongensachtigs, iets naïefs, alsof hij dacht dat het beste nog altijd moest komen.

We reden nog steeds over de zandweg. Ik zag een klein zijweggetje naar links.

'Ga daar eens in,' wees ik.

Gehoorzaam sloeg Tim links af. Na driehonderd meter eindigde het weggetje bij een open plek in het bos.

'Kijk nou toch!' riep ik enthousiast.

Vóór ons lagen de resten van een openluchttheater. Het toneel was overwoekerd met onkruid. Tussen de stenen bankjes groeiden varens. Overal lagen losse stenen, takken en boomstronken. De zon scheen fel. Ik duwde het portier open en stapte uit. Tim volgde. Hij liep om de auto heen en pakte mijn hand. Voorzichtig stapten we door het puin. We vonden de trap, klommen naar de derde rij en gingen zitten, nog steeds hand in hand.

'Grappig dat je me naar deze plek hebt geleid,' zei Tim. 'Vroeger hielden we hier het slot van de cursus. De deelnemers moesten om beurten een voordracht doen. Heerlijke avonden waren dat.'

Tim kende de plek. Hij had er al herinneringen aan. Mooie herinneringen. Jammer. Ik had de eerste willen zijn. Ik wilde altijd de eerste zijn.

We keken elkaar aan. Er stond geen zuchtje wind. Op het zoemen van een paar insecten na, was het stil. De echte wereld was mijlenver weg. We waren alleen. Als vanzelf bogen onze hoofden naar elkaar. Opende ik willig mijn mond. Drong zijn tong bij me naar binnen. Gleed zijn hand onder mijn t-shirt. Zocht zijn hand. Vond zijn hand.

Ik trok mijn tong terug, maakte mijn lippen los van de zijne, veegde vluchtig mijn mond af en zei voor de tweede keer die ochtend: 'We moeten praten.'

'Praat maar,' mompelde Tim. Zijn hand bewoog nog steeds onder mijn t-shirt. Door de stof heen hield ik hem tegen.

'Kijk me aan,' zei ik streng.

Hij keek. Ik trok zijn hand onder mijn t-shirt vandaan en legde hem op zijn schoot.

'Dit is *just for fun*, toch?' vroeg ik.

'Je hebt het warm,' zei Tim. Hij tuitte zijn lippen en blies me koelte toe. Zijn adem streek langs mijn haargrens. Van mijn linkeroor, langs mijn voorhoofd, naar mijn rechteroor. Zijn handen kwamen weer in beweging. De toppen van zijn vingers kriskrasten over mijn bovenarmen.

'Toe nou, ik meen het. Als we dit willen doorzetten, moeten we een paar dingen afspreken. We mogen niet—'

'—in elkaar verdwalen?' Tim's gezicht kwam dichterbij. Hij hield op met blazen, drukte kusjes naast mijn oor. 'Spreek het maar af. Leid me.'

'Je bent hopeloos,' zei ik.

Hij ging rechtop zitten.

'Wil je me nog zien, straks, in Nederland?' vroeg ik onzeker.

'Liefst wel,' zei hij. Hij pakte een tak van de grond en legde hem in de palm van zijn linkerhand. Er zat mos op. Zijn rechterwijsvinger streelde het mos.

Ik was jaloers. Jaloers op een pluk mos. Het sloeg nergens op. Dit sloeg allemaal nergens op. Het was de hitte, de Spaanse zon. Hij was de oude, wijze man, ik de ongedurige leerling. De klassieke onzin. Wat hier gebeurde was op tal van manieren te verklaren: chemisch, biologisch, hormonaal. Mijn brein hield me voor de gek. Wat ik voelde, was nep. Het had niets met Tim te maken. Niets met Oscar. Niets met liefde. Hij had iedereen kunnen zijn. Ik schoof een stukje bij hem vandaan.

'Niet bang zijn, Diana,' zei Tim zacht. 'Vannacht was bijzonder. Ik voelde iets dat ik lang niet heb gevoeld. Ik denk dat we elkaar iets kunnen geven. Iets wat we misschien zijn kwijtgeraakt.'

Hij brak stukjes van de tak. Ik staarde naar zijn handen. Dit kon uit de hand lopen, besefte ik, dit kon serieus worden. Hij zei dingen die ik niet wilde horen. Correctie: hij zei dingen die ik dolgraag wilde horen, maar waarvoor ik me doof moest houden. Oscar en ik wilden kinderen. Dit was verkeerd.

'Weghollen is jouw stijl niet,' zei Tim, alsof hij mijn gedachten raadde. 'We hebben elkaar nodig. Misschien om elkaar te spiegelen. Om onszelf beter te kunnen zien. Misschien zitten we vast en moeten we elkaar even schoppen.'

'Besef je wel wat je zegt, Tim? Je bent getrouwd. Ik ook.'

Hij gooide het takje weg, draaide zich naar me toe en legde zijn hand onder mijn kin.

'Niets bedreigends of kwetsends mag er gebeuren met de mensen van wie we houden,' zei hij langzaam. 'Je bent sterk en mooi, Diana. Ook als ik je nooit meer zie. De uren van vannacht kan niemand me afnemen.'

Normaal zou ik op dit moment een grap maken. *Hey dude*, zou ik zeggen, *je moet solliciteren bij Harlequin, de uitgever van de Bouquet-reeks. Daar betalen ze grof geld voor dit soort tekst.*

Als je een bepaalde leeftijd hebt bereikt, kun je sommige dingen niet meer serieus uit je bek krijgen. Zo is het toch? Het verbaasde me dat Tim het nog wel kon. Hij was vijftig. Een halve eeuw oud! Heel wonderlijk. Nóg wonderlijker dat ik niet lachte.

'Je hebt gelijk,' ging hij verder. 'We mogen niet in elkaar ver-dwalen. Maar is er nog een weg terug? Ik heb vannacht genoten van mijn ontdekkingstochten over je vel, je mond, je hals. Hoe je tong me lokte, het luiken van je ogen, hoe ik je aan het lachen kreeg. Het was lang geleden, Diana.'

Hij zweeg.

Was het lang geleden dat hij over iemands vel had gekropen of was het lang geleden dat hij dit voor een vrouw voelde? Voelde hij iets voor me? Ik durfde het niet te vragen.

Ik pakte zijn hand. 'Tim,' begon ik aarzelend. 'Het is heel lief wat je allemaal zegt. Maar je kent me niet.'

'Ik begin je aardig te kennen,' antwoordde hij. Hij staarde naar mijn borsten terwijl hij het zei. Mijn tepels reageerden. Ik beet op mijn lip.

'Nee, je kent me niet. Ik heb een effect op mannen. Echt waar. Ze worden verliefd op me. Ze denken dat ze verliefd op me zijn. Terwijl ik dat niet wil.'

Ik nam zijn middelvinger tussen mijn vingers en masseerde hem. Tim kneep zijn ogen samen.

'Ben je bang dat ik voor je val?' zei hij. 'Omdat je een soort fatale vrouw bent?'

'Precies! Ik wil niks fataals. Ik wil best iets met je, maar alleen als het ongecompliceerd is. Niet diep, niet moeilijk. Gewoon, dat jij lief en leuk doet en dat ik dat terugdoe. En dat we dat doen zolang het gezellig is.'

Ik nam zijn middelvinger in mijn mond en zoog eraan. Zijn vinger tastte mijn mond af, ging onder mijn tong. Mijn mond zakte open. Hij trok zijn natte vinger over mijn onderlip, over mijn kin, langs mijn hals.

'Misschien moeten we spelregels afspreken,' stelde ik voor.

Hij fronste.

'Elke relatie is een overeenkomst gebaseerd op afspraken. Afspraken, die meestal onuitgesproken blijven.' Ik herhaalde wat hij op de cursus omstandig had uitgelegd.

'Je hebt goed opgelet, kleine dondersteen,' zei Tim. 'Maar dat ging over relaties tussen werknemers. Tussen chefs en ondergeschikten, tussen werknemers onderling.'

Ik wuifde mezelf koelte toe. 'Wat is het verschil? Wij staan op het punt een relatie aan te gaan. Eigenlijk zijn we er al mee begonnen. Waarom geen afspraken maken? Waarom niet uitspreken waar het om gaat?'

Tim keek op zijn horloge. 'Jij gaat je trein missen,' waarschuwde hij.

'Kan me niet schelen. Er gaat er nog wel een trein.'

Tim sloeg zijn armen over elkaar: 'Oké, *shoot!* Als je opschiet, halen we hem nog wel.'

Ineens was hij strak en zakelijk.

'Regel één,' zei ik. 'Ik wil niets horen over problemen met je vrouw. Ik zal jou niet vermoeien met verhalen over mijn man.'

'Oscar,' herinnerde hij zich.

'Precies, die.'

'Wie zegt dat ik problemen heb met mijn vrouw?' zei Tim onschuldig.

Ik glimlachte en kuste hem kort op zijn mond. 'Heel goed! Je vrouw is een schat en je bent dol op haar. Hou die gedachte vast. Regel twee: je wordt niet verliefd op me. Ik ook niet op jou. We hebben geen enkele verplichting ten opzichte van elkaar.'

Tim knikte: 'Niet verliefd, staat genoteerd. Zeg, hoe vaak heb jij al met dit bijltje gehakt?'

Ik raapte een steentje van de grond en wierp het in de richting van het toneel. 'Gaat je geen bal aan. Regel nummer drie...'

'Zoenpauze?' vroeg hij.

Het moet gezegd dat Tim heel goed kon zoenen. Je hebt mannen die lange, verticale likbewegingen maken, alsof ze een rol behang moeten in smeren. Je hebt erbij die als een dolgedraaide buitenboordmotor in je mondholte tekeergaan of – heel griezelig – op je tong beginnen te kauwen. Dan zijn er figuren die hun tong zo ver mogelijk naar binnen duwen om hem daar vervolgens minutenlang te laten liggen, zodat je je er steeds pijnlijker van bewust wordt dat er een natte lap vlees in je mond ligt te wachten op een vorm van bewerking.

Tim zoende subtiel. Het puntje van zijn tong kon pirouettes maken, het kon zachtjes likken, het kon me gek maken.

Ik opende mijn mond. Zoenpauze.

Tim hapte hongerig toe. Zijn rechterhand ging gelijk mee op strooptocht. Ik sloot mijn ogen.

Na een halve minuut kwam hij overeind en sloeg hij zijn armen weer over elkaar. 'Pauze voorbij. Wat is regel drie?' vroeg hij.

'Eikel! Je plaagt me,' zei ik terwijl ik hem een stomp gaf.

'Regel drie, Mevrouw De Wit, eerder ga ik niet met u in zee.'

Er liep een mier over mijn voet. Ik keek omlaag, er kwam een colonne aangewandeld. Ik schopte mijn sandalen uit en legde mijn benen op Tim's schoot.

'Goed. Regel nummer drie: dit blijft onder ons. Je gaat dit aan niemand opbiechten. Niet aan je vrienden, niet aan je broer...'

'Ik heb geen broer.'

'Jammer,' vond ik.

'Ik haat je, Diana.'

'Weet ik toch, schat. Regel nummer drie is dat je te allen tijde, ook al word je gemarteld, ook al word je naast me in bed aangetroffen, ook al moet je zweren op het leven van je kinderen, dat je te allen tijde ontkent iets met me te hebben.'

'*I did not have sex with that woman,*' begreep Tim.

'Precies. *Say it wasn't you.*'

'*It wasn't me.*'

'Jij was het niet,' herhaalde ik hees. Hij keek me aan. De zon verdween achter een wolk. De koelte was verrukkelijk.

'Echt niet?' vroeg Tim.

'Absoluut niet.'

Hij trok me naar zich toe. Ik sloeg mijn benen om hem heen, zodat mijn kruis tegen het zijne drukte. Zoenpauze.

Even later pakte ik zijn pols. 'Hoelang hebben we nog?'

Tim keek. 'Tien minuutjes.'

'Goed, mijnheer de cursusleider,' zei ik. 'Zou u dan zo vriendelijk willen zijn u naar het podium te begeven? En zou u daar hardop alles willen herhalen wat wij zojuist hebben afgesproken? Met overtuigingskracht, met alles wat u in zich heeft?'

Ik strekte mijn arm uitnodigend in de richting van het toneel.

Hij pakte de handschoen op. Hij tilde me van zijn schoot, plantte me terug op het bankje en liep met opgeheven hoofd de trappen af. Soepel stapte hij het podium op. Hij liep naar het midden, hield halt, draaide zich om. Theatraal hief hij beide armen. 'Diana de Wit!'

Hij had een prachtige stem. Daar was ik als eerste op gevallen. Ik knikte hem minzaam toe.

'Zojuist hebben wij onze prille relatie bekrachtigd met drie... ik herhaal... drie... afspraken.'

De zon kwam achter de wolk vandaan. Tim stond in het volle licht.

'Regel één,' zei Tim. Hij stak zijn rechterduim op en wees ernaar met zijn linkerwijsvinger.

'Ik zal u, Mevrouw De Wit, niet vermoeien met mijn privé-beslommeringen.'

Ik klapte in mijn handen.

'Regel twee.' Tim voegde zijn rechterwijsvinger bij zijn duim. 'Ik zal niet verliefd op u worden. Tenzij...'

Wat had ie bedacht?

'Tenzij u verliefd wordt op mij.' Hij boog zijn hoofd. 'In dat geval sta ik niet voor mezelf in. Dat moet u mij vergeven.'

'Bóe-óe!' riep ik.

'Regel drie.' Hij stak nu drie vingers op en spiedde rond om zich ervan te verzekeren dat niemand hem hoorde. 'Ik zal zwijgen!' Hij drukte zijn vuisten tegen zijn borst. 'Ik zal ons geheim meenemen in mijn graf. Niemand zal ervan horen. Zo waarlijk helpe mij God almachtig.'

Ik gaf hem een staande ovatie, deed mijn sandalen aan en huppelde de trap af.

Tim reed plankgas naar Gerona. Anderhalve minuut voor het vertrek van de trein stond ik op het perron. Mirjam was in geen velden of wegen te bekennen.

Zeven

'Ik hou van je.'

Ik lag op mijn rug. Het was dinsdagmiddag. Tim was op me, in me. We ontmoetten elkaar eens per twee weken op een bovenwoning aan de Willemsparkweg in Amsterdam.

De woning was van Kofi, een Ghanees die Tim had leren kennen op een voetbaltoernooi. Kofi werkte bij Kentucky Fried Chicken op het Damrak. In 1993 had hij zijn geboortestad Koemasi verlaten, hij was toen zesentwintig, tegenwoordig woonde hij in Oud-Zuid tussen de nouveau riche. Kofi huurde de ruimte onder van een fotomodel met wie hij kortstondig getrouwd was geweest. Tim had nooit durven vragen of het huwelijk uit liefde was gesloten of om een verblijfsvergunning. Kofi's ex, de bloedmooie, blonde Shiona had in elk geval een groot hart. Toen ze Kofi verruilde voor een IT-ondernemer besloot ze dat hij in haar huis mocht blijven wonen. Shiona vertrok, Kofi bleef en betaalde een schijntje huur. Dank zij de vriendelijke Ghanees beschikten Tim en ik over een liefdesnest met drie zonnige kamers, plankenvloeren en hoge plafonds met ornamenten. Op de wc hingen polaroids van een modeproductie waaraan Shiona had meegedaan. Ze droeg een wijde bontcape met niets eronder. Je zag de binnenkanten van haar borsten, maar net geen tepels, ik begreep waarom Kofi de foto's had laten hangen.

Tim en ik wilden Kofi belonen voor zijn generositeit – het zou altijd goedkoper zijn dan een hotel – maar hij weigerde iets van ons aan te nemen. Als we geld op het kookeiland achterlieten, Shiona had drie maanden voor haar vertrek een strakke Italiaanse designkeuken laten installeren, stopte hij dat in een envelop, die klaarlag als we terugkwamen. *Voor Tim & Diana*, stond er dan op. Het was leuk om onze namen clandestien bij elkaar te zien.

'Neem dat geld nou, trakteer jezelf,' zei ik tegen Kofi toen ik hem aan de telefoon had om te vragen wanneer hij avonddienst had.

'Diana, Tim is mijn vriend,' antwoordde hij plechtig. 'Jij bent zijn vriend. Zijn vriend is mijn vriend. Ik wil veel vrienden, niet veel geld.'

'Dit is Nederland. Hier kan het allebei,' zei ik.

Hij was niet te vermurwen.

'Kunnen we iets anders voor je doen?'

Dat wel. Onze gastheer bleek geïnteresseerd in oud papier. Hij vond het onbegrijpelijk dat Nederlanders hun oude kranten in bakken op straat gooien, terwijl je er bij de lompenhandel geld voor kunt krijgen.

'Mensen hebben geen zin om helemaal naar de lommerd te gaan voor een paar dubbeltjes, Kofi,' legde ik uit. 'De papierbak is dichterbij.'

'Maar wie krijgt dan het geld dat het weggegooide papier opbrengt?'

De gemeente, vermoedde ik.

'Kan ik ook zo'n bak op straat zetten?' vroeg Kofi zich af.

'Denk het niet,' zei ik. 'Daar zou je een vergunning voor moeten hebben en die krijg je nooit.'

In Ghana zaten ze te springen om oud papier, vertelde Kofi. Marktkooplui gebruikten het om hun spullen mee te verpakken. Hij kon de kranten per container naar zijn moederland verschepen, zou dan uit de kosten komen en nog wat bijverdienen ook.

'Elke snipper die je kunt missen, is welkom, Diana.'

Sindsdien nam ik al ons oud papier mee naar de Willemsparkweg. Blijkbaar had Kofi meer klantjes gevonden, want Tim en ik troffen overal stapels kranten aan. De Ghanees had een voorkeur voor zaterdagkranten, die waren lekker dik en de bijvoegsels zaten meestal nog keurig dichtgevouwen.

Tim rolde van me af.

Ik beet op mijn lip. Ik had de vier verboden woorden gezegd. Daarna was ik klaargekomen, Tim ook. Hij had niets gezegd. Misschien had hij het niet gehoord.

'Gaat het goed met je?' vroeg ik hem.

Hij stroopte het condoom af en legde er een knoop in. Toen knikte hij.

'Je bent zo stil,' zei ik.

Het condoom lag tussen ons in. Tim's sperma was vacuüm verpakt. Het kon geen schade aanrichten.

'Hoelang gaan we nu met elkaar om?' Ik vroeg naar de bekende weg.

'Honderd jaar,' zei hij. Hij trok zijn kussen omhoog, ging rechtop zitten en vouwde zijn handen achter zijn hoofd. Om zijn mond lag een vage glimlach. 'Ik was vergeten dat het zo kon zijn,' zei hij langzaam. 'Zo ontspannen, bijna vredig.' Hij keek me aan. 'Dankjewel.'

Hij bedankte me vaak. Ik werd er zenuwachtig van.

'Ik... eh... hoorde je wat ik net zei?'

'Natuurlijk.' Hij leunde terug in het kussen en deed zijn ogen dicht. Ik bestudeerde zijn gezicht. Tim kon snel van stemming wisselen.

'Je moet niet denken dat ik met je speel of zo. Ik meende het, Tim. Ik voelde het en daarom zei ik het,' legde ik uit.

'Je hoeft je niet te verontschuldigen. Je moet je nooit schamen voor wat je voelt.' Hij ging op zijn zij liggen en legde zijn hand op mijn buik.

'Maar de regels dan?' vroeg ik kleintjes.

'Jij hebt ze opgesteld, jij hecht eraan. Ik niet. Ik heb me overgeven aan wat tussen ons gebeurde. Ik heb het laten gebeuren. Zonder voorbehoud, zonder angst.'

Hij liet mijn buik los, drukte de duim van zijn rechterhand tegen die van zijn linker, drukte zijn wijsvingers tegen elkaar en keek door het vierkantje dat tussen zijn handen ontstond.

'Wat doe je?'

'Ik maak een foto. Je bent zo mooi zoals je daar ligt.'

Er schoot een brok in mijn keel. Ik probeerde het weg te slikken, maar het lukte niet. Uit mijn linkerooghoek gleed een traan.

'Schatje toch,' zei Tim. Hij boog zich naar me over en kuste de traan weg. 'Wat is er?'

Ik zuchtte. Als ik zou praten, zou het raar klinken. Ik verborg mijn gezicht tegen zijn borst.

'Het is moeilijk,' zei ik schor. 'Soms is het zo moeilijk.'

Tim streelde zwijgend mijn haar.

'Ben jíj niet bang?' vroeg ik, terwijl ik met betraande ogen naar hem opkeek.

'Jawel,' zei hij. 'Ik ben een beetje bang van het hopeloze, van het gebrek aan perspectief. Als ik alleen ben, ben ik soms zó zonder je dat het pijn doet. Maar als we hier met zijn tweeën zijn, is alles goed.'

Kippenvel kroop over mijn arm. Kofi's thermostaat stond zuinig afgesteld, we durfden er niet aan te komen. Het dekbed was op de grond gegleden. Ik raapte het van de vloer en trok het over me heen.

'Koffie?' vroeg Tim.

Ik knikte. Hij liet me los, stond op en liep de slaapkamer uit. Brede rug, mooie billen, lichte o-benen. Volkomen op zijn gemak in een huis dat niet het zijne was.

Ik pakte het condoom bij het knoopje en zwaaide het zachtjes heen en weer, als een pendel. Ondanks al mijn goede voornemens, ondanks de regels, ondanks Tim's pogingen het spel te spelen zoals ik het wilde, was het serieus geworden tussen ons. Serieuzer dan ik tot nu toe had willen toegeven. Tim belde me bijna elke dag. We mailden. Als ik hem een week niet zag, begon het knagende missen. Hadden we een afspraak staan, dan verheugde ik me daar buitensporig op. Oscar wist van niets. Hij wist dat er een Tim Kloosterziel bestond, een bedrijfstrainer die ik in Spanje had leren kennen en met wie ik wel eens ging eten, maar hij zocht er niets achter.

De afgelopen maanden had ik mijn kop een meter diep in het zand gestoken, ik had mijn hij-is-maar-een-lustobject-act volgehouden, ik had Evelien bezworen dat er niets bijzonders aan de hand was, terwijl zij waarschijnlijk al lang had gezien wat ik uit alle macht probeerde te ontkennen: dat ik smoorverliefd was op Tim.

Ik zette mijn relatie met Oscar op het spel, ik liep er op mijn werk de kantjes vanaf en dit alles zonder een fatsoenlijk excuus. Mijn echtgenoot was mijn alles, ik hield van hem, ik wilde hem niet kwijt. Mijn vader was een schat, mijn moeder licht excentriek, maar dol op haar dochter. Er zaten geen diepe krassen op mijn ziel die balseming behoefden. Waarom was ik aan deze verhouding begonnen? Ik had er geen recht op. Evelien wel. Als zij iets met een oudere man had gekregen, was het appeltje-eitje geweest. Oorzaak en gevolg.

Ik strekte mijn arm uit en legde het condoom op het nachtkastje.

De vader van Evelien was in 1970 bij een verkeersongeluk om het leven gekomen. Hij was gemeenteraadslid, moest vaak vergaderen en kwam dan laat thuis. Op een woensdagvond in maart belde hij op om te zeggen dat hij klaar was met vergaderen en dat hij zo in de auto zou stappen. Mocht hij zijn jongste dochter nog even aan de telefoon? Ja, dat mocht.

'Dag papa,' zei de achtjarige Evelien.

'Dag meisje,' zei de vader van Evelien. 'Heb je een leuke dag gehad?'

'Ja papa,' zei Evelien. 'Kom je nu naar huis?'

'Ja, ik ben klaar met werken.'

'Zal je heel hard rijden, papa?' vroeg Evelien. 'Dan ben je snel thuis.'

Evelien's vader beloofde dat hij heel hard zou rijden. Hij zou vast op tijd zijn om Evelien nog een kusje voor het slapen gaan te geven.

Haar vader botste onderweg op een tegenligger en was op slag dood.

Evelien heeft heel lang gedacht dat het haar schuld was. Heeft jarenlang tegen niemand durven zeggen wat de inhoud van haar laatste gesprek met haar vader was. Heeft pas later, veel later begrepen dat haar vader heus niet als een onverantwoorde idioot langs 's rijks wegen was gaan scheuren omdat zijn jongste dochter hem dat had opgedragen. Dat er sprake was van een ongelukkige samenloop van omstandigheden. Niet meer en niet minder. De moeder van Evelien stierf twee jaar na het ongeluk aan kanker. Willen alle spirituele dwaallichten in dit heelal vanaf nu ophouden te beweren dat elk kind vóór zijn conceptie zijn eigen ouders en daarmee zijn eigen lot uitkiest? Evelien, dat kan ik u verzekeren, had er niet om gevraagd. Alvast bedankt.

Mijn vader leefde. Misschien was Tim de vader die ik wél had gehad en die ik miste, omdat ik een volwassen vrouw was. Bij papa zat ik nooit meer op schoot, met Oscar had ik een gelijkwaardige verhouding. Bij Tim kon ik klein zijn, wegkruipen. Misschien zou ik over vijf jaar zeggen: ik snap niet wat ik in die Kloosterziel heb gezien, maar nu zag ik het wel. Hij zat de hele dag in mijn hoofd, ik werd er gek van, ik raakte verscheurd.

Het object van mijn verwarring stapte de slaapkamer binnen met een dienblad.

'Ik heb gelijk wat te eten gemaakt,' zei hij.

Twee ciabatta's: eentje met filet americain voor Tim, eentje met Emmentaler, voor mij, het vaste recept. Tim deed meestal boodschappen voordat hij kwam. Voor onze gastheer kocht hij lekkere hapjes bij traiteur Van Dam, die hij in de koelkast achterliet. Kofi moest ze wel opeten, want ze zouden bederven voor we weer kwamen. Hij belde altijd op om te bedanken en deed dan uitgebreid verslag van hoe verrast hij was geweest en hoe heerlijk het had gesmaakt.

'Die kippenvleugeltjes waren heel bijzonder, Diana,' zei hij. 'Mijn moeders kippenvleugeltjes zijn beroemd in Koemasi, maar deze waren minstens zo lekker. Mínstens!'

'Heb je broers of zussen?' vroeg ik.

'Eén oudere zus,' zei Kofi. 'Zij is zes jaar ouder dan ik. Na haar kreeg mijn moeder een zoontje. Hij ging dood. Toen kreeg ze weer een zoontje. Die ging ook dood. Haar derde zoontje ook, ze zijn allemaal maar een paar maanden oud geworden.'

'Wat vreselijk,' zei ik geschokt.

'Toen kwam ik,' zei Kofi met zijn gebruikelijke opgewektheid. 'Ik werd geboren op Goede Vrijdag. Mijn moeder noemde mij haar engeltje.'

Het engeltje was inmiddels bijna twee meter en had de mooiste handen die ik ooit had gezien, smal, maar toch mannelijk, met lange, slanke vingers.

'Kofi betekent toch ook "Geboren op vrijdag"?' Dat had ik ooit ergens gelezen.

'Klopt.'

'Je moeder zal je wel missen,' zei ik.

'O ja,' beaamde Kofi. 'Mijn moeder mist haar engeltje vreselijk.'

Tim zette het dienblad op het nachtkastje en schoof naast me. Alle uren die we tot dan toe in Kofi's huis waren geweest, hadden we in bed doorgebracht. De chaise longue, de eethoek, de keukentafel, ze hadden onze aandacht niet langer dan een halve minuut kunnen vasthouden.

Tim gaf me mijn koffie.

'Het is soms moeilijk, maar niet verkeerd,' zei hij. 'Het is een stap uit de tijd. Voor even. Met als enige verwachting dat ik goed voor je ben. En jij voor mij. We doen niemand kwaad.'

Hij pakte een broodje en zette zijn tanden erin.

'In theorie heb je gelijk,' zei ik. 'Maar in de praktijk ben ik... nou ja...' Ik aarzelde om het te zeggen.

'Wat?' vroeg Tim met volle mond.

Voorzichtig nam ik een slok koffie.

'Je weet het wel. Ik ben gek op je. Stapelgek. Ik denk continu aan je. Dat is niet goed, het maakt me in de war.'

Over twee maanden zou ik met de pil stoppen. Ik had het Tim nog niet durven vertellen. Onze omgang zou binnenkort moeten stoppen, ik zag geen andere oplossing.

Tim's gezin was compleet: hij had een dochter van veertien en een zoon van elf. Zijn vrouw was logopediste. Ze woonden in Hilversum, in een groot, negentiende-eeuws hoekhuis in een lommerrijke omgeving. Ik was er één keertje langsgereden, het zag er knus uit.

'Hoe doe jij dat dan, met je vrouw?' vroeg ik.

'Daar mocht ik van jou niet over praten, weet je nog?' zei Tim.

'Je hebt toestemming.' Ik zette mijn koffie weg en pakte een broodje. Tim had het zijne al op, hij at altijd razendsnel, ik vroeg me wel eens af of hij iets proefde.

'Magda is een goede vrouw,' begon Tim. 'En ik probeer een goede man te zijn. We zijn nu twintig jaar samen. Ik heb altijd gehoopt dat we zouden groeien. Dat we samen een hoger plan zouden bereiken. Het is anders gelopen. Ik werk hard, zij werkt hard, we hebben het huis, de kinderen: we zijn een bedrijfje. Het is net alsof we elkaar niet kunnen geven wat we allebei nodig hebben: aandacht, liefde, intimiteit... En nu ik jou heb...'

'Wat?' vroeg ik verontrust. Ik wist wat er komen ging.

'Nu merk ik wat ik zo lang heb gemist: zorgeloosheid, ontspanning en vrolijkheid. Wij lachen samen, apie, we praten. Je hebt me weer heel gemaakt. Een heel mens. Een man. Daar zal ik je altijd dankbaar voor zijn.'

'Je kunt mij niet met Magda vergelijken, dat is oneerlijk, Tim, dat weet jij net zo goed als ik.' Hij schoof naar me toe en kneep me zacht in mijn zij.

'Je bent een cadeautje,' zei hij. 'Ik zweer je dat ik het niet meer had verwacht. Dat het leven nog zo'n verrassing voor me in petto had.'

Zoenpauze. We lieten de koffie koud worden, we hadden nog drie kwartier.

'Hebben jij en Magda sex? Dit soort sex?' vroeg ik toen ik na afloop zwetend in zijn armen lag. Ik vroeg me altijd af of mensen het na twintig jaar nog deden. Ik wilde weten wat mijn voorland was.

Tim was even stil. 'Dat is pas een oneerlijke vergelijking,' zei hij toen. 'Hoef jij de rest van je broodje niet meer?'

Ik schudde van nee, hij pakte het van het bordje en stak het in één keer in zijn mond.

Die middag kon ik moeilijk weg komen. Eigenlijk kon ik altijd moeilijk weg komen. Eenmaal in bed wilde ik zo lang mogelijk blijven liggen. Op mijn rug. Met Tim binnen handbereik. Meer was niet nodig.

'Kom op, kleine dondersteen, het is tijd,' zei Tim. 'Straks heb je weer een wielklem.'

Ik trok het dekbed over mijn hoofd.

Tim stond op en zocht mijn kleren bij elkaar. Het was vaste prik. Ik hield me slapende, ook toen hij onder het bed kroop om mijn slip te pakken.

Hij kwam weer overeind en sloeg het dekbed open. Ik hield mijn ogen stijf dicht.

'Diana,' klonk het zacht.

Ik kreunde.

Tim trok mijn onderbroek over mijn voeten en hees hem op. Ik gaf zo min mogelijk mee en gluurde door mijn wimpers.

'Arm,' zei hij.

Onwillig stak ik mijn arm uit.

'Andere arm.'

Tim liet mijn bh eroverheen glijden.

'Op je zij.'

Hij haalde de uiteinden naar mijn rug en haakte ze behendig vast.

Ik draaide me weer op mijn rug. Tim had alleen zijn overhemd aan, het hing open. Het was leuk om hem zo geconcentreerd bezig te zien.

Mijn spijkerbroek moest aan. Tim stak mijn benen in de pijpen en trok de broek aan de band omhoog. Vlak voor hij mijn gulp dicht-knoopte, gleed zijn hand in mijn onderbroek. Heel even, heel snel, schoof hij de dunne stof opzij en trok hij zijn vinger langs mijn lipjes.

'Pas op hoor, ik krijg weer zin,' waarschuwde ik.

Hij stak zijn vinger in zijn mond en likte hem af. Ik giechelde. Hij legde mijn onderbroek recht en knoopte de spijkerbroek dicht. Toen hij zich omdraaide om mijn sweatshirt te pakken, viste ik zijn Sloggi van de vloer en verstopte hem snel onder mijn kussen.

'Handen omhoog,' zei Tim. Het sweatshirt ging aan. Hij keek om zich heen en pakte mijn sokken. 'Voet!'

Ik stak mijn been omhoog. Sok één ging aan.

'Andere voet.'

Sok twee ook. Tim hees ze allebei netjes op.

'Rechtop zitten,' zei hij ten slotte.

Ik deed het. Tim stak mijn voeten in mijn laarzen en deed de ritsen dicht.

'Je bent klaar, apie,' zei Tim. Hij pakte zijn broek, zocht de vloer af, bukte om onder het bed te kijken. 'Heb jij mijn onderbroek ge-zien?'

Geeuwend schudde ik mijn hoofd.

'Net lag hij hier nog,' wist Tim. Hij liep een rondje om het bed.

Ik probeerde mijn lachen in te houden. 'Kan je nou niet weg?' vroeg ik onschuldig. 'Wat jammer.'

'Hij moet hier ergens liggen.' Tim fronste. 'Ik weet het zeker.'

'Misschien kun je er eentje van Kofi lenen,' opperde ik. 'Vindt hij vast wel goed.'

Kofi had mooie slips van Björn Borg, ik had ze in zijn kast gezien.

'Magda ziet me aankomen,' zei Tim.

De naam Magda was één keer gevallen en gelijk was het hek van de dam. Ik hoopte niet dat ze voortaan elke vijf minuten in onze conversatie zou opduiken.

Tim stak zijn handen in zijn zij en ging voor me staan. 'Waar heb je hem gelaten?'

Ik keek hem ondeugend aan.

'Jij hebt hem. Ik wíst het!' Tim begon me te kietelen. 'Vertel op, waar is ie?'

'Eerst een beloning,' lachte ik. Ik liet me achterover op bed vallen en trok Tim over me heen.

'Heb je nou nog niet genoeg gehad?'

'Ik ben Rupsje Nooitgenoeg.'

'Hier ga je spijt van krijgen,' zei Tim. Hij spreidde mijn beide armen en drukte ze tegen het bed. Ik wrikte om los te komen, het lukte niet, hij was sterker dan ik dacht. Tim perste zijn mond op de mijne. Ruw drong zijn tong naar binnen, onze tanden ketsten. Hij trok zijn tong uit mijn mond, likte mijn kin, mijn neus, mijn ogen. Hij hief zijn gezicht, zodat het twintig centimeter boven het mijne hing. 'Mond open,' zei hij streng. Hij verzamelde spuug, ik zag het glinsteren tussen zijn tanden.

'Genáde!' riep ik.

'Mond, open. Nu!' Zijn blik hypnotiseerde me. Daagde me uit.

Voorzichtig opende ik mijn mond.

'Wijder!'

Tim tuitte zijn lippen en vormde een klodder. Hij aarzelde, hij kon de bellen nog naar binnen zuigen, maar hij deed het niet. Hij liet een draad uit zijn mond glijden, in de mijne.

'Doorslikken.'

Ik gooide mijn hoofd naar achteren, slikte het door en stak mijn tong uit. 'Was dat alles?'

Tim liet mijn armen los. Hij leek geschrokken van zichzelf.

Ik trok zijn onderbroek onder het kussen vandaan.

Acht

Op een druilerige decembermiddag zat ik tegenover Kofi aan een tafeltje in de Kentucky Fried Chicken. Het was heel dringend, had hij gezegd, het ging over Tim, hij moest me spreken, het kon niet door de telefoon. Het fastfoodrestaurant hing van onder tot boven vol met witgespoten dennentakken, knipperende lampjes en levensgrote kerstmannen. Kofi droeg een zwart pak met een rood overhemd. Op zijn revers hingen twee goudkleurige kerstballetjes, naast een naamplaatje: KOFI NOEWEKOE, SHIFT-LEADER. Ik schaamde me een beetje, want ik had aangenomen dat hij schoonmaakwerk deed.

'Wat wil je drinken?' vroeg Kofi.

'Voor ik het vergeet...' Ik schoof een plastic tas zijn kant op.

Kofi wierp een blik in de tas, zag het stapeltje kranten en knikte tevreden.

'Hebben jullie warme chocolademelk?' vroeg ik.

Kofi wenkte een vrouwelijke collega en droeg haar op twee chocolademelk te brengen.

'*Something to eat, too?*' vroeg ze.

Ik schudde van nee. Kofi maakte een gebaar, de collega vertrok na een deemoedig knikje in zijn richting.

'Ze komt ook uit Ghana,' vertelde Kofi. 'Ze heet Margareth. Lief kind. Moet nog wel veel leren.'

'Ik wist niet dat jij hier de baas was, Kofi,' zei ik.

Mijn gastheer wenkte een jongen, die naast de counter op een zwabber leunde en sommeerde hem het tafeltje schoon te vegen.

Toen dat naar tevredenheid was gebeurd, keek hij me ernstig aan. 'Ik heb veel aan KFC te danken, Diana. Alles wat ik hier leer, kan me later van pas komen. Nu ben ik shift-leader, uiteindelijk word ik general manager en dan ga ik naar New York om een eigen zaak te beginnen. In Ghana zeggen we: *Anoma antoe a oboeada*. Dat betekent: "Als een vogel niet vliegt, slaapt hij met een lege maag." '

'Wil je niet in Amsterdam blijven?' vroeg ik.

'Nee,' zei hij. Er trok een schaduw over zijn gezicht. 'Als Shiona en ik nog samen waren, was ik graag gebleven.'

De chocolademelk werd gebracht in twee papieren bekers. Kofi begon Margareth onmiddellijk uit te foeteren. Hoe haalde ze het in haar hoofd om zijn gast op zo'n armoedige wijze te bedienen! Er stond servies van aardewerk in de kast boven de spoelmachine, dat hoorde ze te weten. Ik keek met grote ogen naar het tafereel, ik had Kofi nog nooit boos gezien. 'Het geeft niet, echt niet,' probeerde ik, maar Kofi stuurde zijn collega terug naar de keuken.

'Mijn excuses. Ze werkt hier pas een maand.'

'Ik begrijp het,' zei ik. 'Je wilde me spreken. Over Tim.'

Hij vouwde zijn handen en keek me recht aan: 'Tim is mijn beste vriend, dat weet je?'

Ik knikte.

'Je hebt hem heel erg pijn gedaan.' Het klonk als een verwijt.

Ik wilde iets zeggen, maar hij stak snel zijn hand op.

'Hij weet niet dat ik met jou praat. Ik maak me zorgen om hem. Hij ziet bleek, hij eet niet. Hij heeft een vestje uitgedaan.'

'Een jasje uitgedaan,' verbeterde ik hem.

'Tim heeft zijn jasje én zijn vestje uitgedaan,' zei Kofi. 'Hij mist je. Waarom wil jij hem niet meer zien, is hij niet meer jouw vriend?'

Ik aarzelde. Kon ik Kofi uitleggen hoe het zat?

Op ons tafeltje stond een kerststukje. Ik wreef een van de dennentakjes tussen mijn vingers, ze waren echt. Geen van de tafels in het restaurant had een kerststukje, alleen de onze, Kofi had aan alles gedacht. Er zat een waxinelichtje in het midden.

'Heb je een aansteker?' vroeg ik. Kofi keek verstoord, even was ik bang dat hij weer een personeelslid zou gaan uitschelden, maar in plaats daarvan vroeg hij aan de platinablonde vrouw aan het tafeltje naast ons of ze een aansteker had. De vrouw was alleen, ze had een gegroefd gezicht. Ze dronk een milkshake. Eind vijftig, begin zestig, was ze. Ooit was ze misschien mooi geweest. Ze haalde een aansteker uit de tas op haar schoot en een pakje sigaretten.

Kofi stak het waxinelichtje aan. Margareth kwam terug met een dienblaadje. De chocolademelk met een laag slagroom erop zat dit keer in hoge witte mokken. Ik bedankte haar met mijn vriendelijkste glimlach, Kofi knikte afwezig.

'Wat heeft Tim je verteld?' vroeg ik.

'Jij was een geschenk voor hem, Diana. Tim voelt veel liefde voor jou.' Kofi had de aansteker nog steeds in zijn hand. De blonde vrouw keek afwachtend zijn kant op. Ik maakte een gebaar, Kofi blikte opzij en gaf de aansteker terug zonder iets te zeggen.

'Kofi, Tim is getrouwd,' begon ik.

'Dat weet ik. Jij ook. Maar er was iets bijzonders tussen jullie. Ik zag dat gelijk toen je voor het eerst bij mij op bezoek kwam.'

'Wat zag je dan?' vroeg ik, nog altijd hongerig naar elk detail.

'Een speciale connectie. Hoe Tim naar jou keek, hoe jij naar hem keek, hoe jullie elkaar aanraakten. Het was niet alleen... hoe zeg je dat, ik zag niet alleen twee lichamen die naar elkaar verlangden, ik zag twee zielen die verknoopt waren. Het was voorbestemd. Daarom heb ik mijn huis vrijgemaakt.'

De blonde vrouw stak een sigaret op.

Kofi lepelde wat slagroom naar binnen.

'Je bent een schat,' zei ik, terwijl ik zijn hand even aanraakte. Ik had geen idee dat Tim en ik door een strenge Ghanese ballotage waren gerold.

Verlegen trok hij hem terug. 'Je hebt Tim verteld dat je hem niet meer wilt zien.'

'Klopt. Hij weet ook waarom. Ik wil kinderen. Met mijn man, Oscar.'

Kofi snoof. Hij keek opzij en zag de platinablonde vrouw roken. Zijn gezicht verstrakte. 'Mevrouw,' zei hij luid. 'Wilt u uw sigaret uitmaken? U zit in het niet-rokersgedeelte.'

De vrouw staarde voor zich uit en reageerde niet.

Kofi kwam uit zijn stoel, ging naast haar staan en tikte haar op de schouders. 'Mevrouw, u mag hier niet roken.'

'Jij hebt toch net mijn aansteker geleend,' zei ze. 'Nou dan?'

'Dat was om een kaars aan te steken,' zei Kofi geduldig. 'Als u wilt roken, moet u naar een ander deel van het restaurant.'

De vrouw haalde haar schouders op en nam nog een trekje.

'Mevrouw!' zei Kofi dringend.

Ze wierp hem een geringschattende blik toe en stond op. Leunend op ons tafeltje nam ze een laatste lange, haal, daarna drukte ze de sigaret uit in het kerststukje. 'Merry Christmas.'

'Sómmige klanten...' Hij viste de geknakte peuk tussen de dennentakjes vandaan en liep ermee naar de prullenbak.

Ik nam een slok chocolademelk.

Kofi ging weer zitten.

'Je drinken,' wees ik. 'Het wordt koud.'

Hij proefde de warme chocolade en trok een bedenkelijk gezicht.

Ik schraapte mijn keel: 'Kofi, ik kan Tim niet meer zien, omdat ik een gezin wil stichten. Heeft hij je dat niet verteld?'

'Tim zwijgt veel en lang,' zei Kofi somber. 'Ik word er bang van.'

'Maak je geen zorgen over Tim. Hij is een volwassen man, hij redt zich wel,' zei ik, ook om mezelf gerust te stellen. 'Als onze liefde nu zo groot is, is ze dat straks ook. Dan vinden we elkaar wel weer. In de toekomst.'

De Ghanees had aandachtig geluisterd. 'Denk je dat echt, Diana?'

Ik zag aan zijn gezicht dat hij aan Shiona dacht, misschien gaf ik hem valse hoop.

'Zeg alsjeblieft tegen Tim dat ik van hem houd en dat ik niets van hem verwacht, maar dat ik erop reken dat we elkaar weer zullen zien. Als ik moeder ben.' Ik glimlachte. Sinds anderhalve week was ik gestopt met de pil. Ik had net in de Bijenkorf een paar Minnie Mouse-babysokjes gekocht. Die zou ik vanavond onder de kerstboom leggen, voor Oscar.

Negen

'Waarom hebben ze het nooit verteld?' vroeg ik aan mijn man.

We stonden onder de douche na een op voortplanting gerichte vrijpartij. Sinds ik de pil niet meer slikte, had ik ontdekt dat er een veel hogere graad van geilheid bestond dan ik ooit voor mogelijk had gehouden. Ik was nijdig.

'Wat?' vroeg Oscar.

Hij spoot shampoo op zijn hand en begon mijn haar in te zepen. Ik keek omlaag en zag hoe het water via zijn buik langs zijn piemel liep. Het was alsof hij plaste.

'Dat het zonder pil lekkerder is dan met. Ik heb dat kreng vijftien jaar geslikt. Vijftien jaar, verdomme!'

Oscar masseerde mijn hoofdhuid met zijn vingertoppen. Het schuim droop langs mijn gezicht.

'Ik ging op mijn zestiende aan de pil. Bijna al mijn vriendinnen ook. Dat deed je gewoon, dat was verstandig, daar dacht je niet over na,' herinnerde ik me. 'Tegenwoordig moeten meisjes hun vriendje ook nog eens condooms aanpraten, omdat ze geen soa mogen oplopen. Double Dutch, noemen ze dat. Veiligheid, veiligheid voor alles. Iedere oplaaiende hormoonbeweging moet in de kiem worden gesmoord. Nederland heeft een naam op te houden als het gaat om de minste tienerzwangerschappen ter wereld. Wat is er nog over van het rauwe, van de pure sexbeleving?'

Oscar grinnikte. 'Toen ik jou net bezig zag, was er genoeg over.'

'Nogal wiedes! Omdat mijn hormoonhuishouding nu niet kunstmatig wordt genivelleerd. Is het jou niet opgevallen dat het anders is?'

'Hoofd achterover,' zei Oscar. Hij had de douchekop van de stang gehaald. Warm water golfde door mijn haar. 'Misschien is het geiler omdat je wéét dat je zonder voorbehoedsmiddel vrijt,' veronderstelde hij. 'Misschien is het geiler omdat je heel graag zwanger wilt worden.'

Mijn hand gleed tussen zijn benen. Het was lekker om zijn geslacht vast te houden. Om het hele zaakje, inclusief ballen, zachtjes te kneden, het maakte niet uit of het hard werd of slap bleef. Piemels zijn leuke speledingetjes. Alle piemels zijn lief.

'Volgens mij komt het doordat ik mijn eisprong heb. Ik heb maar dertien bevruchtingskansen per jaar. De natuur heeft er heus wel voor gezorgd dat ik rond die tijd meer zin heb dan normaal.'

'Wat heeft dat met de pil te maken?' vroeg Oscar. Hij heeft twee broers, een preutse moeder en weinig verstand van vrouwenzaken.

'Als je aan de pil bent, wordt je eisprong onderdrukt.'

'En dus...' zei Oscar. Hij had de douchekop teruggehangen en was zijn eigen hoofd aan het inzepen. Ik speelde nog steeds met zijn meest waardevolle object.

'En dus wordt die extra dosis geilheid ook onderdrukt. Denk ik.'

'Denk je het of weet je het?'

Ik zuchtte. 'Ik mérk het, is dat niet voldoende?'

Oscar's geslacht begon met toenemend enthousiasme op mijn hand te reageren. Ik glimlachte en gaf er een paar snelle, korte rukjes aan.

'Hoho, Daantje, dat hadden we niet afgesproken,' zei mijn man, die met dichtgeknepen ogen zijn haar stond uit te spoelen.

'Stel je voor dat het omgekeerd was,' zei ik. 'Stel je voor dat jij als voorbehoedsmiddel elke dag een tablet zou moeten slikken, waardoor je geslacht niet meer superstijf werd. Hij zou wel hard worden, ik bedoel, hard genoeg om het te kunnen doen, maar nooit meer knalhard.'

Oscar hoestte. 'Kind, ik moet er niet aan denken,' zei hij met een piepstemmetje.

Zijn geslacht stond nu heel fier overeind, bijna tegen zijn buik. Oscar was tweeëndertig jaar, als hij ouder werd, zou de vlaggenstok steeds meer dalen, ik had zijn voorland bij Tim kunnen bekijken. Uiteindelijk zou hij misschien nog net een hoek van vijfenveertig graden halen, als hij dat al zou redden.

'Je zou geen man zo gek krijgen om zo'n pil te slikken,' zei ik, terwijl ik door mijn knieën zakte. 'Maar vrouwen staan in de rij om hem te nemen. Wereldwijd slikken meer dan honderd miljoen vrouwen de pil. Nederland staat op de tweede plaats qua pildichtheid, pal na België. Er worden bij ons twaalf miljoen pilstrips per jaar verkocht. Twáálf miljoen!'

'Zo, jij hebt je erin verdiept,' zei Oscar. 'En wat wil je nu met deze...' Op dat moment omvatte ik zijn billen en nam ik zijn geslacht in mijn mond. Het was nat en hard. Oscar maakte zijn zin niet af.

WIST U DAT...

er de eerste twee weken van de cyclus vooral oestrogeen ofwel 'bronsthormoon' in het bloed van een vrouw zit? Bij hogere diersoorten zorgt het bronsthormoon voor een verhoogde interesse in sex. Bij de vrouw is ten tijde van de eisprong het oestrogeengehalte van het bloed het hoogst.

De tweede helft van de maand komt er naast oestrogeen ook progesteron in het bloed. Progesteron zorgt voor de voorbereiding op een zwangerschap. De borstklieren worden actiever. Dat is te merken aan soms pijnlijke en gevoelige borsten. Progesteron zorgt ook dat er geen sperma bij de vrouw meer naar binnen kan. Er wordt een slijmprop gevormd, die voor de baarmoedermond zit en deze afsluit.

In de anticonceptiepil zitten synthetische, op progesteron lijkende middelen. Als een vrouw aan de pil is, heeft ze gedurende de hele maand een gelijkmatig oestrogeengehalte in haar bloed, zonder pieken of dalen. Het is mogelijk dat de pil de verhoogde sexuele interesse rond de eisprong onderdrukt. Tot voor kort was dit effect nooit wetenschappelijk vastgesteld, maar uit de jongste onderzoeken blijkt pilgebruik het libido van vrouwen wel degelijk te remmen, en daarvoor zouden de progestagenen in de pil verantwoordelijk zijn.

'Niet schrikken,' zei de verpleegkundige.

We waren samen in het ziekenhuis, Oscar en ik, voor de eerste echo. In plaats van het gezellige, strijkijzerachtige apparaatje dat ik verwachtte, nam de verpleegkundige een witte dildo met snoer ter hand en vroeg me mijn slip te laten zakken en mijn benen te spreiden.

'Je bent nog maar zo kort zwanger, ik doe het liever inwendig,' zei ze terwijl ze de staaf bij me naar binnen duwde.

Op het schermpje waren vage, grijze vlekken te zien.

Toen zei ze dus: 'Niet schrikken.' En, na een korte stilte: 'Volgens mij zijn het er twee.'

Het is buitengewoon onfatsoenlijk om 'niet schrikken' te zeggen, terwijl je pal daarop iets gaat meedelen dat iemand een hartklap bezorgt. Ik kan tientallen situaties bedenken waarbij 'niet schrikken' een gepaste inleidende tekst is. Dit was niet zo'n situatie.

Ik zou niet één baby krijgen, maar twee.

Ik zou elke drie uur twee voedingen moeten geven, wat neerkomt op zestien – zestien! – voedingen per dag. Er zouden een kleine honderd Pampers per week doorheen gaan.

Ik zou nooit meer slapen.

Honderdduizend maal liever hadden Oscar en ik slechts één baby gehad. Gewoon, heel overzichtelijk: één hoofd, één mond, één rompje en – vooruit – twee armen, twee benen met de bijbehorende uiteinden, deelbaar door tien. Als Niet Schrikken ons zou hebben meegenomen naar een achterafkamertje om ons toe te fluisteren dat het met de huidige technieken vrij eenvoudig zou zijn om één van de twee embryo's te laten inslapen, hadden we die mogelijkheid zeker overwogen. We hadden het waarschijnlijk niet gedaan, uit overwegingen van sentimentele aard, maar toch, de gedachte alleen al had troost geboden.

Een week later waren Oscar en ik over de ergste schrik heen. We gingen naar de Tweelingbeurs in Drachten. We kochten een tweelingwagen op de Meerlingenmarkt in Velsen-Noord. Ik leerde het Tweelingenboek uit mijn hoofd, sprak met lotgenoten bij de Nederlandse Vereniging voor Ouders van Meerlingen (nvom) en belde met de Meerlingentelefoon. Na negen maanden waren Oscar en ik de best voorbereide tweeling-ouders ter wereld.

We hadden maar één dingetje over het hoofd gezien. Dat was de werkelijkheid. De werkelijkheid had niets te maken met duowagens, tweelingboxen of de hand-free babyfles, de werkelijkheid bestond uit twee baby's die urenlang, dagenlang, nachtenlang, om beurten of tegelijk krijsten. En dronken. Wel of niet boerden. Spuugden. Plasten. Poepten. Het eerste levensjaar van Jesse en Daniel was dermate traumatisch dat ik het grotendeels heb verdrongen. Wellicht kan ik bepaalde herinneringen ooit onder hypnose hervinden, maar ik zal daartoe pas overgaan als Daniel en Jesse op een leeftijd zijn dat ze kunnen worden vervolgd.

De verloskundige kaartte het aan op 21 december 1998. Jesse en Daniel waren precies één week oud. Ik lag in bed met Jesse aan de ene kant en Daniel aan de andere. Hun pakjes slobberden om hun kleine lijfjes. Ze droegen allebei een wit mutsje, mijn moeder had ze gemaakt, op de ene stond een j geborduurd, op de andere een d, dat was handig voor de visite. Ik was moe, maar voldaan. In één klap twee kerels op de wereld zetten, dat doet niet iedereen je na.

'Heb je al nagedacht over een voorbehoedsmiddel, Diana?' vroeg de verloskundige. 'Je kunt nu weer zwanger worden.'

Ik keek naar Oscar, die op de rand van ons bed zat.

'Jij zou toch naar de huisarts gaan, voor sterilisatie?' zei ik.

Hij schudde snel zijn hoofd om duidelijk te maken dat hij het onderwerp niet zou bespreken waar de verloskundige bij was.

Toen we alleen waren, zei hij: 'Ik weet het niet, Daan, van die sterilisatie. Straks willen we misschien nog een kind.'

Jesse geeuwde. Ik streelde voorzichtig over zijn neus. Nou ja, neus. Een piepklein hobbeltje met twee gaatjes.

'Nog een kind? We zijn al zo rijkelijk bedeeld,' zei ik. 'Dan worden het voorlopig condooms, schatje.'

Oscar trok een gezicht. 'Kan het niet anders?'

'Vast wel, maar we hadden afgesproken dat jij nu aan de beurt was.'

Het bundeltje aan mijn rechterzijde begon steeds meer te bewegen. Ik keek naar de wekkerradio. Voedertijd.

'Verrassing!'

Anderhalve maand later kwam Oscar stralend de keuken binnen. Hij had boodschappen gedaan. Ik stond spenen uit te koken. De tweeling sliep.

'Heb je johannesbroodpitmeel gevonden?' vroeg ik verheugd.

Daniel was een gulzige drinker. Zo gulzig, dat hij na de voeding melk terug gaf. Niet één mondje, wat normaal scheen te zijn, maar drie, vier mondjes achter elkaar. Hij bleef ook lang boeren en had elke dag een paar keer de hik. Het baarde me zorgen. Evelien had gezegd dat ik johannesbroodpitmeel aan zijn voeding moest toevoegen.

'Johannes-wat?'

'Johannesbroodpitmeel. Ideaal, echt, ideaal. Thijs en Marieke deden het er zo goed op, ik heb de ellende bij Sofietje niet eens afgewacht, ik ben er gelijk mee begonnen.'

Als haar drie kinderen het er zo fantastisch op deden, zouden die van mij het vast ook overleven. Ik had Oscar op pad gestuurd om het spul te scoren.

Hij zette twee tassen op het aanrecht en haalde er iets uit. 'Hier heb je je johannespitmeeldinges.' Ik pakte de verpakking dankbaar aan en begon de achterkant te lezen.

'Dit was niet de verrassing,' zei Oscar. 'Ik heb nog iets voor je, of beter gezegd: voor ons.'

Ik zette het gas onder de spenen uit en liep met hem mee naar de huiskamer.

'Ga zitten,' zei hij. Ik ging op de bank zitten.

Hij haalde een platte doos uit een plastic zakje. PERSONA, stond erop. Met een foto van een onduidelijk apparaat. Het leek op een groot uitgevallen thermometer.

'Jij wilde toch niet aan de pil? Dank zij deze Persona hoeft dat niet.' Oscar legde het lege tasje op de salontafel.

'Is dit een voorbehoedsmiddel?' vroeg ik nieuwsgierig.

'De vriendin van Maurice heeft hem ook,' zei Oscar. 'Daarmee kan ze zien wanneer ze vruchtbaar is. Ze proberen zwanger te worden.' Dit laatste kwam er wat aarzelend uit.

'Nog een kind voor Maurice? Mijn god. Die man weet van geen ophouden. Wie is de gelukkige dit keer, blonde Snolly?'

'Ze heet Julie.' Oscar trok zijn jas uit en hing hem over de stoel.

Ik maakte de verpakking open. 'Was ie duur?'

'Viel wel mee,' Oscar kwam naast me zitten. 'Het is een geweldig apparaat. Eigenlijk is het een minicomputer. Kijk, dat is de monitor en dat zijn de teststaafjes,' wees hij. 'Je moet elke maand een aantal urinetests doen. De uitslag moet je invoeren. De monitor bepaalt wanneer je vruchtbaar bent en wanneer niet. Volgens Maurice kun je Persona heel goed als voorbehoedsmiddel gebruiken.'

'Ik weet niet of ik op dit gebied advies van Maurice wil aannemen, schat. De man heeft drie ex-en en vier kinderen, hij lijkt me bepaald geen anticonceptie-expert.'

Oscar had de gebruiksaanwijzing uit de doos gehaald. 'Het is een héél slim systeem, hoor. Het werkt met een lampje. Als het lampje groen is, kun je doen wat je wilt. Als het rood is, moet je oppassen. Dat wil zeggen: niet vrijen of een condoom gebruiken. Voor Maurice is het natuurlijk precies omgekeerd.'

Boven begon Daniel te huilen. Ik legde de spullen bij Oscar op schoot stond op.

'Ben je er blij mee?' vroeg hij.

Ik gaf hem een kus op zijn hoofd. 'Heel blij.'

De Persona-methode was 94% betrouwbaar, las ik die avond in de gebruiksaanwijzing. Dat klonk redelijk. Concreet betekende het dat van de honderd vrouwen die Persona een jaar lang gebruikten, er waarschijnlijk zes zwanger zouden raken, omdat hun vruchtbare dagen verkeerd waren bepaald.

WIST U DAT...

in november 1999 een nieuwe vruchtbaarheids-diagnose computer op de Nederlandse markt kwam?

Mini Sophia meet de lichaamstemperatuur van de vrouw via een sensor. Daarnaast moet de vrouw haar vaginale slijmafscheiding beoordelen en invoeren in de computer. Met behulp van het softwareprogramma *Madonna for Windows* kunnen alle ingevoerde data van de laatste zes cycli worden uitgeprint en geanalyseerd. De methode is 99,5 % betrouwbaar bij gebruik volgens de instructie. In tegenstelling tot Persona, waarbij de gebruikster elke maand acht teststaafjes moet aanschaffen ter waarde van 14,11 euro, betaalt de gebruikster van Mini Sophia alleen de aanschaf, een eenmalig bedrag van 199 euro, plus nog eens 199 euro voor Madonna for Windows.

Tien

Op woensdagochtend 6 juni 2001 werd ik met een wee gevoel in mijn maag wakker. Ik keek met één oog naar de klok, pas half vijf, de tweeling sliep nog, Oscar ook. Ik draaide me op mijn linkerzij. De golf van misselijkheid overviel me. Het water liep me in de mond, snel sloeg ik het dekbed open. Met mijn hand onder mijn kin liep ik in vier grote stappen naar de badkamer. Even later dreven de restanten van andijviestamppot in de wc. Mijn strot brandde. Ik trok door, liep naar de wastafel en stak mijn hoofd onder de kraan voor een slokje water. Daarna ging ik op het toilet zitten. Ik plaste. Hoopvol bestudeerde ik de binnenkant van mijn slip. Ik spreidde het kruis uit om het goed te kunnen bekijken, maar zag niets bijzonders. Wel wat afscheiding, maar geen spoortje bloed. Ik was nog steeds zwanger.

Eigenlijk moest ik Moeders voor Moeders even inseinen. Die waren altijd zo blij met elke druppel urine. Konden ze toch nog even tien dagen meepakken. Bij mijn eerste zwangerschap had ik het braaf gedaan. Ik had alles braaf gedaan. Het begon ver vóór de conceptie, toen me van alle kanten op het hart werd gedrukt toch vooral foliumzuur te slikken tegen het open ruggetje. Je hebt vrouwen die nooit zwanger worden, maar wel tot aan de overgang foliumzuur slikken, elke dag weer een tabletje, want stel je voor dat het toch een keer lukt, dan zou het helemaal zuur zijn, als je dan met zo'n open rug zit opgescheept. Oscar moest stoppen met roken, want dat was beter voor zijn zaad. En ik kon beter niet drinken, want stel dat ik al zwanger was zonder dat ik het wist, dan zou ik het vruchtje onderdompelen in een badje van alcohol en dat net in die eerste weken, net als de hersentjes werden aangelegd en het levertje.... oei oei, levensgevaarlijk. Lange lijsten vol *do's & don'ts* trof ik aan in de verplichte lectuur voor iedere vrouw die moeder wil worden. Was je eenmaal zwanger, dan werd het alleen maar erger. Dan kon je maar het beste de hele dag met plastic handschoenen gaan rondlopen – elke aanraking met de uitwerpselen van je kat of van die van de buren kon fatale gevolgen hebben – in de tuin werken was levensgevaarlijk, vlees moest door en door doorbakken zijn, groente goed gewassen, bepaalde zachte kaassoorten mochten absoluut niet worden geserveerd, ik weet nog steeds niet welke, in elke lijst kwamen weer andere namen voor, zodat ik uiteindelijk maar helemaal geen zachte kaas meer tot me nam. Terwijl ik dus dol ben op zachte kaas, vooral op brie. En laatst hoorde ik dat het allemaal voor niets is geweest, omdat de sluipmoordenaar waar het allemaal om ging, de listeriabacterie, in Nederland helemaal niet voorkomt in Franse kaas. Je moet verdomme afreizen naar het platteland van de Oekraïne en daar bij de ergste inteelt-boer van de streek verse loopkaas kopen en die boer op het leven van zijn geiten laten zweren dat ie van rauwe melk is gemaakt, dan zal het je heel, heel misschien lukken om een hompje kaas te scoren met een verdwaalde listeria-bacterie in de korst. Goed, ik weet dat nu. Maar ik weet ook dat alle Nederlandse vrouwen die op dit moment zwanger zijn én alle vrouwen die het de komende drie eeuwen gaan worden, volslagen hysterisch met zachte kazen omgaan. Je wilt het niet meemaken op feestjes en in restaurants. Of ze de gifbeker krijgen aangereikt. Bakerpraatjes vliegen de wereld in met een snelheid van tweehonderd kilobyte per seconde, maar je krijgt ze er nooit meer uit. Zolang *Ouders van Nu, Kinderen, In Verwachting, Groter Groeien* en de talloze websites, van *Zappy Baby* tot het *Digitale Ziekenhuis*, hun teksten jaar in jaar uit blijven recyclen, is elke poging tot uitroeien zinloos.

Ik had aan Moeders voor Moeders meegedaan.

Ik had in die sombere, donkergroene plastic flessen gepiest tot ik een ons woog. Ik kreeg er een handige opvangkan bij, waarmee je het over moest schenken, maar de ervaring leerde dat rechtstreeks in de fles mikken verreweg het makkelijkst was. Ze roken tamelijk onfris, die flessen. Er zat een bodempje conserveringsmiddel in dat me telkens deed kokken. Je moet er wat voor over hebben, Diana, dacht ik dan. Waren moeders vroeger streng voor hun kinderen, tegenwoordig zijn ze het alleen nog voor zichzelf.

Bijna drie maanden lang kwam de Moeders voor Moederschauffeur elke week verwachtingsvol de krat met volle flessen bij me ophalen en verwisselen voor een met acht lege.

De eerste weken plaste ik met liefde, was ik trots op elke fles en had ik steeds die Zielige Moeder Zonder Baby voor ogen die ik zo blij maakte met mijn hormonen. Na enige tijd ging het me tegenstaan. Je zit op de plee, maar je mag er niet op plassen, dat irriteert. Soms deed ik het stiekem toch. Liet ik gewoon even lekker mijn plas in de wc lopen, zonder dat iemand het zag en voelde ik me superschuldig als ik doortrok, want ook dat bodempje had in de grote urinezee kunnen belanden waaruit Moeders voor Moeders het HCG-hormoon put.

Moeders voor Moeders. Al die wannabe-moeders die zo graag een kindje wilden en het niet konden krijgen. En ik, de ondankbare, de slet, die er al twee had en weer zwanger was, zonder God op mijn knieën te danken voor dit wonder. Ik was niet blij. Niet blij.

Ik pakte een wc-papiertje en snoot mijn neus. Daarna trok ik door.

'Mama!' Jesse's hoge stemmetje drong door tot in de badkamer.

Shit, hij was wakker geworden. Hij sliep altijd zo licht.

Snel ging ik naar de kinderkamer. Jesse zat rechtop in zijn ledikant en begon te stralen toen hij me zag. Ik liep naar zijn bedje toe en aaide hem over zijn bol.

'Dag mannetje,' fluisterde ik.

'Uit? Uit?' Hij wilde gaan staan.

'Nee, nog niet.' Ik hield hem tegen. 'Het is heel vroeg. Je moet nog even slapen, Jesse. Kijk maar, Daniel slaapt. En papa slaapt. En mama moet ook slapen. Iedereen gaat nog even slapen.'

Jesse keek naar het bedje van Daniel.

'Ga maar liggen,' zei ik, terwijl ik hem op zijn zij schoof. 'Doe je oogjes maar dicht.' Ik liet mijn hand over zijn ogen glijden.

Jesse slaakte een diepe zucht.

'Daniel slaapt, papa slaapt, mama slaapt, Jesse slaapt,' herhaalde ik. 'Iedereen slaapt.' Hij leek nog niet helemaal overtuigd.

'Zal mama een liedje voor je zingen?'

Hij knikte.

'Slaap kindje slaap?'

Dat was goed.

Ik ging op de grond naast zijn bed zitten, streelde zijn wang en zong over het schaap met de witte voetjes. Mijn zingen werd neuriën, steeds zachter en langzamer. Jesse's oogleden zakten dicht. Na een paar minuutjes was hij vertrokken.

'Blijf maar liggen, Daantje, ik sta wel op.'

Zeven uur. Jesse en Daniel waren wakker. Oscar kuste me op mijn wang en ging uit bed.

'Ik moet toch opstaan. Voor de jongens.' Voorzichtig kwam ik overeind. Nog steeds misselijk.

Oscar schudde zijn hoofd. 'Ik heb je horen overgeven vannacht, je bent ziek. Ik ga de crèche bellen om te vragen of ze een dagje extra kunnen komen.'

'Hoeft niet. Ik red het wel.' Mijn hoofd bonkte. Ik wreef over mijn slapen.

'Niet zo eigenwijs. Ik regel alles. Liggen jij.' Hij trok de slaapkamerdeur achter zich dicht.

Ik liet me in mijn kussen zakken en sloot mijn ogen. Ook dat nog. Mijn echtgenoot op zijn allerliefst.

Ik wreef over mijn buik. De eerste dag was voorbij, nog negen te gaan. Negen dagen lang moest ik voor mijn echtgenoot verzwijgen wat op mijn lippen brandde. Hoezeer ik er ook naar verlangde mijn zorg met hem te delen, hij mocht het niet weten. Nooit. Als Oscar erachter zou komen, was het einde verhaal. Dan was mijn huwelijk voorbij. Dit geheim ging mee in mijn graf.

De slaapkamerdeur piepte open.

'Jesse's speen is onvindbaar,' zei Oscar.

'Zal wel onder zijn bed liggen,' antwoordde ik. 'Maar hij mag hem niet hebben.'

'Waarom niet?'

'Alleen 's nachts, we zijn aan het afwennen.'

'O.' Hij trok de deur weer dicht.

'Tuimelbekers geven, geen flesjes!' riep ik nog.

Ik draaide me op mijn linkerzij en snoof. Mijn neus zat vol, misschien werd ik echt ziek. In de la van mijn nachtkastje zag ik naast de papieren zakdoekjes Persona liggen. Ik pakte het apparaatje uit de la en keek op de monitor. Er brandde een groen lampje. Wat een giller. De kust was veilig, inderdaad, zwanger worden kon ik niet. Niet meer.

Zou ik het tegen de muur kapotsmijten? Ik woog het apparaatje in mijn hand. Nog nooit van mijn leven had ik iets tegen een muur kapotgesmeten, geen wijnglas, geen kopje, zelfs geen eierdop. Oscar wel, die had al drie afstandsbedieningen en diverse borden naar gort geholpen, ik vond het altijd zonde, maar misschien werkte het bevrijdend.

De deur ging weer open. 'Waar zijn hun sandalen?' vroeg Oscar.

'Onder de kapstok?'

'Liggen ze niet.'

'Dan in de bijkeuken, naast de biobak.'

'Oké.'

Ik legde Persona terug in de la. Ik had het apparaatje de afgelopen tweeënhalf jaar met wisselend enthousiasme gebruikt. Soms lag het maanden ongebruikt in de la, omdat de teststrips op waren en ik geen zin had nieuwe te kopen. Oscar en ik hadden sinds de geboorte van de tweeling zo weinig sex dat ik de gok wel durfde te wagen. En met andere mannen moest ik sowieso condooms gebruiken. Tenminste, dat had ik me voorgenomen. Het leek me gênant om Oscar met een geslachtsziekte op te zadelen. Ik wilde wild leven, hij niet. Ik had daarin een verantwoordelijkheid. Een plicht.

Vanaf het moment dat minnaars een vast onderdeel van mijn huwelijk vormden, maakte ik in mijn hoofd allerlei afspraken met mezelf, waarschijnlijk om me minder schuldig te voelen of om het minder erg te doen lijken, ik weet het niet precies. Altijd condooms gebruiken, was zo'n afspraak. Het niet in je eigen huis doen en zeker niet in je echtelijke bed, was er ook eentje. Ik heb lang lopen piekeren over een afspraak waardoor Oscar de hoogste positie in de roedel zou krijgen. Zonder dat hij of de minnaars dat hoefden te weten, zonder dat iemand dat wist, vond ik toch dat ik iets moest doen om hem een uitzonderingspositie binnen mijn sexleven te geven. Ik had bedacht dat hij de enige man zou zijn die ik oraal zou bevredigen. Dat leek me fair. Het had ook wel iets romantisch.

'De Bijdehandjes zijn op.' Oscar was weer terug.

Ik ontplofte. 'Kun jij nou echt helemaal níks zelf?'

'Sorry hoor, maar ze zijn op.'

'Onmogelijk.'

'Jesse is klaar, Daniel moet nog.' Hij keek me schaapachtig aan.

Ik wierp hem een dodelijke blik toe. Nogal wiedes dat de luierdoekjes op waren, Oscar verbruikte zeker twintig doekjes per poepbroek en soms meer! Als hij de jongens had verschoond, trof ik in de prullenbak een krankzinnige hoeveelheid Bijdehandjes aan, met op elk doekje een minuscuul streepje bruin. 'Weet je wel wat die dingen kosten?' vroeg ik dan. Nee, dat wist hij niet. Veertien vijfennegentig per navulling en als mijnheer zo doorging, jaste hij er zeker drie navullingen per week doorheen.

'Hoe vaak heb ik het nou al gezegd? Je kunt die billen ook met twee of drie doekjes schoon krijgen,' snerpte ik. 'Als ze nu al op zijn, is dat jouw schuld.'

'Is er geen nieuw pak?' vroeg hij.

'Nee, er is geen nieuw pak.'

'Maar Daniel heeft gepoept,' zei Oscar radeloos.

'Zet hem onder de douche. Pak een washandje. Los het op!'

'Dan kom ik te laat op mijn werk. Dankjewel, Diana.' De deur ging met een klap dicht.

De makke van al die afspraken in mijn hoofd is dat ik ze allemaal wel eens heb geschonden.

Tim had de slordige gewoonte ontwikkeld het condoom zo laat mogelijk om te doen. Het liefst een halve minuut voor zijn zaadlozing. En Joshua... toen Joshua en ik elkaar voor het eerst zouden zien, had ik met de beste bedoelingen een Durex Fetherlite in een vakje van mijn portemonnee gestopt. Het was eind april. We chatten stukken minder. De sessies begonnen me te vervelen.

'Kwil je zien,' schreef ik. 'IRL.'*

---

* IRL: *In real life*

'Waarom m'vrouw?'

'Waarom denk je?'

'Hoge nood?' gokte hij.

'Heel Hoog.'

'Eiffeltoren?'

'Hoger.'

'Kilimanjaro?'

'Hoger.'

'Everest?'

'Nog hoger. Ik Wil Je Zien.'

'Capiche,' zei Joshua.

'Weet je dat ik je stem nog nooit heb gehoord?'

'Weet ik.'

'Jij bent altijd zo droog, jij, eikelige...'

'**Kus**'

Dat was Joshua's manier om tirades van mijn kant in de kiem te smoren.

'Geef me je 06-nummer,' probeerde ik.

'Mmm... en eentje in je nek. Het puntje van mijn tong...'

'Leid me niet af! Je nummer!'

'En dan?'

'Bel ik je en maken we een afspraak.'

'Hihi. Een afspraak met Mevrouw De Wit.'

Hij gaf me zijn nummer, ik vroeg of ik hem kon bellen. Het kon. Ik deed het. Hij nam op. Zijn stem klonk rustig, bedeesd, ik had hem brutaler verwacht. 'Jezus, wat maf om je te spreken,' riep ik.

'Ja,' zei hij.

Toen viel hij stil. Ik stelde nog wat vragen, Joshua hield het bij 'ja' en 'nee'.

'Ik ben niet zo'n telefonist,' legde hij uit. 'Chat gaat beter.'

'Geeft niks. Waar wil je me zien? En wanneer?' vroeg ik.

'Zegt u het maar, mevrouw.'

We spraken af op een parkeerterrein langs de A1. Hij reed in een witte bestelbus, zei hij, er stond met lichtblauwe letters Gerrit Kwakkel Dakdekkers op.

'Gerrit Kwakkel, is dat je vader?'

'Da's mijn vader, ja.'

'Heet jij dan Joshua Kwakkel?' vroeg ik niet al te snugger. Ik had hem nooit naar zijn achternaam gevraagd.

Toen ik op de bewuste zaterdagavond het parkeerterrein opreed, stond de bestelbus er al, in de verste uithoek van het terrein, onder het schijnsel van een lantaarnpaal. Gerrit Kwakkel deed behalve dakbedekkingen, ook lood- en zinkwerk, las ik op de achterklep. Misschien moest ik het telefoonnummer van het bedrijf maar even noteren en dan dat briefje in mijn auto verstoppen, zodat de politie het zou vinden als Joshua me, na me vijf keer anaal verkracht te hebben, in reepjes had gesneden en in de struiken had gedumpt. Ik graaide in het handschoenenvakje. Geen pen. Ook geen papier. Uiteindelijk schreef ik het nummer met oogpotlood op een papieren zakdoek, met daarbij Joshua's naam en de toevoeging: *dakdekker*. Die zakdoek legde ik in de asbak, dat vond ik een slimme zet van mezelf.

Na nog even snel mijn lippen te hebben bijgewerkt, pakte ik mijn tas. Ik stapte uit mijn Toyota en trippelde naar de bestelbus.

'Hé!' riep ik, terwijl ik de deur openschoof.

'Kom binnen,' zei een stem. Het bijbehorende gezicht was niet goed te zien.

Ik klom in de bus, ging op de passagiersstoel zitten en schoof de deur weer dicht. Joshua Kwakkel zat een shagje te draaien. Hij droeg een lichtgrijs poloshirt. Geen jas. De cabine bleef even verlicht, toen ging het lampje uit en werd het schemerig.

'Hoi,' zei hij. Hij durfde me niet goed aan te kijken.

'Daar ben ik dan.' Ik zette mijn tas op de vloer.

'Zo mevrouw, u had last van een lekkage?' zei Joshua. Ik begreep met welke smoes hij van huis was gegaan.

'Het is verschrikkelijk, mijnheer, mijn woonkamer staat blank. U moet er echt even naar kijken.'

Hij reikte naar het plafond, deed het lampje weer aan en gaf me een knipoog.

Hij had zich niet geschoren. Hij zag er ruiger uit dan op de foto's. Goeie kop had ie, jezus, het was echt een knapperd.

Joshua haalde het vloei langs zijn tong en rolde het shagje dicht. Zijn handen trilden een beetje.

'Die handen,' zei ik verbaasd. 'Die ken ik. Dat zijn Joshua's handen. Ik bedoel, dat zijn echt jouw handen.'

De lengte van zijn vingers, de haartjes op de rug, de aderen, de rode plekjes bij zijn knokkels, het was allemaal even vertrouwd.

Joshua lachte.

'Vind je het raar?' vroeg ik.

'Wat?'

'Om hier te zijn, met mij?'

'Nogal ja,' gaf hij toe.

'Herkende je me meteen?'

Hij knikte.

'En?' vroeg ik. 'Hoe vind je me. In het echt?'

Hij deed het shagje in zijn mond, stak het aan en inhaleerde. 'Geef de jouwe eens,' zei hij. Hij wees naar mijn handen.

Ik stak ze hem toe, met de palmen naar boven. Joshua legde zijn sigaret in de asbak en pakte mijn rechterhand.

'Maar mevrouw, u bent getrouwd,' zei hij zogenaamd geschokt.

'Wat knap dat u dat ziet, kunt u handlezen?'

Hij wees met zijn wijsvinger op mijn levenslijn en volgde die van boven naar onder. 'Ik voorspel een lang en turbulent leven,' zei hij. Hij bracht de hand naar zijn mond en drukte er een kus op. Zijn ogen boorden zich in de mijne. Grijsgroene ogen. Open blik. Klein zenuwtrekje bij zijn mondhoek.

Tussen mijn stoel en die van Joshua zat zeker dertig centimeter en een versnellingspook.

'Josh,' zei ik schor. 'Waarom hebben we eigenlijk in de auto afgesproken?'

'Ik weet het niet. Jij wilde het.'

'Josh,' zei ik weer. 'Ik geloof dat ik heel erg zin heb om je zoenen.'

Hij knipperde een paar keer, maar verroerde zich niet.

'Hier jij.' Ik greep hem bij zijn shirt en trok hem naar me toe. We zoenden de eerste zoen. De eerste, de beste, de lekkerste, de zoen-die-je-nooit-vergeet. Alle eerste zoenen staan gecatalogiseerd in mijn brein. Ik hoop dat me een lang sterfbed is vergund, ik wil ze te zijner tijd op mijn gemak herbeleven.

Joshua's lippen raakten de mijne, zijn tong flitste naar binnen, heel kort, toen was hij weer weg. Hij helde een beetje naar achteren met zijn hoofd, hij liet me smachten, ik moest me uitrekken, ik moest mijn lippen tuiten om hem te kunnen kussen. Hij had pretlichtjes in zijn ogen. Het maakte me nog hongeriger.

Hij pakte zijn shagje uit de asbak, stak het opnieuw aan en nam een trekje.

'Doe je jas eens uit,' zei hij.

Zwijgend voldeed ik aan zijn verzoek. Ik had een leren jack aan, met daaronder een strak, zwart t-shirt.

'Mooi shirt,' zei Joshua. 'Doe maar uit.'

De sigaret bungelde aan zijn mondhoek. Zijn ogen verraadden niets.

Shirt over mijn hoofd. Hij mocht mijn push-up best zien. Mijn opleggertje.

Met alleen een bh aan in de bestelbus van een dakdekker die ik een kwartier geleden voor het eerst had gezien. Evelien zei altijd dat ik een 'thrillseeker' was. Misschien had ze een punt.

Joshua drukte zijn peuk uit.

Hij trok zijn shirt over zijn hoofd. Hij had er niets onder.

Toen maakte hij zijn broekriem los. Knoopte zijn gulp open.

Hij duwde zijn worker en zijn onderbroek tegelijk naar beneden. Zijn erectie sprong als een veer uit zijn broek.

Mijn mond werd droog.

Joshua bukte langs het stuur om zijn schoenen los te maken. Hij schoof zijn kleding over zijn voeten en kwam weer overeind.

Onwillekeurig hield ik mijn adem in.

Het leekt wel of zijn lichaam in een fabriek in elkaar was gezet, zo volmaakt was het. Alles paste. Alles netjes afgewerkt. Overal spieren, geen grammetje vet. Volmaakte symmetrie. Zijn hardste deel was de enige dissonant, het stond een tikje uit het lood.

Ik zuchtte.

Hij wilde me. Deze jonge god van vierentwintig verlangde naar me. Tering, wat een kick! Ik was reëel genoeg. Over pakweg vijf à tien jaar zou zijn categorie geen optie meer zijn. Nu kon ik nog in alle bakken graaien: van de twintigers tot en met de vijftigers. Ik kon ze allemaal krijgen. Nog wel.

'Kom je op mijn schoot zitten?' vroeg hij.

'Misschien kun jij beter hierheen komen, anders heb ik het stuur in mijn rug,' antwoordde ik. 'Kan deze stoel naar achteren?'

'Ga eens opzij,' zei Joshua.

Hij kwam mijn kant op. Ik rook een mengeling van zweet en aftershave. Ik schoof zo ver mogelijk naar de deur, hij ging naast me zitten. Ik draaide mijn rug naar het dashboard, kroop op zijn schoot, mijn spijkerbroek nog aan, mijn benen dubbelgevouwen op de stoel. Grote god, wat een onhandig gedoe.

We keken elkaar lachend aan.

'Zo,' zei Joshua. Zijn erectie was wat verslapt.

Ik schudde mijn haar naar achteren en stak mijn borsten naar voren. Joshua liet zijn wijsvinger langs de bovenranden van mijn bh glijden. Hij deed het zo subtiel dat ik bijna niet voelde of hij ze aanraakte of niet. Ik holde mijn rug en maakte een geluidje. Ik wilde dat hij ze vastpakte, ik wilde ze laten zien, ik wilde dat hij ze zou bevrijden.

Joshua glimlachte. 'Je bent al net zo ongeduldig als bij het chatten.'

Hij haakte mijn bh los en legde hem op de chauffeursstoel. Eindelijk waren zijn handen waar ik ze wilde hebben. Mijn tepels waren hard. Hij nam ze tussen duim en wijsvingers en kneep er zachtjes in. Ik legde mijn armen op zijn schouders. Er moest ernstig gezoend worden.

'Doe je broek uit,' kreunde Joshua een paar minuten later. 'Alsjeblieft.' Zijn pupillen waren groot en donker. Ik had zijn geslacht in mijn hand. Keihard.

Ineens hadden we allebei haast.

Ik ging op mijn knieën zitten, wurmde mijn spijkerbroek uit en schoof hem omlaag. Joshua's vingers gleden in mijn onderbroek. Drijfnat.

Hij kreunde harder.

'Schatje.' Ik was nog net bij mijn positieven. 'Je moet wel een dingetje omdoen.'

'Moet dat?'

'Ja. Zit in mijn tas, hij staat op de grond.'

Joshua greep de tas. Ik pakte hem aan, pakte mijn portemonnee en viste de Durex eruit.

'Ik haat die dingen,' zei Joshua.

'Dit is Fetherlite. Voel je niks van.'

Hij sloot zijn ogen terwijl ik het condoom over zijn geslacht uit-rolde.

'Zie je? Hij wordt meteen slapper,' mopperde hij.

'Sst,' zei ik. Ik kneedde zijn ballen en trok aan zijn pik. Zulke simpele apparaatjes. Doen het altijd als Diana in de buurt is.

Ik ging weer op mijn knieën zitten, zijn geslacht nog steeds in mijn rechterhand, ik schoof hem onder me, vlak voor de ingang, daarna bleef ik er stil boven hangen.

'Ga zitten, toe,' smeekte hij.

Nu was het mijn beurt om te plagen. Ik duwde zijn pik tegen mijn lippen, draaide hem rond, liet me er een klein stukje overheen zakken en kwam weer snel omhoog.

'Diana!' waarschuwde Joshua.

'Wat is er?'

Hij pakte me met beide handen om mijn middel en trok me in een ruk omlaag. *No mercy.*

Hij tilde me op en drukte me weer omlaag. Zijn pik ging dieper. Ik kreunde.

'Rij maar,' moedigde hij me aan. 'Toe maar.'

Hij deed het lampje in de cabine uit.

Zo goed en zo kwaad als het ging, bewoog ik me op en neer op zijn schoot. Handig was anders. Volgende keer mocht hij een hotel-kamer regelen.

'Luister eens,' fluisterde Joshua. 'Ik kan amper bewegen. De bus is leeg. Er ligt alleen een plaid achterin. Zullen we?'

Verward keek ik hem aan. Wilde hij zo naar buiten gaan? 'Het is hartstikke koud,' zei ik.

'Je bent er zo. Ik houd je warm.' Hij zoende me kort, tilde me omhoog, van zijn geslacht af. 'Je bent gek!' zei ik. Ik trok mijn T-shirt aan, ging half bukkend staan en hees mijn broek op. Joshua schoof de deur open. Ik keek naar buiten. De kust was veilig.

'Kom,' zei Joshua.

We glipten de auto uit, de heldere aprilnacht in, Joshua was nog steeds naakt, hij hield zijn hand voor zijn geslacht. Met zijn linkerhand maakte mijn dakdekker de achterklep open. We klommen naar binnen.

'Jezus, wat is het hier koud,' zei ik.

Joshua deed de deur dicht. Het was in één klap aardedonker.

'Waar ben je?' vroeg ik. Ik strekte mijn arm uit.

'Het wordt vanzelf warm,' zei Joshua. 'Ga maar liggen.'

Zou je zo'n mes in het duister zien flikkeren?

Ik ging op mijn rug liggen. Ondanks de plaid was de ondergrond behoorlijk hard. Ik rilde.

Joshua schoof op me. Zijn adem was warm. Hij was warm. Ik voelde tussen zijn benen. De Durex hing op half zeven, maar was goddank nog wel aanwezig, ik had er maar eentje bij me.

'Waar was ik gebleven?' Joshua's handen gleden onder mijn shirt.

De geilheid kwam net zo snel terug als dat ze verdwenen was.

Neuken. Dat wilde ik. Ik wilde heel erg neuken. Met Joshua.

Soms ontmoet je mannen van wie je al na twee minuten weet: met jou wil ik het een keer doen. Ik wil jouw blootje tegen het mijne, ik wil zien hoe jij klaarkomt, ik wil vadertje en moedertje met je spelen of doktertje of allebei. De meeste vrouwen schijnen aan deze impuls geen gehoor te geven. Ik wel. En met succes. Als ik mijn zinnen op iemand zet, dan komt het ervan. Daar kun je de klok op gelijkzetten. Daar kun je een verzekering op afsluiten, de assurantieadviseurs staan te dringen, die lui doen niets liever dan een betonnen bak onder water verzekeren tegen brand.

Mijn broek stond nog half open. Ik schoof hem over mijn billen, gelijk met m'n slip. Joshua hielp met uittrekken.

'Ben hard voor je,' zei hij.

Hij drong naar binnen. Weg was het ongemak, weg was de kou.

129

Mijn ogen begonnen te wennen aan het donker, ik zag Joshua's gezicht, hij was het, hij was het echt, ik neukte met een vierentwintig-jarige dakdekker uit Zwolle. In zijn bestelbus. Op een rode plaid.

Hij raakte op dreef, hij ging steeds harder, steeds sneller. Ik hief mijn heupen om zijn stoten op te vangen.

'Jezus, wat lekker. Wat ben je geil,' klonk het in mijn oor.

Weer versnelde hij. Wat een tempo, ik kon hem amper bijhouden, zijn ademhaling werd oppervlakkiger, hij hijgde. Het hijgen werd kreunen. Het kreunen werd een serie, elke kreun iets luider en langer. Ik raakte gealarmeerd en temperde mijn enthousiasme. Het maakte niet uit. Joshua's laatste kreun duurde een paar seconden en eindigde in een soort grom.

'Kwam je?' vroeg ik.

'Ja,' zei hij. 'Geeft niet. Als ik doorga, blijft ie hard.' Hij was geen moment opgehouden met bewegen. Ik probeerde me te concentre-ren, ik wilde hem volgen, maar het lukte niet, hij had me in de war gemaakt. Hij was te snel gegaan, hij was al gekomen en als hij al was gekomen, hoelang zou hij het dan nog volhouden? Dat kon nooit lang zijn. Nooit lang genoeg.

'Shit,' zei Joshua.

Daar had je het gedonder al.

Joshua trok zich terug. Zijn geslacht stak recht voor hem uit. Het tuutje zat vol zaad.

'Dat stomme ding,' zei hij met gefronste wenkbrauwen. 'Ik voel niks.'

Hij ging op zijn knieën zitten. En toen deed hij het.

In één snelle beweging trok hij het condoom eraf. Achteloos wierp hij het naast zich neer. Hij nam zijn geslacht in zijn hand, gaf er twee rukjes aan, zakte omlaag, bracht het in de juiste positie en drong zonder iets te vragen naar binnen.

Natuurlijk had ik moeten protesteren. Ik had hem van me af moe-ten duwen. Ik had over voorvocht en navocht moeten beginnen, over soa's en genitale wratten, ik had hem de stuipen op het lijf moeten jagen, ik had moeten gaan gillen, maar ik deed het niet. Hij vond het lekkerder zonder condoom. Ik begrijpen, hij neuken.

Grote god, wat deed hij het lekker! Met een prachtige ernst en concentratie. Zweet parelde op zijn voorhoofd. Het plaatje dat hij maakte, was al zo geil. Die kop van hem. De brede schouders, zijn gespierde armen.

'Kom maar, schatje,' moedigde hij me aan. 'Kom maar.'

De juiste druk op de juiste plek, de juiste snelheid. Ogen dicht, beelden van zijn pik, zijn handen, zijn mond. De naderende explosie. Weten dat er geen weg meer terug is, dat het gaat gebeuren, onherroepelijk, de overgave, holy fuck, zo lekker, klaargeneukt worden, denkend aan de Rutgers Stichting met al hun voorlichtingsboekjes waarin vet gedrukt staat dat het voor vrouwen een buitengewoon moeilijke, zo niet hopeloze exercitie is, denkend aan de biologieleraar op school, zie ik zijn wijsvinger nog omhooggaan, terwijl hij beweerde dat de clitoris nauwelijks wordt gestimuleerd tijdens de daad, nou die van uw vrouw misschien niet, mijnheer, maar de mijne wel, alleen wist ik dat toen nog niet, wat kon ik doen, ik kon alleen maar knikken, ik kon alleen maar denken dat hij het wel zou weten, dus dat deed ik, nee sex, sex, daar maken ze je echt warm voor als vrouw, sex is moeilijk en ingewikkeld, er is veel tijd voor nodig en ontspanning, een begripvolle jongen en ook nog eens liefde, vooral veel liefde, anders mag je er niet eens aan beginnen, programmeren, indoctrineren en inprenten noem ik het, van alle verkeerde dingen, maar zij noemen het voorlichting, denkend aan mijn ontmaagding, waarbij ik tegen alle zogenaamde wetten en verwachtingen in binnen twintig seconden piekte, geen pijn, geen bloed, alleen Didier en ik en een orgasme, een godvergeten lekker orgasme, zo lustte ik er nog wel een paar, en Joshua, Joshua, die misschien maar een paar jaar ouder was dan Didier destijds, Joshua ging me nu, vijftien jaar na dato, nog zo'n orgasme bezorgen, sterker, hij deed het al, hij deed het, ik kwam, fuck de Rutgers Stichting, fuck de biologieleraar, fuck de wereld, ik lust er nog wel een paar...

Een klopje op de deur.

Oscar liet Jesse en Daniel binnen. 'Ze willen je een kusje geven.' Hij bleef in de deuropening staan.

Verheugd ging ik rechtop zitten. Ik strekte mijn armen uit. 'Kom maar, jochies.' Jesse klom op bed, Daniel bleef ernaast staan.

'Mama ziek?' vroeg hij.

'Ja, mama is een beetje ziek.'

'Mag Daniel zijn knuffel meenemen naar de crèche?' vroeg Oscar. Ik knikte.

Jesse sloeg zijn armen om mijn nek en drukte zijn mond tegen mijn wang. Echt kussen kon hij niet, maar hij begreep het concept.

'Zijn ze niet een beetje te warm gekleed?' vroeg ik aan Oscar.

Hij negeerde die opmerking. 'Kom jongens, we gaan, zeg maar: dag mama.'

'Dag mama!' Jesse liet zich van het bed glijden.

'Hier is je konijntje, Daniel,' zei ik.

Elf

Ik liep in mijn badjas naar de keuken. Mijn hoofd bonkte en ik was nog steeds misselijk. Ik leunde op het aanrecht. Hoe zat het ook alweer met paracetamol als je zwanger was? Het duurde een halve seconde voor ik besefte ik dat het niets uitmaakte. Ik kon drie strips leeg eten als ik dat wilde. De paracetamol lag in de keukenla. Op de keukenla zat een kindveilige sluiting die ik nooit openkreeg. Altijd raakte mijn vingers klem, ik vervloekte het kreng. Jesse had er laatst naar gewezen en gezegd: 'Dat is een kut-la!' Het was zijn eerste zin van vier woorden.

Ik pakte twee paracetamolletjes, gooide ze achter in mijn keel en spoelde ze weg met een slok water. Daarna liep ik naar de studeer-kamer. Ik vermoedde dat Tim me zwanger had gemaakt, maar ik wist het niet zeker. Om zeker te zijn, moest ik in mijn agenda kijken. Tot dan toe had ik dat niet gedaan. Ik had niet teruggerekend, niet terug-gebladerd, integendeel: ik had elke gedachte aan de afgelopen maand gemeden. De oplossing van het probleem was belangrijker dan het ontstaan ervan.

Mijn agenda lag op het bureau. Ik sloeg hem open. Zondag 3 juni had ik ongesteld moeten worden, ik was drie dagen overtijd. Vanaf zondag moest ik twee weken terug, rond dat weekeinde had ik mijn eisprong gehad. Ik haalde diep adem en hoopte tegen beter weten in dat het niet waar zou zijn. Laat het niet dat weekeinde zijn, als-tublieft. Niet het weekeinde na de drie dwaze dagen. Het was een uitputtingsslag geweest. Toen ik Evelien die zondagavond belde, had ik de slappe lach gekregen.

'Wat heb jij uitgespookt?' vroeg ze.

'Zeg maar "nee", dan krijg je er twee,' hikte ik. 'Voel je hem?'

Ze voelde hem niet.

'Ik heb je verteld over Joshua, toch?'

'De chattende dakdekker,' wist Evelien.

'Precies, die. Ik heb het met hem gedaan.'

'Dat zat erin,' klonk het droog. 'Hoe was het?'

'Geweldig. Een jonge minnaar is geweldig. Ik houd hem.'

'En Tim?'

'Die houd ik ook. Het is perfect. Als Tim niet kan, kan Joshua wel en andersom. Zo grijp ik nooit mis. Tenzij...' Ik moest weer lachen.

'Tenzij wat?'

'Tenzij ze allebei kunnen, zoals deze week. Dan is het aanpezen.'

'Waar je zin in hebt,' zuchtte Evelien.

'En als je wettige echtgenoot dan ook nog—' begon ik.

'Daan, doe me een lol,' zei ze. 'Ik ben niet in de stemming.'

'Wat is er dan?'

'Marieke en Sofietje hebben waterpokken. Bij Marieke gaat het wel, maar Sofietje zit onder. Het is een ramp. Ze lijkt wel mismaakt. Joost heeft zijn Memorystick helemaal volgeschoten, ik zal ze naar je mailen. Je weet niet wat je ziet.'

Joost had de gewoonte ontwikkeld alle mijlpalen uit het leven van zijn kinderen vast te leggen. Hij nam het begrip 'mijlpaal' ruim en had een bijzondere fascinatie voor de medisch fysieke aspecten van hun bestaan. Had Sofietje een luier vol diarree, dan mocht Evelien haar pas verschonen als Joost de groene drek die tot aan haar schouderbladen reikte, had gefotografeerd. Het digitale resultaat ging naar alle mensen in hun adresboekje, ook naar mij.

'Ze is niet zozeer ziek, maar ze vergaat van de jeuk. Ik doe haar 's nachts twee washandjes aan, zodat ze zich niet openkrabt.'

'En Thijs?' vroeg ik.

'Die heeft het al gehad. Hebben Jesse en Daniel het al gehad?'

'Waterpokken? Ik geloof het niet,' zei ik aarzelend.

'Breng ze anders even langs, ze moeten het toch krijgen.'

'Doe normaal,' zei ik.

'Serieus. Hoe eerder ze het krijgen, hoe beter.'

Evelien wist dat soort dingen precies. Als ik vragen over de jongens had, belde ik altijd Evelien, nooit mijn moeder. Mijn moeder wist niets. Ze wist niet wanneer ik tanden had gekregen, ze wist niet wanneer een kind voor het eerst gluten mocht, het leek wel of ze alles was vergeten. Of dat ze het nooit had geweten, dat kon ook.

'Weet je dat die Joshua het rustig drie keer achter elkaar kan?' zei ik nog nagenietend. 'Drie keer! Dat is de jeugd, Evelien.'

Ze hoorde me niet. 'Sofietje huilt,' zei ze.

'Laat Joost het oplossen.' Ik wilde nog even doortrippen over mijn dakdekker.

'Hij is er niet.'

Waar is hij dan, wilde ik vragen, maar toen drong het tot me door. Drie keer raden waar hij uithing. Twee kinderen met waterpokken en hij was bij Nathalie. De lul.

'Ik moet je echt hangen, Daan,' zei Evelien. 'Het arme kind zit ook nog eens vlak voor een groeisprong.'

Mijn vriendin had *Oei, ik groei!* gelezen. Als Sofietje het hele huis bij elkaar schreeuwde, was ze niet gewoon vervelend, nee, dan zat ze vlak voor een groeisprong. Elke baby maakte volgens *Oei, ik groei!* acht sprongen door, die van cruciaal belang waren voor de mentale ontwikkeling. Voor de groeisprong had de baby een hangerige periode, die twee tot vijf weken kon duren, erna was het kind als het ware vernieuwd en verbeterd. De groeisprongen van Sofietje hingen op het prikbord in de keuken van Evelien. Joost had er op zijn computer een grafiek van gemaakt. Na elke succesvol doorlopen mentale spurt, printte hij de kalender opnieuw uit, zodat Evelien kon zien wat haar nog te wachten stond.

Ik hoorde het geblèr van Sofietje aanzwellen.

'Het is een korte terugslag, straks heeft ze een nieuwe vaardigheid onder de knie. Heeft ze weer meer keus uit de winkel!' zei Evelien opgewekt. Ze kwam nog net boven het gekrijs van haar dochter uit.

Misschien dat de duvel ermee speelde, maar altijd als ik Sofietje zag, zat ze vlak voor een groeisprong en liet ze haar enorme assortiment aan nieuwe vaardigheden ongebruikt.

Donderdagochtend 17 mei stond Joshua onverwacht voor de deur. Jesse en Daniel zaten op het kinderdagverblijf, ik werkte zogenaamd thuis. De ene week zat ik twee dagen op kantoor, de andere week drie. Oscar zou ook een dag minder gaan werken, maar dat was er nog niet van gekomen.

Joshua belde me om half tien op mijn mobiel.

'Ben je thuis?' vroeg hij.

'Ja,' zei ik.

'Wat heb je aan?'

'Trainingsbroek, gympen en een topje,' antwoordde ik. Ik wilde net gaan sporten.

'Ik kan met tien minuten bij je zijn.'

Hij overviel me. Na ons rendez-vous in zijn bestelbus hadden we afgesproken dat we het de volgende keer in elk geval niet meer in de auto zouden doen. Met Tim ging ik nog altijd naar de Willemspark-weg. Dat zou ook een ideale plek voor Joshua en mij zijn, maar ik durfde het niet aan Kofi te vragen. Hij zou het misschien tegen Tim zeggen. Als die erachter zou komen, zou hij woest zijn.

Tim wist dat ik een zwak had voor de dakdekker. Ik had hem verteld dat we elkaar misschien in het echt zouden gaan ontmoeten. Mijn minnaar was *not amused*.

'Je speelt spelletjes,' had hij gezegd. 'Ik houd niet van spelletjes.'

Hij stapte uit Kofi's bed en begon zich aan te kleden. 'Hoe oud is die Joshua?' vroeg hij.

'Weet ik veel, ergens in de twintig. Wat maakt dat nou uit?'

Tim deed zijn horloge om. 'Een stuk jonger dan jij dus.'

Ik haalde mijn schouders op.

'Je moet het allemaal zelf weten, maar als je iets met die Joshua begint, is dat wat wij hebben afgelopen.'

Ik begon te lachen. 'Kom op, zeg. Wat heb jij nou ineens?'

'Ik méén het, Diana. Ik ga niet concurreren met een sportschool-type dat dertig jaar jonger is dan ik.' Hij ging op een stoel zitten en trok zijn schoenen aan.

Ik trok het dekbed tot boven mijn borsten.

'Schat, doe niet zo flauw,' zei ik. 'Er is helemaal geen sprake van concurrentie. Wat ik met jou heb, heeft niets met Josh te maken.'

Tim keek op, zijn veter losjes in zijn hand: 'Jij hebt die Joshua in ons bed gehaald. Je bent al vaker over hem begonnen. Hoe leuk jullie tot diep in de nacht zaten te chatten. Dat hij zo grappig is. En zo knap.'

Nu was ik verontwaardigd: 'Ik dacht dat jij dat spannend vond! Je wilde alles weten.'

'Ik wist niet dat je werkelijk iets met hem zou beginnen,' zei Tim.

'Dat heb ik ook nog niet gedaan.'

'Nog niet. Maar je wilt het wel.' Hij knoopte zijn schoen dicht.

Ik pakte mijn T-shirt en trok het over mijn hoofd. 'Ja, ik wil het wel. *So what?* Jij komt toch ook wel eens andere vrouwen tegen? Je bent mijn man niet, Tim.'

Hij stond op en gaf me mijn string.

Ik zwaaide mijn benen over de rand en trok hem aan. Tim bukte en keek onder het bed.

'Je hebt me gehoord,' zei hij. 'Het is Josh of ik.'

Mijn rok hing over de stoel. Ik wurmde me erin. 'Waarom doe je zo moeilijk? Jij hebt nooit het alleenrecht op me gehad. Ik vrij ook met Oscar. Vanmorgen nog, toevallig.'

Tim deed zijn bruine, suède jasje aan. Hij haalde zijn mobiel uit zijn binnenzak, keek ernaar en stopte hem weer terug. 'Ik weet dat je sex hebt met Oscar. Dat vind ik normaal, hij is je partner. Ik weet dat je soms met hem vrijt, nadat je net met mij bent geweest.'

Dat klopte. Ik vond dat ik mijn echtgenoot geen sex kon weigeren als ik het wel met anderen deed. Bovendien was het aangenaam verwarrend om binnen een uur in de armen van twee verschillende mannen te liggen. Ik nam geen risico's. Ik noemde nooit namen, ik zei altijd 'schat' of 'liefje', behalve als ik heel erg bij mijn positieven was en de man in kwestie me recht aankeek.

Tim hield me mijn spijkerjack voor. Ik keerde hem mijn rug toe en stak mijn armen in de mouwen.

'Die Josh is iets heel anders,' zei Tim. Hij vormt een bedreiging voor onze relatie. Oscar niet.'

'Josh is geen bedreiging, jij máákt er een bedreiging van. Ik heb verschillende relaties met verschillende mensen. Met Oscar, met jou, met mijn kinderen, met mijn...'

'Ja, ja, ik ken het verhaal,' onderbrak hij me. 'Jij denkt in compartimenten. Je bent de meesteres van het compartimentale denken. En al die compartimenten hebben helemaal niets met elkaar te maken.' Het cynisme droop van zijn stem.

'Zo is het, ja. Ze bestaan allemaal naast elkaar. Niemand heeft er last van.'

'Ik dus wel,' zei Tim kort. 'Als jij sex op zo'n manier gaat uitdelen, dan weet ik niet wat ik nog voor jou beteken.' Hij begon het bed af te halen. De vorige keer waren we dat vergeten. Kofi had er niets van gezegd.

'Verdomme Tim, hoelang kennen we elkaar nou? Al bijna vier jaar...' Ik liep de inloopkast in en pakte een schoon onderlaken.

'Waarvan ik je twee jaar niet heb gezien,' klonk het uit de slaapkamer.

Ik drukte mijn neus in het laken en snoof diep. Heerlijk. Het rook zoals de handdoeken van mijn tante vroeger roken. Ik vergat Kofi steeds te vragen welk wasmiddel hij gebruikte.

Ik liep de slaapkamer weer in en gooide het laken op bed. 'Het was anderhalf jaar. En hou op me dat te verwijten. Hoe had je je dat voorgesteld? Dat ik hier hoogzwanger met jou zou gaan liggen rotzooien? Of dat ik de kinderen had meegenomen, toen ze nog niet naar de crèche gingen?'

Tim vouwde het laken open. We pakten allebei twee punten en spanden het over het matras.

'Ik ben teruggekomen, Tim. We hebben de draad weer opgepakt, precies zoals ik je had beloofd. Ik ben altijd eerlijk geweest. Zelfs tegen Oscar. Dat kan ik van jou niet zeggen.'

Oscar had naar mijn relatie met Tim gevraagd toen we vorig voorjaar een lang weekeinde op Terschelling waren. De jongens logeerden bij Evelien. We liepen over het strand. Ik had al drie sms-jes van Tim gehad. En beantwoord. Oscar raakte geïrriteerd.

'Hoe zit het nou met jou en die trainer?'

Ik stak mijn mobiel in het borstzakje van mijn spijkerjack.

'Wil je het echt weten?' vroeg ik.

Hij knikte.

'Tim is dierbaar,' zei ik. 'Ik ben blij dat ik hem ken.' Ik pakte een kokkelschelp op en stopte hem in een plastic tasje. Voor de kinderen. Ik zag hun gezichtjes al glunderen.

'Doe je het met hem?' vroeg Oscar.

Ik zweeg. Mijn sexleven is een privé-aangelegenheid, die niemand wat aangaat. Als ik het met mezelf doe, breng ik daar ook geen verslag van uit.

Oscar veegde zijn haren uit zijn gezicht. 'Natuurlijk doe je het met hem,' mompelde hij.

Ik speurde het zand af. 'Nou wil ik nog een wulk en een scheermesje.'

'Ben je verliefd?' vroeg mijn man.

'Nee,' zei ik eerlijk. 'Niet meer.'

Ik keek opzij. Oscar's gezicht verried niets. Geen woede, geen pijn. 'Je was dus wel verliefd,' zei hij. 'Waarom heb je dat niet verteld?' Hij stond stil en bukte om een scheermesje op te rapen. Ik hield de tas open, hij gooide het erin.

'Omdat het niets uitmaakte,' antwoordde ik. 'Ik heb altijd geweten dat ik bij jou zou blijven. Dat jij de vader van mijn kinderen zou worden. Ik wist dat het weer over zou gaan.'

'Hoezo overgaan?' Oscar knikte naar de telefoon. 'Het is toch niet over?'

Ik wilde mijn arm om zijn middel slaan, maar hij weerde me af.

'Het is nu anders,' zei ik. 'Tim is een vriend geworden. Een dierbare vriend.'

Met wie ik het toevallig geregeld doe, zei ik er in stilte achteraan.

'Evelien is een vriendin. Een gewone vriendin. Die Tim is geen gewone vriend,' wees Oscar me terecht. Hij liep met grote passen door. Ik volgde hem zwijgend. We spraken zelden over mijn buitenechtelijke leven. Dat was Oscar's keus. Hij had het er liever niet over, hij gedoogde het. Als hij er dan toch over begon, stelde ik me deemoedig op. Dat leek me passend.

'Jullie gedragen je als twee verliefde pubers. Ik vind het allemaal prima, hoor, je mag jezelf in de maling nemen, maar mij neem je niet in de maling. Ik zie alles.'

Ik zocht niet meer naar schelpen. Ik keek alleen nog maar naar Oscar. Zijn brede rug, zijn grijze ogen, samengeknepen tegen de wind. Zijn gezicht zo vertrouwd dat ik soms niet meer zag hoe aantrekkelijk het was. Zijn verwarde krullen. Hij zou niet kaal worden, zoals Joshua. De haargrens van mijn dakdekker begon al te wijken, ondanks zijn jeugd. Tim's haar was dun en grijs. Oscar bofte. Ik bofte. Ik bofte met deze echtgenoot. Hij was de basis, de bodem van mijn bestaan. Niet grillig en humeurig, zoals Tim. Geen een-dagsvlinder, zoals de jongen van de kaasafdeling. Oscar was mijn koning, ik zijn koningin.

'Ik wil weten waar ik aan toe ben,' sprak mijn koning streng. 'Als jij liever bij die kloostersukkel bent, waarom ben je dan hier? Ga dan vooral naar hém toe.'

Hij liep in de richting van een strandpaviljoen.

'Luister nou,' begon ik. 'Zo is het niet...'

'Drie sms-jes, Diana. Denk je dat ik gek ben? Als ik tegen je praat, luister je maar half. Je bent volledig in de ban van die vent. Het is gewoon treurig.'

Ik pakte mijn mobiel en zette hem uit. 'Zo beter?'

Hij stond stil. 'Dat ík je daarop moet wijzen! Dat je dat zelf niet bedenkt! Ongelooflijk.'

'Tim is... ik weet niet wat het met Tim is...' Moest ik mijn man uitleggen wat mijn minnaar voor me betekende?

'Tim is een ijdeltuit. Je streelt zijn ego, hij zit in een midlifecrisis, daarom hobbelt hij achter je aan. Die sukkel hoopt dat je uiteindelijk voor hem kiest.'

'Dat hoopt hij helemaal niet,' zei ik verontwaardigd. 'Hij respecteert jou, hij respecteert ons gezin...'

Oscar lachte smalend. 'Zodra jij met je koffertje bij hem op de stoep staat, is hij weg bij zijn vrouw. En als je dat niet doet, zal hij narrig worden. Hij zal het je nooit vergeven.'

'Hoe kom je dáár nou bij?'

'Wedden?'

Oscar had Tim één keer ontmoet. Tim en ik zouden naar de film gaan, hij kwam me thuis ophalen, Oscar zat naar de Champions League te kijken en noodde hem naast zich op de bank. Evelien had me ongelovig aangestaard toen ik vertelde hoe ik de mannen van bier en bitterballen had voorzien.

Ik zette de tas op de grond. 'Het maakt niet uit, ik zál nooit met mijn koffer bij hem op de stoep staan.'

'O nee? Als je het te bont maakt, gebeurt dat zeker. Dat hoef je zelf niet te beslissen, dat beslis ik voor je.'

Mijn hand gleed naar mijn haar. Mijn vingers zochten een streng en begonnen te draaien.

'Er zijn grenzen, Daan,' zei Oscar. 'Ik laat je vrij. Veel vrijer dan de meeste mannen zouden doen. Ik begrijp dat jij die spanning nodig hebt, maar ik heb ook dingen nodig. Als je met mij bent, wil ik dat je met míj bent. Dat je in me geïnteresseerd bent. Wezenlijk geïnteresseerd, niet op de automatische piloot.'

Hij had gelijk. Hij had zo ontzettend gelijk dat ik niet wist wat ik moest zeggen.

Oscar maakte mijn vingers los van de streng. 'En hou daar ook eens mee op. Al je mooie haren breken af, je wordt nog eens kaal.'

Mooie haren, zei hij. Hij was niet heel boos.

'Hou me eens vast.'

Oscar snoof.

'Alsjeblieft...'

Hij sloeg zijn armen om me heen.

'Het spijt me heel erg,' zei ik tegen het lipje van zijn ritssluiting. 'Het was stom en bot en ik zal mijn leven beteren. Ik ben hier met jou, omdat ik hier met jou wil zijn. Mag ik bij je blijven?'

Mijn koning gromde.

'Wil je dat ik Magda vertel hoe het tussen ons zit?' vroeg Tim.

'Nee,' zei ik snel. 'Maar je moet niet zeggen dat jij niks voor mij betekent. Ik heb je nota bene voorgesteld aan mijn man.'

Het bed was verschoond. Ik trok het dekbed recht. Tim deed de deur van de slaapkamer open. 'Heb je alles?'

Ik knikte en stapte in mijn pumps. Hij liet me voorgaan.

'Je moet het zelf weten, juffertje. Maar als jij met die Josh of met anderen in zee gaat, haak ik af. Is dat duidelijk?'

Het was duidelijk. Tim wilde liever dat ik loog.

Ik wilde Joshua niet binnenlaten, maar ook niet buiten laten staan, daarom nam ik hem mee naar de garage, waar we tussen de tuinspullen en nog niet uitgepakte verhuisdozen belandden.

Hij had een donkerblauwe Fila baseballpet op en een bomberjack aan. Mister Cute.

Zonder iets te zeggen, duwde Joshua me tegen de muur en trok hij mijn broek omlaag. Ik sjorde aan de zijne. Was hij hard? Ja, hij was hard. Halleluja.

'Draai je om,' zei hij.

Ik deed het, steunde met mijn handen tegen de muur en duwde mijn billen naar achteren.

Hij voelde of ik nat was.

'Diana,' klonk het in mijn nek. 'Ik ga je nemen.'

Ik draaide mijn hoofd om. 'Heb je iets bij je?'

'Nee. Is dat erg?'

'Natuurlijk is dat erg. Verdomme.' Mijn knieën knikten. Hij zette zijn eikel tegen mijn schaamlippen.

'Laat me heel even,' zei hij schor. 'Ik moet je voelen. Even.' Hij duwde. Mijn lippen weken uiteen. Hij schoof zonder moeite naar binnen. Hij stootte.

Waarom? Waarom was het zo godvergeten lekker, waarom was ik zo zwak, waarom gaf dit me het gevoel dat ik leefde, dat ik bestond, waarom was niets, helemaal niets, zo lekker als dit, waarom had ik altijd het gevoel dat ik hiervoor was gemaakt, hiervoor en nergens anders voor? Al het andere was bijzaak, al het andere was alleen maar de weg hier naar toe, al het andere kon me gestolen worden, stel je voor dat het ophield, stel je voor, het bestaat, er zijn vrouwen die rustig dertig jaar niet neuken, ik moest er niet aan denken, ik zou me verhangen, echt waar, het leven zou al zijn glans verliezen.

'Pas op...' kreunde ik.

Zijn vingers waren voorlangs gegaan. Hij masseerde mijn clitoris. Ik stond op het punt van komen, maar was me tegelijkertijd hyperbewust van de situatie. In mijn eigen huis. Geen condoom.

'Josh... dit kan niet,' zei ik. En toen harder: 'Echt niet.'

Hij trok zich terug. Ik draaide me om, trok de baseballpet van zijn hoofd en gooide hem op de grond. Hongerig verslonden onze monden elkaar, toen liet hij zich door zijn knieën zakken, pakte me bij mijn dijbenen en stak zijn tong ertussen.

Ik hing half verdoofd tegen de muur, voelde de koude stenen tegen mijn billen. Josh likte me met het enthousiasme van een jonge hond. Af en toe kwam hij even omhoog om me te laten proeven hoe ik smaakte. Dan dook hij weer tussen mijn benen. Ik wilde komen, ik wilde heel graag heel erg komen, maar telkens als ik er bijna was, telkens als ik bijna over het hoogste punt van de berg tuimelde, ebde het weg en zakte ik terug naar een lager niveau. Ik zat te veel in mijn hoofd. Ik zag mezelf staan, tussen de veelkleurige parasol en de grasmaaier. Ik meende te zien dat Joshua's enthousiasme aan het afnemen was. Een blos kroop over mijn wangen. Ik sloot mijn ogen en sprak mezelf streng toe. *Laat je gaan, Diana. Daarvoor is hij hier. Vergeet alles, laat je klaarmaken door die gozer. Hij wil het, jij wilt het. Hij houdt dit geen uren vol. Maak het af. Kom op. Laat je gaan. Nu.*

Mijn benen trilden als bezeten, maar ik kwam niet. Ik greep Josh bij zijn haar, trok zijn hoofd nog dichter tussen mijn benen, kneep mijn ogen dicht, toverde mijn allergeilste fantasieën voor ogen, ook die ene, die te kinderachtig voor woorden is, maar die altijd werkt. Behalve deze ochtend.

Ik duwde Joshua's hoofd voorzichtig van me af.

'Laat maar, schatje.'

Verbaasd keek hij omhoog.

'Het was heel lekker. Echt.'

'Wil je niet...'

Ik schudde mijn hoofd. Hij kwam overeind. Zijn haar zat in de war. Zijn mond was rondom rood. Straks stond hij weer ergens op een dak. Vanavond zat hij aan tafel bij zijn vrouw. At hij haar eten met de mond die mij had gegeten. Ze zou het niet zien. Niet weten. Sommige dingen moet je niet weten.

Joshua en ik wisselden van plaats. Hij ging met zijn rug tegen de muur staan. Ik zakte door mijn knieën. Het was niet meer dan logisch dat ik terugdeed wat hij bij mij had gedaan. Vlak voordat hij zijn hoogtepunt bereikte, realiseerde ik me dat Oscar op het punt stond zijn unieke positie in het roedel te verliezen. Ik pakte Josh' geslacht bij de schacht en liet mijn lippen er voorzichtig vanaf glijden. Hij reageerde niet. Ik trok hem af en liet zijn eikel tegen mijn half gesloten mond stoten. Hij kreunde. Hij zette zich schrap. Ik deed mijn hoofd een stukje opzij, zodat het op mijn oor en in mijn haar terechtkwam en de rest erlangs schoot en op de garagevloer belandde, ik zou het later met een Ballerina-doekje opnemen. Joshua kwam als een waterpistool. Het spritste eruit, van die scheve, witte fluimen met korte tussenpozen. Het ontroerde me. Ook dat zou anders worden, wist ik. Alles wordt anders. Een oude man spuit niet, een oude man druipt.

Vrijdagavond 18 mei had ik met Tim doorgebracht. Hij zat in het Bilderberg Grand Hotel Wientjes in Zwolle vanwege een driedaagse cursus Teambuilding voor een aantal managers van KPN. Ik had tegen Oscar gezegd dat ik met een vriend uitging en dat het laat zou worden.
    'Welke vriend?' vroeg Oscar.
    'Tim.'
    'Veel plezier,' zei hij.

Nadat ik de tweeling in bed had gelegd, reed ik naar Zwolle. Onderweg stuurde ik een sms-je naar Joshua. 'Raad eens wie er op dit moment naar jouw woonplaats rijd?' schreef ik.
    Hij reageerde binnen tien minuten.
    'Gij? Naar Zwolle? Waarom, mevrouw?'
    'Kennis bezoeken,' sms-te ik terug. 'Waar ben jij?'
    'In den kroeg. Weinig drinken. Veel geeuwen. Nog moe van gister. Jouw schuld!'
    Ik glimlachte.
    Mijn mobiel piepte. Nog een sms-je. Weer Joshua.
    'Kom je een kusje brengen? Please? Ben in Café Floris. Koningsplein.'
    'En je vrienden dan?' schreef ik terug.
    'Slechts één vriend = blind en doof op verzoek.'

Het was verleidelijk. Ik had zin om Mister Cute eventjes te zien. *The night after the morning before.* Toch al ongelooflijk dat Tim uitgerekend in Zwolle zat.

Met een half oog op de weg keek ik op de plattegrond op de passagiersstoel. Grand Hotel Wientjes lag aan de Stationsweg, het Koningsplein was maar een paar straten verder. Het was geen toeval, het moest zo zijn.

'Tot zo!' typte ik met mijn rechterduim.

Ik was van plan hooguit vijf minuutjes te blijven, maar toen ik het café binnenkwam, wrong Joshua zich door de menigte naar me toe en drukte me een Breezer in de hand. Ik had mijn auto bij hotel Wientjes geparkeerd en was naar Floris gelopen. Joshua's vriend voegde zich bij ons. Hij dronk bier, Joshua ook. Ze maakten grapjes over rijpe vrouwen uit Almere die verdwaald waren in Zwolle. Rik had kort, rood haar en een rond brilletje. Hij leek heel in de verte op Guus Meeuwis. Joshua was de knapste van het stel. Als ik ze in een café was tegengekomen, had ik Joshua gewild. Vanavond hoefde ik geen moeite te doen, ik hoefde mijn lokroep niet uit te stoten, ik hoefde geen veelbetekenende blikken zijn kant uit te sturen, ik had hem al. Hij was van mij, ik mocht hem aanraken waar ik maar wilde. Ik kneep hem in zijn zij en gaf hem een knipoog. Hij legde zijn hand op mijn bil. Rik deed alsof hij niets zag. We liepen naar achteren en speelden poolbiljart. Joshua sloeg zijn armen om me heen en leerde me hoe ik de keu moest vasthouden. Nadat ik drie potjes had verloren, keek ik op mijn mobiel.

Shit. Vier oproepen gemist. Vier keer Tim. Het was negen uur geweest. Ik had om acht uur met hem afgesproken.

'Ik moet weg,' zei ik tegen Joshua.

'Ze moet weg,' zei Joshua tegen Rik. Hij trok een somber gezicht en hing zijn keu in het rek.

'Je mag niet weg,' zei Rik.

'Hoor je dat?' zei Joshua.

Rik greep mijn hand. 'Je breekt zijn hart. Ik weet niet hoe goed jij hem kent. Ik ken hem goed. Je breekt zijn hart als je nu weggaat.'

Joshua staarde naar de grond. Ik glimlachte en gaf Rik mijn keu. 'Toch moet ik weg.'

'Wat moet hij doen?' vroeg Rik. 'Hij doet alles om je hier te houden. Alles! Deze man is voor je gevallen. Je breekt zijn hart.'

'Ik zal het lijmen,' beloofde ik. 'Loop je met me mee naar buiten?' vroeg ik aan Joshua.

Hij knikte. Ik trok mijn jack aan, dat ik over een stoel had gehangen.

'Haar keu.' Rik praatte tegen Joshua alsof ik al weg was. 'Ze gaf me haar keu.'

'Heeft ze hem aangeraakt?' vroeg Joshua.

'De hele tijd.' Rik rook aan de keu en keek scheel.

'Zorg dat niemand anders hem in handen krijgt. Niemand, hoor je me? Zet hem desnoods op sterk water,' verordonneerde Josh.

Stelletje idioten.

We gingen naar buiten. Rik bleef in het café.

'Waar moet je eigenlijk heen?' vroeg mijn dakdekker.

We liepen naast elkaar. Niet hand in hand. Ook niet arm in arm. Wel dicht naast elkaar. Joshua had alleen een rood T-shirt aan. Ik moest de hele tijd naar zijn spierballen kijken.

'Naar een vriend,' zei ik.

'Heb jij een vriend in Zwolle?'

'Hij woont niet in Zwolle. Hij geeft bedrijfstrainingen. Hij zit in een hotel.'

'Welk hotel?'

'Grand Hotel Wientjes.'

'Toe maar,' zei Joshua.

'De volgende keer wil ik met jou ook in een hotel afspreken. Niet meer in je bestelbus. En ook niet meer bij mij thuis,' zei ik.

'Goed, mevrouw,' zei Joshua. 'Wilt u dan nog wel een keer afspreken?'

'Natuurlijk, eikel,' zei ik.

'Waarom ben ik nou weer een eikel?'

We stonden stil. Hij sloeg zijn armen om me heen. Midden op straat in Zwolle begonnen we te zoenen alsof ons leven ervan afhing.

Ik had zin. In Joshua. Maar Tim wachtte op me. Tim had een hotelkamer. In de hotelkamer stond een bed. Tim had ook best een lekkere pik. Eigenlijk was ie lekkerder dan die van Joshua. Hij was dikker. Toch vond ik Joshua geiler. Als ik mocht kiezen, zou ik vanavond liever met Joshua in Hotel Wientjes zitten dan met Tim. Waarom dacht ik hieraan? Het was geen optie. Ik kon moeilijk aan Tim vragen of hij even een uurtje pleite wilde gaan. Het zou wel leuk zijn. Dat wel. Het zou top zijn. Joshua kneep in mijn billen. Straks zou Tim mijn broek uittrekken en hetzelfde doen. Het leven was verwarrend.

'Kom,' zei Joshua. 'Je moet weg.' Hij duwde me voor zich uit. Hand in hand liepen we verder. Voor de ingang van Hotel Wientjes bleven we stilstaan.

'Ik zou bijna zeggen: gedraag je, maar dat doe je toch niet,' zei Joshua.

Mijn mobiel begon te trillen. Tim weer.

'Wacht even,' zei ik tegen Joshua. Ik hield zijn hand vast, met mijn andere hand nam ik op.

'Diana! Waar ben je in godsnaam?!' Tim schreeuwde.

'Ik was wat verlaat, sorry, ik ben er nu bijna.' Ik trok een gezicht naar Joshua.

'Waarom bél je dan niet even?' Hij schreeuwde iets minder hard.

'Ik... ik mag niet meer bellen in de auto. Van Oscar. Nu hang ik op, des te eerder ben ik er. Dag schatje, tot zo.' Snel drukte ik het gesprek weg.

'Niet lachen,' zei ik tegen Joshua.

'Is hij boos?' vroeg hij.

'Nogal ja.'

'Ga maar gauw dan,' zei Josh.

Ik keek hem aan. Hij had zijn hand losgetrokken uit de mijne en zijn armen over elkaar geslagen.

'Je bent lief,' zei ik. Ik drukte een kus op zijn mond. 'Ik wou maar dat ik...'

'Sst,' zei hij. 'Naar binnen, jij.'

'Dag schatje.' Fuck, nou zei ik het weer tegen hem. Ik was lekker bezig vanavond. 'Doe de groeten aan Rik,' gooide ik er snel achteraan.

Tim stond in de deuropening van de hotelkamer te wachten.

'Hai liefje,' zwaaide ik. Het was een lange gang.

'Waar bleef je nou?' vroeg hij toen ik bij hem stond. 'Ik heb je steeds gebeld.'

Ik ging op mijn tenen staan en kuste hem op zijn wang. Hij reageerde niet.

'Ik was verlaat, dat zei ik toch.' Ik liep langs hem de kamer binnen, trok mijn jack uit en gooide hem op bed.

Tim bleef in de deuropening staan.

'Mooie kamer,' zei ik zo luchtig mogelijk.

'Waarom geef je geen antwoord?' Zijn gezicht stond strak. Hij deed me denken aan Meester Mol van mijn lagere school. Ik had hem in de derde klas. Meester Mol was lang en slank en liep met een soepele tred. Hij kon heel eng kwaad worden, net als Tim. Dan werd zijn huid twee tinten lichter en werden zijn lichtblauwe ogen ijzig. Een keertje hadden we gym gehad en liepen we in rijen van twee van het gymlokaal langs de aula terug naar de klas. Meester Mol hield een volleybal op zijn rug. Ik liep achter hem en tikte speels de bal uit zijn handen. Mol draaide zich om. Ik verwachtte een lach, maar zag het masker. Meteen wist ik dat er iets komen ging. Ik wist nog niet wat erger was: de angst dat er iets zou komen of dat wat er komen zou. Meester Mol hief zijn hand en sloeg me in mijn gezicht. Zonder aarzeling, zonder een woord. En hard. Nu wist ik het wel. Dat wat er gekomen was, had de angst overtroffen.

'Doe niet zo bozig. Wees blij dat ik er ben,' zei ik tegen Tim. Ik ging op het bed zitten.

Hij stapte naar binnen en sloot de deur. 'Ik was heel bezorgd. Je was totaal onbereikbaar. En nu kom je hier heel vrolijk en niets-aan-de-handa binnenwaaien... ik zit al anderhalf uur op je te wachten.'

Even stond ik in dubio. Zou ik Tim vertellen waar ik was geweest? Waarschijnlijk beter van niet.

Tim liep naar het raam. De kamer lag aan de straatkant. Het gordijn was half open.

'Hier stond ik,' zei hij. 'Te kijken of ik je auto zag. Te wachten. Terwijl jij al die tijd... wat was je nou aan het doen, Diana? En waar was je, toen je net ineens wel opnam? Je was niet in je auto, ik hoorde het.'

Ik schrok. Zou hij me gezien hebben? Met Joshua? Dat kon toch niet. Dan zou hij het wel hebben gezegd. Dan zou hij echt woest zijn geweest, en had hij me waarschijnlijk aan mijn oren de hotelkamer binnengesleurd.

'Ik liep op straat. Ik had mijn auto al geparkeerd.' Er was geen woord van gelogen.

Tim ging voor me staan.

'Soms snap ik helemaal niets van jou. Het ene moment geef je me het gevoel dat ik alles ben. Dat ik je held ben. Het andere moment lijk ik lucht voor je. Wat wil je van me? Ik ben boos op je, Diana. En ik ben boos op mezelf, omdat je me nog steeds zo boos kunt maken. Wat doe je met me?'

Het was Tim's favoriete bezigheid: onze relatie analyseren. Er rolde een kwartje naar hem toe en in plaats van het op te rapen en in zijn zak te steken, nam hij het tussen duim en wijsvinger en draaide hij het rond en rond. Waarom viel dit kwartje hem toe? Wat betekende dit kwartje voor hem? Had hij een kwartje nodig, had hij niet liever een dubbeltje gehad? Was dit wel een kwartje?

'Ik moet plassen.'

Ik stond op, liep naar de badkamer, liet de deur open en ging op de wc zitten. Er hing een verse rol wc-papier. Het velletje dat uit de rol hing, was in een keurig driehoekje gevouwen. Dit soort dingen kunnen mij heel blij maken. Als ik zoiets zie, neem ik me altijd voor thuis ook het wc-papier te gaan vouwen. Lijkt me het toppunt van chic. Net als de warme, natte doekjes die je bij de Chinees krijgt. Die zijn ook te gek. Daar kun je je visite echt mee verrassen. Ik heb het wel eens gedaan toen er een paar collega's van Oscar kwamen eten. Ik had geen echte gastendoekjes, daarom had ik de spuugdoekjes van Jesse en Daniel onder de kraan gehouden, opgerold en dertig seconden in de magnetron gelegd. Dampend op een bordje geserveerd, niemand die zag dat het spuugdoekjes waren, behalve Oscar natuurlijk. Het gaf de maaltijd postuum cachet. Met zo'n doekje na afloop heb je toch lekkerder gegeten dan zonder.

Ik plaste.

Tim was op bed gaan zitten. Hij trok zijn schoenen uit.

'Eigenlijk heb ik zin om je hard en nijdig te nemen. Maar ook weer niet.'

Tim was nog wel even bezig met zijn kwartje. Ik scheurde het wc-papier af.

'Zeg... die dakdekker van jou, woonde die niet in Zwolle?'

Dat ook nog. Snel trok ik door.

Ik kon veel verdragen van Tim. Ik vond zijn jaloezie schattig, misschien juist omdat Oscar er weinig blijk van gaf. Soms wakkerde ik Tim's bezitsdrang expres aan, maar na onze vorige woorden-wisseling in Kofi's woning, was ik voorzichtiger geworden.

Toen ik uit de badkamer kwam, lag Tim op zijn rug op bed, zijn overhemd opengeknoopt. Ik ging bij hem liggen en kroop in het holletje van zijn arm. Hij had het licht in de kamer gedimd.

'Hèhè,' zei ik. 'Ben je nou klaar met mopperen?'

Ik streelde zijn borstkas.

Relaties en eerlijkheid gaan niet samen. Je kunt een eind komen, maar volkomen eerlijkheid is funest. Als je er meerdere relaties op na houdt, is het helemaal ondoenlijk. Ik kon moeilijk tegen Tim zeggen dat Joshua al wat voorwerk had verricht. Dat ik net nog met hem had staan vozen, dat hij het mocht afmaken. Hoewel het feitelijk juist was, hoewel het eerlijk was, hoewel de herinnering al-leen al mij een aangename prikkeling bezorgde, zou een mededeling van dergelijke aard niet worden geapprecieerd door mijn huidige bedpartner.

'Je bent mijn laatste liefde, besef je dat wel?' vroeg Tim. 'Na jou zal er nooit meer iemand zijn.'

Dat had hij al vaker gezegd. Meestal voegde hij eraan toe dat hij heel goed wist dat hij niet mijn laatste liefde zou zijn. Iets wat ik moeilijk kon ontkennen.

'Je kunt heus nog wel eens verliefd worden, Tim, je bent pas vijfenvijftig.'

'Vierenvijftig, dankjewel, je weet niet eens hoe oud ik ben.'

Oeps. Ik was echt lekker bezig vanavond.

'Je bent een heks, een zwarte heks. En je hebt me betoverd. Ik kan nooit meer verliefd worden. Ik haat je, Diana.'

Hij draaide zich op zijn zij en zoende me. Geen pirouettes. Geen tederheid. Een boze, ruwe zoen. Zijn rechterhand knoopte mijn spijkerbroek open en duwde hem naar beneden. Hij ging op zijn knieën zitten, maakte zijn eigen broek los en haalde zijn geslacht te voorschijn.

'Ik ga voor mezelf,' zei hij waarschuwend. 'Dat is je straf, heks. Ik ga je heel egoïstisch nemen.'

'Ben ik daarvoor uit Almere gekomen?'

'Als ik klaar ben, mag jij het zelf afmaken. Ik kijk wel toe.'

Ineens waren we allebei gretig. Het spel was begonnen. Tim duwde mijn benen uit elkaar. Ik had mijn shirt nog aan, mijn broek hing op mijn knieën, net als de zijne. Geen tijd voor ontkledingshandelingen. Haast.

Tim schoof in me. Hij vulde me. Hij neukte me zoals hij me had gezoend: hard en boos. Eindelijk.

Na een paar minuten werden zijn bewegingen minder woest. Hij keek me aan.

'Zo goed?' vroeg hij.

'Niet ophouden,' zei ik.

Hij lachte. 'Harder? Of zachter?' Hij hield zich stil.

Ik trommelde op zijn borstkas.

We neukten. We dansten.

'Maak me geen kind!' riep ik, toen ik zag dat hij bijna kwam.

Het wond hem op.

Hij knikte. Vlak voordat hij kwam, trok hij terug. We deden we er samen een condoom om.

Een minnaar die je al wat langer hebt, is minder spannend, maar weet wel goed wat hij moet doen. Tim stootte, wachtte tot ik kwam en ging toen mee.

Zaterdagochtend 19 mei drukte Oscar zijn ochtenderectie tegen mijn billen. Zijn handen gingen onder mijn hemdje naar mijn borsten. Had hij het geroken? Had hij het onbewust gemerkt, wilde hij er iets

tegenover stellen? Ik kon het hem niet vragen. Een glimlach onder-
drukkend, rekte ik me uit.

'Even plassen, schat,' zei ik geeuwend. Ik glipte het bed uit, stak
mijn hoofd om de deur van de kamer van de tweeling, waar wonder
boven wonder volmaakte rust heerste, en liep naar de badkamer.

'Je bent een slechte vrouw, Diana de Wit,' zei ik tegen mijn spie-
gelbeeld. Ik gaf mezelf een knipoog en zette de kraan aan. Terwijl het
water warm werd, ging ik naar de wc. Daarna hield ik een washandje
onder de kraan en waste ik me mezelf van onderen. Ik was om half
drie 's nachts thuisgekomen en had niet gedoucht. Riskant, ik wist
het, maar ik wilde Tim's geur zo lang mogelijk om me heen hebben.

Schoon en droog schoof ik terug in bed bij Oscar. Hij nam me in
zijn armen.

'Slapen ze nog?' vroeg hij.

Ik keek naar de wekkerradio. Het was tien over half acht. De stilte
zou maximaal twintig minuten duren. Jesse en Daniel waren nog
nooit van hun leven later dan acht uur wakker geworden.

Oscar's hand gleed tussen mijn benen.

Laat hem niets merken, bad ik, *laat hem niets vragen.*

Hij vingerde me kort en vluchtig, tot ik vochtig genoeg was. Ik
draaide me van mijn zij op mijn rug, hij ging op me liggen, duwde
mijn benen uit elkaar en schoof in me. Met rustige, weloverwogen
stoten begon mijn echtgenoot zijn primaire behoefte te bevredigen.
Het schrijnde een beetje, dat vond ik wel stoer. Ik vroeg me af of ik
nog een keer klaar zou kunnen komen. Of ik het eigenlijk wel wilde,
nog een orgasme, na het festijn van de afgelopen achtenveertig uur.

Oscar maakte een korte hoofdbeweging. We draaiden tegelijk om
elkaar heen, terwijl hij in me probeerde te blijven. Het ging goed. Nu
lag hij op zijn rug en zat ik op hem.

Ik bereed mijn man. Omdat ik zelf het tempo en de mate van druk
kon bepalen, was het makkelijk. Ik voelde dat het snel zou lukken.

'Schatje...' zei ik. 'O, schatje... dit is lekker, dit is... o, schatje...'

'Kom maar,' moedigde Oscar me aan.

Beelden van Joshua en Tim schoten door mijn hoofd, ik spande
mijn dijbenen en hield mijn adem in.

Uitgeput liet ik me op Oscar's borst vallen.

Er klonk gepruttel uit de kamer van de tweeling. Daniel was wakker geworden.

'Shit,' zei Oscar.

Hij schoof onder me vandaan, zodat ik op mijn buik op zijn plek lag. Hij ging achter me zitten en trok mijn billen omhoog.

'Schatje...' zei ik waarschuwend.

Hij penetreerde me. Doggy style, met mijn hoofd op het kussen. 'Laat Daniel maar,' zei Oscar. 'Die vermaakt zich nog wel even.'

'Dat bedoel ik niet. Het lampje is rood vandaag.'

'Ik pas op,' beloofde hij.

Hij stootte. Hij pauzeerde kort en stootte weer. En weer. Mijn man stootte, het was goed. Alles was goed. Hij was de hekkensluiter. Hij zou oppassen. Vlak voordat hij kwam, trok hij zich terug. Hij loosde zijn zaad over mijn billen en liet zich terugvallen in bed. Ik kuste zijn bezwete gezicht. Oscar pakte een T-shirt van de vloer en veegde mijn billen schoon.

Met alleen een hemdje aan liep ik naar beneden. Ik pakte een banaan van de fruitschaal en liep weer naar boven. Jesse en Daniel stonden rechtop in hun bed, in hun blauwe slaapzakjes met witte schaapjes erop.

'Mama!' riepen ze blij. Ze staken hun armpjes omhoog. 'Uit?' 'Uit?'

'Nog niet, strakjes. Nog even spelen.' Ik aaide ze over hun bolletjes, pelde de banaan, brak hem doormidden en gaf ze allebei een helft. De knuistjes gingen meteen naar hun mond. Ik gooide de schil in de luieremmer.

'Mama komt strakjes, nog heel eventjes stil zijn.'

'Strakjes,' echode Daniel. 'Mama komt strakjes.'

De banaan zou binnen vijf minuten op zijn. Over tien minuten zou ik ze mee naar beneden nemen. Ik zou ze in hun kinderstoelen hijsen. Ik zou twee tuimelbekers melk klaarmaken en twee boterhammetjes met smeerworst, die ik in kleine blokjes zou snijden en in twee plastic bakjes zou doen. Ze zouden in hun bakjes graaien en hun mondjes volproppen. Jesse zou de korstjes laten liggen. Daniel zou alles opeten, ook de korstjes van Jesse. Ze zouden hun tuimelbeker zeker drie keer op de grond gooien en de boterhambakjes ook, als ze eenmaal leeg waren. Ik liep naar de badkamer en stapte onder de douche.

WIST U DAT...

het voorvocht van een man afkomstig is uit de klieren van Cowper? Het kan miljoenen actieve zaadcellen bevatten. Zaadcellen hebben een gemiddelde levensduur van twee tot vier dagen, soms langer. Volgens de Britse bioloog Robin Baker is minder dan 1% van de zaadcellen van een man in staat een eicel te bevruchten en is de rest erop gebouwd het zaad van andere mannen af te weren en te vernietigen. Baker onderscheidt binnen de zaadcellen de zogenoemde 'ei-jagers', 'vechters' en 'blokkers'. De bioloog ontdekte dat een vrouw eerder zwanger raakt van iemand met wie ze een losse affaire heeft dan van sex met haar reguliere partner. Dit heeft volgens Baker verschillende oorzaken. Ten eerste zou de vaste partner vooral 'blokkeer'-zaad inbrengen, terwijl het sperma van een minnaar veel 'ei-jagers' bevat. Ten tweede zou de vrouw rond haar eisprong eerder sex hebben met haar minnaar dan met haar man en ze zou het sperma van haar minnaar (onbewust) bevoordelen ten opzichte van dat van haar vaste partner, door bij voorbeeld tijdens het vrijen geen orgasme te hebben, maar er een te faken, waardoor het sperma van haar vaste partner een minder goede kans heeft de eicel te bereiken. Het orgasme heeft een 'zuigende' werking op reeds ingebracht sperma, daarom is het voor een man beter als de vrouw na hem een orgasme bereikt, in plaats van vóór hem.

Op respectievelijk 17, 18 en 19 mei 2001 was het voorvocht van drie mannen in mijn vagina beland. Mijn eisprong had waarschijnlijk op 20 mei plaatsgevonden, terwijl in mijn baarmoeder een spermaoorlog gaande was tussen drie legers.

Zouden de 'blokkers' van Oscar het met succes hebben opgenomen tegen de 'vechters' van Tim? Zouden de 'ei-jagers' van Joshua er ten slotte met de hoofdprijs vandoor zijn gegaan?

Ik wist het niet.

De sterkste, de slimste, de snelste spermatozoa hadden door mijn baarmoederhals de baarmoeder bereikt en waren doorgezwommen naar een rustplaats in de eileider. Op het moment dat een rijpe eicel uit de eierstok kwam, kregen de spermatozoa een chemisch signaal, waarna ze als de wiedeweerga naar de bevruchtingszône trokken.

Tientallen, misschien wel honderden zaadcellen verdrongen zich rond mijn eicel. Sommigen droegen het genetisch materiaal van Oscar bij zich, anderen dat van Joshua en weer anderen dat van Tim. Ze hadden hongerig met hun snuitjes tegen de rand van de eicel geduwd, naar-binnen, we-willen-naar-binnen, laat-ons-binnen, totdat Hare Majesteit een van de belagers toegang had verschaft, waarna ze zich sloot voor verdere indringers.

Zo ongeveer moest het gegaan zijn. *Survival of the fittest* in mijn binnenste. Ik sloeg mijn agenda dicht en legde mijn hand op mijn buik. Als ik het kind geboren zou laten worden, als het een jongen zou zijn, zou ik hem Darwin noemen. Dat zou een toepasselijke naam zijn. Ik schrok van mijn eigen gedachte. Hij was een klompje cellen, een ongewenst klompje cellen, geen kind, ik mocht hem geen naam geven, ik mocht niet aan hem denken als aan een persoon.

'Wel Darwin, we hebben ons flink in de nesten gewerkt,' zei ik zacht. 'Het spijt me vreselijk. Echt waar.'

Ik wist niet wie de vader was. Ik meende dat het Tim was. Aan hem had ik als eerste gedacht toen ik ontdekte dat ik zwanger was. Nu ik het had nageslagen, leek het te kloppen. Het zou kunnen dat Joshua's sperma net te vroeg was geweest en dat van Oscar net te laat. Als mijn eisprong inderdaad op de twintigste was geweest, was Tim de meest voor de hand liggende vader.

Ik wilde het liefst dat hij het was. Aan Tim zou ik wel durven vragen of hij mee wilde naar de kliniek. Als ik naar de kliniek ging.

Het moest haast wel Tim zijn geweest, want Joshua... ach, Joshua zou het toch niet hebben gedaan? Hij had een baseballpet van Fila gedragen en een strakke spijkerbroek. Strakke spijkerbroeken zijn regelrechte spermakillers, dat weet iedereen. Tim had een luchtige boxershort aan gehad. En Joshua was maar heel eventjes binnengeweest. Heel even. Hij was de jongste van de drie, oké, misschien was zijn zaad het meest agressief, maar waar hadden we het over? We hadden het over een paar seconden op een donderdagochtend in een garage. Terwijl ik rechtop stond. Dus niet dat ik daarna nog drie dagen met mijn benen in de lucht naast de grasmaaier op de grond had gelegen, zoals sommige desperate dames schijnen te doen om ervoor te zorgen dat God's water in 's hemelsnaam God's akkeren bereikt. Die paar seconden konden niet beslissend zijn geweest voor deze bevruchting, dat weigerde ik te geloven.

Mijn mobiel ging. Ik haalde hem uit de zak van mijn badjas. Tim. Tim had een mooie stem. Het zou fijn zijn die nu te horen.

'Hé, schatje,' zei ik zo blij mogelijk.

'Dag juffertje,' zei Tim. 'Hoe is het?'

'Goed, hoor,' zei ik luchtig. 'Met jou?'

'Heel goed.'

'Waar ben je?' vroeg ik. Het klonk alsof hij ergens buiten stond.

'In de duinen bij Schoorl. Dagje teambuilding met Volendamse ambtenaren.'

'Wat moeten ze doen?' Tim verzon de gekste dingen.

'Ik heb ze allemaal geblinddoekt. Er zit een pop in een van de bomen verborgen. Nu moeten ze met elkaar, op de tast, die pop zien te vinden.'

'Lukt het?'

'Nog niet,' lachte hij. 'Er zat veel spanning in de groep. Moest eerst uitgediscussieerd worden. De blinddoek hielp goed, want ze konden elkaar niet aankijken en durfden daarom meer te zeggen. Prachtig om te zien.' Tim genoot altijd erg van zijn groepsprocessen.

'Ze hebben een ketting gevormd en lopen nu hand in hand door het duingebied.'

'En die pop?'

'Een oude babypop van Nienke. Gebruik ik wel vaker.'

Nienke was zijn dochter. Ze was achttien.

'Wanneer zie ik je?' vroeg ik. 'Het is al weken geleden.'

De laatste keer was in Hotel Wientjes geweest. Na de boze vrijpartij hadden we het ook nog een keer teder gedaan. Toen was het heel laat en moest ik naar huis. Het afscheid was moeilijk. Als altijd. Hoezeer ik me soms ook verzette tegen Tim, in zijn aanwezigheid veranderde ik in een marionet. Hij trok aan de touwtjes. Zelfs door de telefoon kreeg hij het voor elkaar. Hij kon me dingen laten zeggen die ik nooit had willen zeggen, hij kon hij me bekentenissen afdwingen waarmee hij me later chanteerde en als hij boos was, kromp ik ineen. Ik kon het eenvoudigweg niet verdragen: zolang ik nog irritatie in zijn stem hoorde, zolang hij kortaf deed en vervelende stiltes liet vallen, kon ik— durfde ik niet op te hangen, werd ik ongelukkig en bang, al wist ik niet waarvoor, als hij ten slotte de verbinding verbrak, belde ik terug en terug, net zo lang tot zijn stem weer normaal klonk, tot hij weer lachte en me 'apie' noemde.

'Ik wil je graag zien. En spreken. Ik heb nieuws,' zei Tim.

'O?' vroeg ik.

'Kan ik nu niet vertellen.'

Ik liep naar de huiskamer en ging op de bank zitten.

'Wat ga jij doen vandaag?' vroeg Tim. 'Lekker met de jongens naar het park?'

'Nee, ze zijn op de crèche. Ik was vannacht ziek. Misselijk, overgeven. Oscar heeft ze weggebracht.'

'Meisje toch,' zei hij. 'Had je iets verkeerds gegeten?'

'Nee,' antwoordde ik aarzelend. Ik wilde het hem graag vertellen. Wat een opluchting zou het zijn.

'Heb je even?' vroeg ik.

Op de achtergrond riep een mannenstem Tim's naam.

'Ja, ik kom. Eén seconde!' riep hij terug. 'Schat, ik moet ophangen,' zei hij verontschuldigend. 'Ze hebben me nodig hier.'

Als Tim nodig was, was hij gelukkig.

Ik heb je ook nodig, dacht ik. *Ik wil dat je zegt dat alles goed komt. Dat we het samen gaan oplossen. Ik ben bang. Straks ga ik gekke dingen doen. Straks komt Oscar erachter.*

'Hoe laat ben je klaar? Ik moet je echt spreken,' zei ik dringend.

'Poeh, eind van de middag. Ik bel je als ik naar huis rij, goed? Dan zal ik je mijn nieuws ook vertellen.'

'Oké.' Ik wilde ophangen.

'Wacht even, ik vergeet iets,' zei hij. 'Dat bellen gaat helemaal niet lukken. Ik heb vanmiddag iemand in de auto, die ik een slinger zou geven. Een dame...'

Soms probeerde Tim mij jaloers te maken.

Zijn naam werd weer geroepen.

'Ik moet nu echt aan het werk. Dag schat.'

Hij hing op.

Ik stopte de telefoon terug in de zak van mijn badjas en keek naar mijn buik.

> Dat was je vader, Darwin, tenminste, ik denk dat hij je vader is, ik weet het niet zeker. Hij heet Tim en heeft veel verstand van burn-out. Als hij je vader niet is, dan zou het Joshua kunnen zijn. Joshua is dakdekker. Hij is nog erg jong. Je vader zou ook mijn eigen man kunnen zijn, die heet Oscar, hij ontwerpt rollercoasters. Je hebt twee broertjes, of halfbroertjes, dat zijn Jesse en Daniel. Snap je hoe ingewikkeld het allemaal is?

Ik ging op mijn zij op de bank liggen en trok mijn knieën hoog op. Ik voelde iets in mijn rug. Het was Bert van Sesamstraat, Jesse's knuffel. Ik trok hem aan zijn been achter mijn rug vandaan en legde hem bij me. Hij had een glanzend zwart plukje haar en grote ogen. Ik kneep in zijn neus.

Jij hebt nog geeneens oren, Darwin. Ik kan nog terug. Jij kunt nog terug. Of weg. Hoe noem je dat, het
klinkt allemaal even vreselijk, maar geloof me, als ik
je laat komen, wordt het nog veel erger. Ik wil niet
dat mijn man het kind van een ander opvoedt zonder
het te weten. Het schijnt vaak voor te komen, volgens
de statistieken is zo'n tien procent van alle kinderen
niet van de man die ze papa noemen, als ik een man
was zou ik bij iedere baby een vaderschapstest eisen,
niet uit wantrouwen, maar gewoon, uit principe,
omdat ik absolute zekerheid zou willen hebben. Ik
wil het Oscar niet aandoen en mezelf ook niet. Ik zou
de rest van mijn leven naar je kijken en me afvragen
hoe het zit. We zullen even door de zure appel heen
moeten bijten. Snap je dat?

Ik legde Bert opzij en kwam overeind. Naar de wc. Met een sprankje
hoop. Ik voelde een kramp, misschien had mijn peptalk geholpen.
Wat goed genaaid zit, tornt niet.
Toen ik opstond, voelde ik iets nats tegen mijn been kletsen.
Getver, de ceintuur van mijn badjas had in de wc gehangen. Ik liep
naar boven, trok mijn badjas en mijn slip uit en ging onder de douche
staan.
Het zou een lange dag worden. Misschien had ik de jongens beter
thuis kunnen houden, dat had me afgeleid. Nu kon ik alleen maar aan
Darwin denken, die zich nu al niks van me aantrok, wat dat betreft
leek ie sprekend op zijn broertjes. Volgende week vrijdag kon ik op
zijn vroegst worden geholpen. Nog anderhalve week. Ik leunde tegen
de zijwand van het douchehok en keek naar het water dat langs de
muur naar beneden droop. Vlak bij de douchestang zat een spinnetje.
Hij was zwart en gedrongen, zijn lijfje was niet groter dan een centimeter. Hij dreigde meegesleurd te worden door het stromende water,
het kon elk moment gebeuren, maar hij zette zich schrap. Telkens als
hij een stukje naar beneden gleed, kroop hij weer omhoog. Hij zocht
houvast en vond het bij een waterdruppel die aan een tegel hing. Het

spinnetje klemde zijn acht pootjes om de waterdruppel en hield zich staande. Als ik met mijn rug naar hem toe had gestaan, was hij zeker in het afvoerputje verdwenen. Het kon elke moment gebeuren. De druppel zou wegglijden, het spinnetje zou zijn houvast verliezen, het zou niet opgewassen zijn tegen de kracht van de douchestralen.

Ik draaide de kraan uit en stapte onder de douche vandaan. Iets stevigs moest ik hebben, iets duns en stevigs, een stukje karton of zo. Ik keek in de pedaalemmer, vond een lege closetrol en stapte ermee onder de douche. Het spinnetje hing nog steeds aan de muur. Ik gaf hem een zetje met de closetrol. Hij kroop erin. Ik hield het rolletje voor me uit, liep ermee naar de slaapkamer, deed daar het raam open en schudde met het rolletje tot de spin eruit viel. Hij kroop weg over het dak.

'Dag Spinnemans,' zei ik.

Darwin protesteerde.

' "Waarom hij wel en ik niet?" Ik dacht al: waar blijft ie? Hem hoef ik niet op te voeden, meneertje. Hem heb ik geen achttien jaar in huis – of vijfentwintig jaar, kinderen blijven tegenwoordig steeds langer plakken, ze hebben het te goed. Ik snap dat je voor jezelf op-komt, maar je moet wel redelijk blijven. Kun je je niet in mijn positie verplaatsen? Voor één keer?'

Daar had hij geen zin in. En ik had geen zin in de discussie. Ik snoof de buitenlucht op. Het was lekker weer, ik was niet meer mis-selijk, ik moest iets gaan doen. Waarom had Tim die griet een lift beloofd? Hij had nieuws, had hij gezegd, wat voor nieuws kon hij hebben dat belangrijker was dan het mijne?

Ik deed het raam dicht. Misschien wist Kofi er meer van. Kofi had op woensdag meestal avonddienst, ik kon hem bellen, ik kon even bij hem langsgaan als hij dat goed vond. Ineens had ik haast. Ik kleedde me aan, föhnde mijn haar en belde mijn Ghanese vriend.

'Natuurlijk kun je langskomen, Diana,' zei hij. Als hij al verbaasd was, dan liet hij dat niet merken. 'Komt Tim ook?'

'Nee, die is aan het werk. Ik ben ziek... ik was ziek, vannacht. Nu gaat het wel weer.'

'Kun je wel rijden, moet ik niet naar jou toe komen?' vroeg hij bezorgd.

'Ben je mal, je hebt geen auto.'

'Er rijden treinen, Diana. Ik kan zo bij je zijn, geen enkel probleem,' verzekerde hij me.

Het zou grappig zijn. Maar Kofi hoorde niet in Almere, hij hoorde op de Willemsparkweg, hij hoorde bij Tim, bij mijn leven met Tim.

'Hoeft niet, ik pak de auto. Zet jij maar koffie. Met veel warme melk graag.'

'*Akwaaba*,' zei Kofi.

Hij stond boven aan de trap op me te wachten. Hij droeg een leverkleurig poloshirt, een lichte katoenen broek en instappers zonder sokken. Zijn haar was vochtig.

'Dat betekent: "welkom".'

'Wat is "dank je" in het Ghanees?' vroeg ik hijgend. Viel elke keer weer tegen, die drie steile trappen. Halverwege de tweede had ik bedacht dat ik een bloemetje had moeten meenemen. Ik was niet teruggegaan. Gelukkig had ik wel oude kranten bij me.

'*Medase*,' zei Kofi. 'En het heet Twi, geen Ghanees. We kennen verschillende talen.'

Ik zoende hem op beide wangen. Het leek wel of we een afspraakje hadden.

'*Medase*,' herhaalde ik. 'Je ruikt lekker. Nieuw geurtje?'

Ik overhandigde hem de plastic tas.

Kofi liet me voorgaan, ik stapte de hal binnen. Het eerste wat ik zag, waren de schoenen. Herenschoenen, pumps, laarzen, gympies, legerboots, de paren lagen kriskras door elkaar.

'Dat wilde ik je nog zeggen,' zei Kofi, terwijl hij de deur dichtdeed. 'Als je oude schoenen hebt, dan neem ik ze graag van je over.'

'Waar zijn de kranten gebleven?' vroeg ik.

'Allemaal in Ghana,' zei hij met een brede glimlach. 'Nu verzamel ik geen kranten meer, alleen nog maar schoenen. Die leveren meer op.'

'Zal ik die dan maar mee terugnemen?' vroeg ik, wijzend naar het tasje.

Dat hoefde niet.

'Kom,' zei Kofi. 'Je weet de weg.' Hij liep naar de huiskamer. Ik volgde hem en wierp in het voorbijgaan een blik op de slaapkamer. Het bed was keurig opgemaakt. De vloer lag bezaaid met Kofi's nieuwe handelswaar.

'Ik heb daar al heel wat keren gelegen, Kofi, maar nooit met jou,' grapte ik.

'Toch weet ik altijd of je bent geweest,' glimlachte hij. 'Meestal zijn het broodkruimels. Soms een haarspeld. Of een oorbel. Eén keer een witte onderbroek.'

Ik bloosde. Zo te zien haalde Kofi zich het gevonden voorwerp voor de geest.

'Toen had ik heel erg haast. En ik kon hem echt nergens vinden,' zei ik verontschuldigend. Het was een donderdagmiddag, ik moest de tweeling van de crèche halen, ik droeg een kort pied-de-poulerokje, dat ik de hele tijd met mijn linkerhand naar beneden trok, ik durfde amper te bukken om de werkjes van Jesse en Daniel te bewonderen. Gelukkig had ik mijn panty wel gevonden. In het halletje van de crèche stonden nog een paar moeders. Ik babbelde met ze, mijn kruis nog plakkerig van de vrijpartij, en ik had een donkerbruin vermoeden dat ik de enige was die net twee uur lang op haar rug had gelegen, onder een man die niet haar eigen man was, in een bed dat niet haar eigen bed was. Tegelijkertijd glimlachte ik bij de wetenschap dat elders in Nederland bij kinderdagverblijven, peuterspeelzalen, zwembaden en op schoolpleinen tientallen, misschien wel honderden moeders als ik op hun kinderen stonden te wachten. Moeders die de restanten van het ejaculaat van hun minnaar tussen de benen droegen, zonder dat iemand het wist of zag. Als het gaat om zaad zijn vrouwen hebberig. En een beetje gek. Een collegaatje van mij bewaarde haar meest waardevolle trofee in het vriesvak van de koelkast. Het was een condoom met sperma van Patrick Kluivert. Ze had het zelf van de beroemde voetballer afgetroggeld. Toen hij haar woning na de one-afternoon-stand verliet, vond ze het zonde om het bewijs weg te gooien. Dus vroor ze het in. *Just in case.*

Eén condoom van één beroemde voetballer in één vriesvak waar ik van afwist. Het kon nooit het enige zijn. De gedachte aan al die condooms van al die beroemde mannen die wêreldwijd over alle vriezers lagen verspreid, troostte me. Hoe gestoord je ook bent, met zes miljard mensen op de planeet, ben je nooit de enige.

Toen Tim en ik die keer daarna in Kofi's huis kwamen, lag het slipje gewassen en gevouwen op de keukentafel.

'Volgens mij heeft ie het nog gestreken ook,' had Tim gezegd. Het idee beviel hem matig.

'Ga zitten,' zei Kofi. De balkondeuren stonden open. De kamer was gevuld met de zwoele, zomerse buitenlucht.

Kofi nam plaats in een rieten stoel, ik koos voor de bank.

'Je mag koffie, maar ik heb ook een ijsthee. Zelfgemaakt,' zei Kofi. Op de salontafel stond een grote kan, gevuld met goudbruin vocht. Bovenin dreven ijsblokjes en schijfjes citroen. Ernaast stonden twee hoge glazen. Kofi tilde de kan uitnodigend op.

'Ik ben zwanger,' zei ik plompverloren.

Kofi liet de kan voorzichtig zakken en zette hem terug op het tafeltje.

'Nou ja, vanmorgen was ik het nog. Nu misschien al niet meer. Eén op de vijf zwangerschappen eindigt in een miskraam, wist je dat? Eerlijk gezegd denk ik dat ik vanavond ongesteld word. Of morgen. Hoe zeg je zwanger in het Twi? Altijd handig om te weten. Zou ik even van je toilet gebruik mogen maken, Kofi? En doe inderdaad maar ijsthee. Ik heb niet zo'n trek in koffie.'

Zonder het antwoord af te wachten, stond ik op en liep ik weg.

Op de wc checkte ik eerst mijn onderbroek – niks, nada, noppes – en sloeg mijn handen voor mijn gezicht. Ik had het gezegd. Wat bezielde me? Straks zou Kofi me feliciteren. Straks zou hij het tegen Tim zeggen. Die zou natuurlijk willen weten hoe het zat. Ik had hier nooit naar toe moeten gaan. Deze plek, de wc, alles deed me aan Tim denken. Waarom was Tim hier niet? Een traan gleed uit mijn ogen. Nou ging ik nog janken ook, verdomme. Dat waren de hormonen. Toen ik zwanger was van Jesse en Daniël was ik ook zo labiel als de pieten. Ik blèrde om alles.

'Gaat het, Diana?' Kofi stond bij de wc-deur. Hij klonk bezorgd.

Ik pakte een wc-papiertje en snoot mijn neus.

Mijn mobiel piepte.

'Ik kom eraan,' zei ik.

Kofi liep weg. Het bericht was van Oscar. *Al wat beter? Kun jij de kinderen halen?*

Ik antwoordde *Ja op alles*, *xD*, waste mijn gezicht bij het fonteintje en kwam van de wc af.

Kofi zat weer in de rieten stoel. Hij had de glazen volgeschonken. Ik durfde hem niet aan te kijken toen ik me op de bank liet zakken en mijn mobiel op tafel legde. Snel nam ik een slok ijsthee.

'Je hebt gehuild,' constateerde Kofi. Hij vouwde zijn handen, legde ze in zijn schoot en keek me afwachtend aan.

Kon ik er met hem over praten, zou hij er iets van begrijpen? Kon ik hem echt vertrouwen?

'Ik ben bang dat Tim de vader van het kind is,' zei ik.

Even fronste hij, toen brak een lach door op zijn gezicht. 'Maar dat is prachtig. Ik wist dat het lot jullie zou samenbrengen.'

Verward keek ik hem aan.

'Tim gaat scheiden, jij bent zwanger, nu kunnen jullie trouwen. Eindelijk.'

Hij stond op, liep naar me toe en drukte een kus op mijn wang alsof daarmee alles bezegeld was.

'Wat zei je over Tim, gaat hij scheiden?' vroeg ik geschrokken.

'Heeft hij dat nog niet verteld?'

'Hij wilde me spreken, maar ik had geen idee waarover.'

Kofi ging er eens goed voor zitten, duidelijk in zijn nopjes met zijn rol als boodschapper van het grote nieuws.

Tim bleek alles aan Magda te hebben opgebiecht: dat hij al vier jaar een verhouding had, dat we elkaar bijna wekelijks zagen. Dat we van elkaar hielden, dat ik de liefde van zijn leven was.

'Hij kon zijn gevoelens niet langer ontkennen,' besloot Kofi het verhaal plechtig. Ik hoorde Tim praten.

'Dit is idioot,' zei ik, terwijl ik mijn mobiel van tafel pakte. 'Waarom heeft hij niets tegen mij gezegd?'

Tim was het eerste laatstgekozen nummer. De telefoon ging niet over, maar schakelde direct door naar de voicemail. Ik verbrak de verbinding.

'Hij wilde je verrassen,' zei Kofi. 'Hij wilde niet dat jij het idee zou hebben dat je hem onder druk had gezet. Het moest zijn eigen beslissing zijn.'

Hij pakte zijn glas en nam een slok.

Ik legde mijn mobiel terug op tafel.

'Snap je nu hoe bijzonder het is dat je zwanger bent, Diana? Tim zal in de hemel zijn.'

'In de wolken, Kofi,' zei ik automatisch. 'Of in de zevende hemel.' Ik stond op en liep door de geopende deuren naar het balkon.

Mijn minnaar ging weg bij zijn vrouw. Dat had ik weer. Mijn hele leven las ik in damesbladen dat getrouwde mannen hun vrouw nooit verlaten, dat er elke kerst in tal van torenflats sneue minnaressen zitten te snikken, omdat hun echtbreker zijn eeuwige belofte ook dit jaar niet was nagekomen, voldoende reden voor mij om in te zetten op een getrouwde kerel en wat deed ie?

Onwillekeurig wreef ik over mijn ringvinger. Hij voelde nog steeds kaal aan. Ik moest Rijkswaterstaat bellen.

Kofi kwam naast me staan. We keken naar beneden. In een van de achtertuinen lag een vrouw in een gele bikini op een stretcher.

'Deze baby wordt de bekroning van jullie liefde,' zei Kofi.

Hij was al net zo soft als Tim. En net zo romantisch. Ik wist dat Shiona en hij hadden geprobeerd een kind te krijgen. Toen het niet lukte, werd Kofi voor zijn doen ongebruikelijk somber. In plaats van naar een dokter te gaan, liet hij zijn zuster vanuit Ghana genees-krachtige kruiden sturen. Als het daarmee niet zou lukken, zou dat een slecht voorteken zijn. Kofi ging aan de kruiden, maar de zwangerschap bleef uit. Drie maanden later verliet Shiona hem.

'Zie je Shiona nog wel eens?' vroeg ik aan Kofi.

Hij schudde zijn hoofd.

'Ze wil me niet meer zien. Ze vindt dat ik haar moet vergeten.'

'Misschien heeft ze een punt,' zei ik voorzichtig. 'Zij is gelukkig nu. Dat mag jij ook weer worden.'

Sinds Shiona had Kofi naar geen andere vrouw omgekeken.

'Ons huwelijk was volmaakt,' zei Kofi zacht. 'Zoals het met haar was, wordt het nooit meer.'

'Dat is onzin, Kofi,' zei ik. 'Als je je vastklemt aan dat idee, vind je nooit een nieuwe liefde.'

Hij haalde zijn schouders op.

'Je ziet er goed uit, je werkt hard, je bent lief. Je mag jezelf niet buiten de markt plaatsen, dat is oneerlijk, je stelt hordes vrouwen teleur die snakken naar een man zoals jij.'

'Zij komt altijd dingen bij me lenen.' Kofi wees naar de vrouw op de stretcher. 'Laatst vroeg ze of ik een keer bij haar kwam eten.'

'Leuk toch! Wat let je?'

Kofi trok zijn neus op. 'Het ruikt altijd naar kattenbak als ik langs haar deur kom. Volgens mij is het een vies mens. Ze wast zich vast nooit.'

Ik stootte hem in zijn zij. 'Kom op. Geef het een kans.'

We keken allebei naar de vrouw.

'We zullen wel zien,' zei Kofi.

We stapten weer naar binnen. Als Tim verwachtte dat ik bij Oscar weg zou gaan, had hij het mis. Hoe kwam hij er in 's hemelsnaam bij om het aan Magda te vertellen?

Kofi raadde mijn gedachten.

'Tim heeft het expres zonder overleg met jou gedaan, Diana. Hij wilde weg bij Magda, hij hoefde niet te weten of jij hem zou volgen. Het moest een zuiver besluit zijn.'

'Heel nobel allemaal, maar wat doet hij als ik níet met hem verderga?'

'Je draagt zijn kind,' zei Kofi monter. 'Jullie horen bij elkaar.'

Hij schonk nog wat ijsthee bij.

'Kofi...' Ik slikte moeizaam. 'Ik weet niet zeker of het kind van Tim is.'

Kofi was even stil.

'Ik begrijp het,' zei hij toen. 'Maak je geen zorgen, Diana, ik ken Tim. Ook het kind van jouw man zal hij opvoeden alsof het zijn eigen vlees en bloed is.' Hij knikte ernstig.

'Hij hoeft het kind niet op te voeden,' zei ik. 'Ik wil het niet. Tim was misschien niet gelukkig met Magda, ik ben dat wel met Oscar. We hebben het goed samen. Mijn minnaars... het feit dat ik minnaars heb, dat is iets van mij. Noem het een afwijking, noem het een luxe, noem het een uit de hand gelopen hobby, hoe dan ook: het heeft niets met mijn huwelijk te maken. Ik wil geen andere man, ik ben nog lang niet uitgekeken op Oscar en ik wil zeker geen derde kind. Niet van Tim, niet van Oscar, van niemand.'

Kofi knipperde een paar keer met zijn ogen.

'Begrijp je wat ik bedoel?' vroeg ik wanhopig.

Als hij het snapte, zou Tim het ook snappen. Hoopte ik.

'De baby... je wilt de baby niet?' Ongelovig keek hij me aan.

'Het is nog geen baby, Kofi, het is een bevruchte eicel die zich vier keer heeft gedeeld. Laat het zes keer zijn. Een klompje cellen is het. Kleiner dan een mug. Het is drie keer niks.'

Zijn ogen werden groot en puilden enigszins uit.

'Hier in Nederland kun je, als je dat wilt, een zwangerschap afbreken,' begon ik voorzichtig. 'Dat noemen we...'

'Een abortus,' onderbrak hij me. 'Ja, dat kennen we in Ghana ook.'

De ellende met buitenlanders is dat je ze altijd onderschat.

'Ik weet niet hoe het bij jullie gaat, maar hier is het legaal,' legde ik uit. 'En het gebeurt netjes. Door echte artsen, niet door beun- hazen.'

Hij nam een slok thee.

'Het lijkt me de enige mogelijkheid. Gezien de situatie,' eindigde ik zwakjes.

Mijn blik dwaalde naar het raam. Je bent gek, Diana. Je gaat je besluitvormingsgesprek niet met Kofi voeren. Dat trekt die man niet. Hij hunkert naar wat jij versmaadt.

'*Noenja, adidoe, asi metoenee o*,' zei Kofi. 'Wijsheid is als een boabab- boom, geen enkel individu kan haar omvatten.'

WIST U DAT...

de omtrek van de boabab, ofwel de apenbroodboom, kan oplopen tot wel 45 meter? Er bestaan apenbroodbomen die al duizend jaar oud zijn. Bij droogte laat de boabab zijn blaadjes vallen en schakelt hij over op de interne watervoorraad, die zich in de opvallend dikke stam bevindt. Zonder blaadjes lijken de takken op wortels, alsof de boom op zijn kop in de aarde staat. De boabab wordt daarom ook wel *upside down tree* genoemd. Volgens de Afrikaanse overlevering leidde de boabab vroeger een zwervend bestaan en bleef hij nooit lang op één plaats. Op zeker moment werd God boos op de boom en plantte Hij hem omgekeerd in de aarde, zodat hij er nooit meer vandoor kon gaan.

Kofi pakte mijn mobiel van tafel en bestudeerde het frontje. Eigenlijk was ik te oud voor Hello Kitty, maar ik werd er zo vrolijk van.

Terwijl Kofi mijn Nokia in zijn hand had, begon hij weer te piepen. Soms kreeg ik uren niets en dan ineens begonnen ze allemaal tegelijk.

'Is het Tim?' vroeg ik hoopvol.

Kofi drukte op een toets.

Hij schudde zijn hoofd. 'Een sms van Joke. Moet ik hem voorlezen?'

'Geef maar,' zei ik snel. Joke was Joshua. Ik had hem voor de zekerheid onder een andere naam opgeslagen.

Rijd bij afslag Almere Buiten. Thinking of U.

Schattig.

Kofi liet zich niet afleiden.

'*Mengjem*,' zei hij. '*Mengjem* betekent "ik ben zwanger" in Twi. Als ik jou zou vragen "*Wo gem anaa?*" Zou jij zeggen: "*Mengjem.*" '

Mengjem.

'Jouw man, weet hij dat je in verwachting bent?'

Het antwoord was nee.

'Weet hij van jou en Tim?'

'Dat wel.'

'Heeft jouw man vriendinnetjes?'

'Voor zover ik weet niet.'

Ik wist wat de reactie zou zijn. Een vrouw die de ontrouw van haar man accepteerde, was nog tot daaraan toe – Jackie Kennedy en Hillary Clinton wisten niet beter, Jerry Hall hield het lang vol, in ons land werd de fakkel afwisselend gedragen door Johanna Mulder, Connie Palmen, Manuela Kemp, Yvonne Brandsteder en Angela Kluivert (die hem voor alle voetbalvrouwen omhooghield) – het omgekeerde was ongehoord. Oscar was hoorndrager. Zijn echtgenote maakte hem te schande. Geen enkele man zou dat accepteren, tenzij hij zelf een rijk gevuld buitenechtelijk leven had.

En dat had Oscar niet.

De interculturele verbijstering was van Kofi's gezicht af te lezen.

In sommige landen zou ik al lang en breed gestenigd zijn, maar ik leefde hier. Oscar en ik hadden een deal. Blijkbaar geloofde niemand dat zo'n deal op lange termijn kon werken. Annette Heffels, Neerlands beroemdste huis-, tuin- en keukenpsychologe, liet wekelijks in *Margriet* weten dat open relaties gedoemd waren te mislukken. Annette was vast zelf een keer bedrogen en sindsdien een felle anti-overspel-activist. Ik had mevrouw Heffels per mail laten weten hoe aanmatigend ik haar stellingname vond. Waarom vertelde ze niet elke week aan de 261 000 *Margriet*-abonnees dat de meeste reguliere huwelijken ook gedoemd waren te mislukken? Ruim 35 000 echtscheidingen per jaar, tegen iets meer dan ruim 80 000 huwelijken, toch een verdacht hoog falingspercentage voor deze ideale, aan alle kanten dichtgetimmerde relatievorm.

'In jouw ogen zijn we misschien een raar stel, maar ik vind dat ieder mens zijn relatie mag invullen zoals hij dat zelf wil. Mij verbaast het dat niet veel meer mensen de vrijheid nemen om zich buiten de gebaande paden te begeven.'

'Dat doen ze wel, maar dan stiekem,' zei Kofi.

'Oscar heeft het recht om te weten met wie hij getrouwd is. Dat weet hij, ik val hem niet lastig met details, tenzij hij daar specifiek om vraagt. Het is heus niet altijd even makkelijk, maar geen enkele relatievorm is makkelijk. Het werkt, daar gaat het om. Voor ons werkt het.'

Ik pakte mijn glas en dronk het in een keer leeg.

Kofi leek niet helemaal overtuigd en ik begreep waarom. Het zojuist door mij bezongen open huwelijk had me in een onmogelijke situatie gebracht.

'*Mengjem*, Kofi,' zei ik. 'Oscar kan de vader zijn, Tim ook. Of Joke, die me net sms-te en die eigenlijk Joshua heet. Tim is niet mijn enige minnaar, maar dat had je misschien al begrepen. Een abortus is de beste oplossing. Voor iedereen.'

Als ik het maar vaak genoeg zei, zou ik het vanzelf wel gaan geloven.

'En voor jou?' vroeg Kofi zacht. 'Je bent een liefhebbende vrouw en niet te vergeten, een moeder. Je hebt het kind misschien al in je hart gesloten.'

Ik stond op en trok mijn rok recht. 'In Nederland zeggen we: wie zijn billen brandt, moet op de blaren zitten.'

Twaalf

'Die wil ik, mam, die wil ik!' krijste Thijs, het zoontje van Evelien. Boerderij Meerzicht in het Amsterdamse Bos had een nouveauté op het menu: de Piratenpannenkoek.

'Wát wil je?' vroeg Evelien vermoeid.

Het was maandagmiddag, precies een week na de test. We hadden net een klein half uur door het bos gestruind, Evelien met haar drie kinderen, ik met de mijne. Ik had gehoopt dat Thijs en Marieke op school zouden zitten, maar die waren vrij omdat de leraren een studiedag hadden. Als ik Evelien goed begreep, zaten ze vaker niet op school dan wel. Studiedagen, ATV-dagen, mei-, krokus-, voorjaars,-paas- en kerstvakanties: er was altijd wel wat. Het had een lange boswandeling moeten worden, maar baby Sofietje zat vlak voor een groeisprong, Marieke wilde steeds gedragen worden en toen Daniel in een plas viel en met een drijfnatte broek terugkwam – ik had geen verschoning bij me – vond ik het welletjes.

'We gaan een pannenkoek eten, jongens!' riep ik. Dat bracht de stemming er weer in.

Thijs wees naar een schoolbord dat op kinderooghoogte aan de muur hing. Een Piratenpannenkoek kostte zeventien gulden vijftig. Daarvoor kreeg je een heuse piratenmuts, een zwart ooglapje, een kleurplaat, een plastic dolk en – o ja – een pannenkoek, versierd met smarties, spekjes en drop.

'Mag het, mam, mag het?'

Evelien aarzelde. 'Hij is erg duur, Thijs. En weet je: als jij een Piratenpannenkoek neemt, dan wil Marieke er ook eentje. En die houdt niet van piraten.'

Boerderij Meerzicht had aan alles gedacht. Voor meisjes was er de Prinsessenpannenkoek, met een heuse kroon, twee plastic muiltjes en nog wat zaken die geen vierentwintig uur heel zouden blijven. Geluk-kig had Thijs het niet gezien, zijn moeder ook niet. Ik hield wijselijk mijn mond.

Evelien keek nog even naar het bord en schudde haar hoofd. 'We kunnen het beter een ander keertje doen, Thijs, ze hebben hier heel veel lekkere pannenkoeken, kies er maar eentje uit.'

'Ik mag nooit wat van jou.' Thijs schopte tegen de muur.

'Toe nou, Thijs,' zei Evelien.

Jesse en Daniel begonnen ongedurig te worden. Ze zaten in de tweelingbuggy, die ik met enige moeite naar binnen had geloodst. Sofietje lag te slapen in haar wagen. Marieke zat bij de ingang van de boerderij in de helikopter. Straks zou ze om een muntje komen zeuren.

Thijs liet zich op de grond zakken en sloeg zijn armen over elkaar.

'Hup Thijs, ga eens staan. Je moet snel een pannenkoek uitzoeken, hoor. Anders zijn ze op,' probeerde Evelien.

Thijs deed zijn handen voor zijn oren.

Ik voelde een lichte hoofdpijn opkomen. 'Zal ik vast voor iedereen drinken meenemen en een plaatsje zoeken?' zei ik tegen Evelien. 'Dan kan jij de pannenkoeken bestellen.'

Ze knikte.

'Buiten of binnen?' vroeg ik.

'Doe maar buiten.'

Ik pakte een dienblad en laadde het vol met flesjes appelsap.

Thijs haalde zijn handen van zijn oren. 'Ik wil Fristi!'

'Hij lust geen appelsap,' zei Evelien vergoelijkend.

Vier appelsap, één Fristi en twee koffie. Het zou nooit lukken om het dienblad te dragen en tegelijk de wagen te duwen, ik moest de jongens eerst aan een tafeltje zetten. Ik liet het dienblad staan, reed Jesse en Daniel naar het terras en parkeerde ze in het grind bij een grote, ronde tafel.

'Even rustig blijven zitten, jongens, mama is zo terug. Dan gaan we pannenkoeken eten.'

'Hoe-oe-oe-oewww!'

Een vreemde, lage kreet rolde over het terras. Even dacht ik dat het een van de pauwen was die op de boerderij rondliepen. Nee, die konden het niet zijn, het gekrijs van de pauwen was hoger, dit had meer weg van een groot rundier.

'Hoe-oe-oe-oewww!'

Het geluid kwam van de zijkant van het terras. Daar zat een aantal meervoudig gehandicapten met hun begeleiders op hun pannenkoek te wachten. De kreet was waarschijnlijk uitgestoten door de jongen die opgewonden heen en weer schoot in zijn gemotoriseerde rolstoel. Hij had vurige rode blossen, die bij gehandicapten precies het tegendeel van een blakende gezondheid benadrukken, zijn scheve mond hing open, zijn handen leken verkeerdom aan zijn armen te zitten en zijn armen draaiden spastisch alle kanten uit behalve de goede. De jongen kreet nogmaals en schoot daarbij zo ver naar voren dat zijn hoofd bijna op het tafeltje van zijn rolstoel belandde. Niemand in zijn gezelschap reageerde.

Ik wreef me over mijn slapen. Misschien moesten we toch maar binnen gaan eten.

Thijs zat nog steeds op de grond van het zelfbedieningsgedeelte. Evelien gaf de man in de keuken het bonnetje met haar bestelling. Marieke stond naast haar. Sofietje lag zoet te slapen. Op haar speen stond met rode letters: I LOVE PAPA.

'Ik heb voor iedereen een pannenkoek met appel besteld,' zei Evelien.

Ik stak mijn duim op.

'Muntje?' vroeg Marieke.

Het dienblad met de drankjes stond waar ik het had achtergelaten. De koffie zou wel koud zijn geworden. Ik durfde het niet weg te gooien en nieuwe te pakken, de mevrouw achter de kassa volgde al mijn bewegingen.

'Kom op, Thijs,' zei Evelien. Ze duwde Sofietje's wagen met één hand voor zich uit, aan de andere hand had ze Marieke. 'Als onze pannenkoeken klaar zijn, worden ze hier neergezet. We moeten heel goed opletten. Wil jij mama helpen?'

Thijs gaf geen antwoord, maar kwam wel overeind en liep met zijn moeder mee.

Ik rekende het drinken af en volgde ze naar buiten.

Thijs kreeg zijn Fristi, Marieke dronk haar appelsap, ik haalde de tuimelbekers van de jongens uit mijn tas en goot het sap erin.

Dankbaar namen ze het aan. Sofietje sliep overal doorheen.

'Op het moederschap!' Evelien en ik proostten met onze koude koffie.

'Hoe-oe-oe-oewww!'

Verschrikt keek Evelien om.

De gehandicapte jongen was in een overtreffende trap van opge-wondenheid geschoten, omdat hij zijn pannenkoek in het vizier had gekregen. Toen zijn begeleider het bord voor hem neerzette, sloeg hij zichzelf een paar keer op zijn bovenarmen. Hij kreet nu aan één stuk door, de begeleider klopte hem op zijn rug om hem tot bedaren te brengen en begon de pannenkoek te snijden.

Evelien draaide zich weer om.

'Kijk, Thijs, die jongen is tenminste blij met wat hij krijgt,' bitste ze tegen haar zoon. Hij reageerde niet. 'Dan boffen we toch maar, hè, met onze kinderen,' fluisterde ze tegen mij.

Thijs haalde een Lego-poppetje uit zijn broekzak en hield het voor Marieke's neus. Toen zijn zusje het wilde pakken, trok hij het weg. Marieke zette een keel op.

Sofietje schrok wakker en begon gelijk te huilen.

'Ze wordt altijd heel moeilijk wakker,' zei Evelien. Ze tilde de baby uit de wagen en nam haar op schoot.

Jesse en Daniel gooiden hun bekers op de grond.

'Op! Op!' riepen ze.

Ik schoof mijn stoel naar achteren. 'Kom, Thijs, we gaan kijken of de pannenkoeken al klaar zijn.'

Hij liep met me mee en gaf me braaf een hand.

'Die piratenpannenkoeken zijn heel vies,' zei ik langs mijn neus weg.

'Hoe weet je dat?' vroeg Thijs.

'Jesse heeft er wel eens eentje gehad. Ze smaken naar dode muizen. Dat vinden piraten lekker.'

'Nietes!'

'Echt waar,' hield ik vol. 'Ze doen er gemalen muizen door. Jesse moest bijna spugen.'

Thijs' gezicht klaarde op.

De borden met pannenkoeken stonden gestapeld in twee rekken. Thijs en ik namen allebei een rek.

'Lukt het, jongen?'

Hij knikte.

We liepen het terras op, Thijs hield het rek met twee handen voor zich uit, het puntje van zijn tong stak uit zijn mond. Nog drie stappen, dan was hij bij de tafel.

'Hoe-oe-oe-oewww! Hoe-oe-oe-oewww!'

De gehandicapte jongen had zijn eten bijna op.

Thijs schrok van het geluid. Zijn armen schudden, de toren met pannenkoeken wankelde, het bovenste bord kantelde.

'Pas op!' riep ik.

'Ik hou hem niet meer,' zei Thijs wanhopig. Hij liet het rek uit zijn handen glijden. Het bleef even rechtop staan, maar kiepte toch om, de borden gleden er uit en belandden op het grind.

'Thíjs! Kijk nou toch úit wat je dóet!' gilde Evelien. Ze zette Sofietje terug in de wagen en vloog van haar stoel. Thijs begon te brullen.

Sofietje deed mee.

De gehandicapte jongen keek met open mond naar het tafereel.

Ik zette mijn rek voorzichtig op de tafel.

'Pannenkoeken!' riep Daniel verrukt.

'Pannenkoeken!' echode Jesse.

Evelien knielde op het grind en raapte de borden op.

'Die kunnen we weggooien. Dankjewel, Thijs,' zei ze giftig.

'Sorry mam, ik deed het niet expres.' Dikke tranen rolden over zijn wangen.

'Hij kon er echt niets aan doen, hij schrok,' zei ik. 'En het zijn toch veel te veel pannenkoeken. We verdelen de rest wel. Het komt goed. Ga maar zitten, Thijs.' Het joch stond te trillen.

Ik zette de wagen van de jongens wat dichter bij de tafel.

'Waar is Marieke nou weer?' vroeg Evelien geïrriteerd.

Het vierjarige grietje was ontsnapt. Dat deed ze wel vaker. Ik tuurde het terras af, maar zag haar blonde koppie nergens.

'Beginnen jullie maar vast,' zei Evelien. Ze liep weg.

Ik stak I LOVE PAPA terug in Sofietje's mond, pakte een bord uit het ongeschonden rek, strooide suiker op de pannenkoek, sneed hem in repen en gaf de kinderen allemaal een stuk.

'Mag zij het al, denk je?' vroeg ik aan Thijs, wijzend op Sofietje.

'Zij mag nog geen suiker,' antwoordde hij met volle mond.

'Vandaag wel,' zei ik. Ik zette Sofietje rechtop, trok de speen eruit en stak een stukje pannenkoek in haar mond. Ze begon tevreden te kauwen.

De rust aan tafel keerde weer.

Evelien kwam terug en sleurde Marieke met zich mee.

'Ze was al bij de bosweg,' zei ze boos. 'Dat mag niet, hè? Je mag niet weggaan zonder mama.'

Marieke werd in een stoel geplant.

Ik gaf haar een stuk pannenkoek.

Evelien boog zich naar Sofietje toe. 'Wil je ook wat, meis?'

De baby deed haar mond wagenwijd open. 'Heb je een stukje zonder suiker?' vroeg Evelien aan mij. Ik sneed het af en gaf Thijs een knipoog. Zijn ogen twinkelden. Evelien stak het reepje in Sofietje's mond. Die keek haar moeder uitdagend aan, sloot haar mond, maar kauwde niet.

'Soms weigert ze ineens alle voedsel,' zei Evelien. 'Dan wil ze alleen maar melk. Ik weet niet wat ik ermee aanmoet.'

'Ga nou zitten en neem zelf wat,' zei ik. 'Straks zijn ze helemaal koud.'

Evelien liet zich in een stoel zakken.

'Ik ben moe, Daan, ik ben zó moe,' zuchtte ze. 'Eerst die waterpokken, nu is de school weer dicht. Joost heeft het hartstikke druk, ik sta er de hele tijd alleen voor.'

Joost had een eigen bedrijfje. Hij ontwierp computersoftware en websites. Joost had ook Nathalie.

'Is Joost druk?' vroeg ik overdreven verbaasd. 'Hij vertelde me op Marieke's verjaardag dat het juist zo'n slappe tijd was, omdat die hele IT-branche in elkaar is gedonderd.'

Evelien leek niet gealarmeerd. 'Hij is bezig met een offerte voor een nieuwe klant, een grote naam. Als hij die binnensleept, zitten we voorlopig goed.' Ze rolde een stuk pannenkoek op en stak het in haar mond.

Een grote naam, jaja. De grote naam begon met een N.

'Sofietje spuugt,' zei Marieke.

De baby weigerde niet alleen te kauwen op het voedsel dat haar moeder haar gaf, ze verstootte het. Het stukje pannenkoek kwam in gedesintegreerde toestand uit haar mond. Evelien pakte een servetje en veegde Sofietje's gezicht schoon.

'Ik ruik poep,' zei Thijs.

Evelien en ik begonnen tegelijk te snuiven. En inderdaad. Er meurde iets. Of iemand. Evelien pakte Sofietje op en duwde haar neus tegen de achterkant van haar broek. Ik lichtte Jesse en Daniel op uit de buggy, besnuffelde ze een voor een en zette ze weer terug.

'Jij hebt het toch niet in je broek gedaan, hè?' zei Evelien tegen Marieke.

Ze schudde heftig van nee.

'Het ruikt hier zo vies, mama. Ik moet bijna kotsen.' Thijs had gelijk. De stank was niet te harden.

'Poep! poep!' riep Daniel vrolijk.

'Het komt toch bij Marieke vandaan,' mompelde Evelien. 'Til je schoenen eens op.'

Bingo. Onder haar rechtersandaaltje zat een dikke, bruingele plak hondenstront.

'Gadverdamme, ook dat nog,' zei Evelien. Ze tilde Marieke uit de stoel en hield haar voor zich uit. Straks, bij de bosweg, zou ze kokhalzend met een stokje de prak van het sandaaltje schrapen. Ze zou mopperen dat haar dochter beter moest uitkijken waar ze liep. Ze zou met een paar bladeren de restanten proberen weg te vegen of het sandaaltje even door de sloot halen. *All mothers know the drill.*

'Wie wil er nog een stukje pannenkoek?'

'Ik, ík!' riepen de kinderen.

Iedereen zat weer aan tafel. Een tweede poging.

'Koud zijn ze ook lekker, hoor,' zei Evelien tegen Thijs. 'Als mijn moeder vroeger pannenkoeken bakte en ze had over, kreeg ik die 's ochtends bij het ontbijt. Dat vond ik heerlijk.'

Ik wreef over mijn rechterslaap. Het bonkte nog steeds. Misschien moest ik wat eten.

'Waar waren we gebleven? Jij was moe,' zei ik tegen Evelien, terwijl ik stroop over mijn pannenkoek goot. 'Spookt Sofietje nog steeds 's nachts?'

'O ja,' zei ze achteloos. 'Dat schiet totaal niet op.'

'En Joost is druk...' Ik nam een hap.

'Joost is druk, ja, en ook een beetje stil.' Ze liet haar vork in de lucht hangen, alsof ze er nu pas over nadacht. 'Stil is het niet het goede woord. In zichzelf gekeerd, dat is hij.' Ze legde de vork neer.

Ik probeerde iets van haar gezicht te lezen: angst, spanning, jaloezie wellicht. Zou ze werkelijk niets vermoeden?

Evelien zag mijn onderzoekende blik. 'Dit zijn tropenjaren, Daan. Ik ben al blij als ik de dag doorkom. Joost zit niet lekker in zijn vel. Als hij het kwijt wil, trekt hij maar een nummertje. Ik ga me er niet druk om maken.'

'Gelijk heb je,' beaamde ik. Wat moest ik anders zeggen? *Je man brengt zijn tropenjaren krikkend door. Krikkend met Nathalie. Hij is verliefd. Geen zorgen, vooralsnog kiest hij voor jou. Voor zijn gezin. Vooralsnog.*

'Maar nu iets heel anders.' Evelien begon te lachen. 'Ik wilde het je al een tijdje vertellen. Ik heb iemand leren kennen...'

Jesse maakte een angstig geluidje. Ik keek opzij. Een pauw stapte recht in de richting van de wagen. Hij keek zeer geïnteresseerd naar Jesse's knuistje, waar een stukje pannenkoek uitstak. Straks pikte dat beest in mijn kind.

'Kssst! Ga weg!' Ik zwaaide met mijn hand. De pauw verstarde en liet zijn poot hoog opgetrokken in de lucht hangen.

'...hij heet Clemens. Ik zie hem elke week in het zwembad. Zijn zoontje heeft ook les op woensdagmiddag, net als Marieke. Clemens is huisman. Het zoontje heet Bas. Een lief kind.'

'Clemens en Bas. Leuk,' zei ik afwezig. De pauw zette zijn poot behoedzaam neer en kwam weer een stap dichter in de buurt van Jesse.

'Hij heeft honger,' zei Thijs. 'Zal ik hem wat geven?'

'Doe maar,' zei Evelien.

Thijs gooide een stukje pannenkoek naar de pauw. Het beest schrokte het naar binnen.

'Van de week was ik mijn slofjes vergeten en toen mocht ik die van hem lenen,' zei Evelien blozend.

'Wát was je vergeten?' vroeg ik.

'Mijn slofjes, je weet wel.'

Ik wist van niets. Mijn kinderen hadden nog geen zwemles.

'Je moet plastic sloffen dragen in het zwembad. Tegen straatvuil. Over je schoenen heen, van die knalblauwe dingen. Smurfenkleur. Heb je ze nog nooit gezien?'

Ik schudde mijn hoofd. 'En doet iedereen dat?'

'Natuurlijk doet iedereen dat. De broertjes en zusjes die niet zwemmen, doen het ook. Het moet.'

Dat zouden we nog wel eens zien. Het leek me toch niet dat La Diana met smurfensloffen in een zwembad zou worden aangetroffen. Een elegant teenslippertje, alla, een laaggehakt, opengewerkt san- daaltje, soit. Leek me heel geschikt zwembadschoeisel. Dat beetje straatvuil konden die kinderen van tegenwoordig best gebruiken. Ze waren allemaal zo allergisch als de pest, omdat ze met straat noch vuil in aanraking komen dank zij hun hysterische supermoeders.

'Goed, jij mocht smurfenslofjes smurfen van... eh....'

'Van Clemens,' zei Evelien. Ze keek naar Thijs, die een extra laag suiker over zijn pannenkoek strooide. Ze liet hem begaan. 'Na afloop van de les wilde ik ze teruggeven. Hij zei dat ik ze mocht houden.'

Ik probeerde een geeuw te onderdrukken, maar het lukte niet.

Evelien werd boos. 'Ik luister altijd naar jouw verhalen, Diana. Je mag op z'n minst doen alsof het je interesseert.'

'Sorry,' zei ik. 'Ik heb een beetje hoofdpijn. Heb jij iets bij je?'

Evelien haalde een doosje paracetamol uit haar tas.

Ik drukte er twee uit en spoelde ze weg met de laatste slok Fristi van Thijs, die me een boze blik toewierp. Dank zij alle aspirines die ik slikte, zou Darwin onderhand volkomen stoned in zijn vruchtwater drijven. Als hij nog leefde.

'Gaat het?' vroeg Evelien bezorgd.

Ik knikte.

Jesse en Daniel geeuwden. Hun ogen zakten dicht.

Sofietje begon te emmeren.

'Die pannenkoek neemt ze niet, ik geef haar een fles,' zei Evelien. 'Zijn jullie klaar met eten?' vroeg ze aan Marieke en Thijs.

Ze knikten.

'Ga nog maar even naar de speeltuin. Wel voorzichtig doen! Op je zusje letten, Thijs. En niet op die gevaarlijke schommel!'

De kinderen schoven hun stoelen naar achteren.

'Ik zal even vragen of ze de melk willen opwarmen,' zei Evelien. Ze pakte een fles uit haar tas, stond op en liep naar binnen.

Zodra haar moeder uit zicht was, veranderde Sofietje's geëmmer in gehuil.

Ik aaide haar over de wang. 'Niet zo schreeuwen, kleintje, mama is wat voor je aan het regelen. Neem je speen nou maar. Nog even geduld.'

Sofietje spuugde I LOVE PAPA uit en liet daarna merken dat ze nog veel harder kon gillen. Het hele terras keek op.

'Hoe-oe-oe-oewww!'

Mijn gehandicapte vriend kon het niet langer aanhoren. Zijn begeleider trok de rolstoel naar achteren. Het gezelschap vertrok.

'Goed, goed, ik snap het. Tante Diana moet een list verzinnen.'

Ik tilde Sofietje uit de wagen en nam haar op schoot.

'Let goed op.' Ik pakte de speen en doopte hem in de stroop die nog op mijn bord lag.

'Wat dacht je hiervan?'

De speen ging in Sofietje's mond. Even keek ze verbaasd, toen begon ze enthousiast te zuigen. 'Niet tegen je moeder zeggen, hè? Officieel mag je geen suiker tot je vier jaar bent.'

Jesse en Daniel waren in slaap gevallen.

Marieke en Thijs zaten op de wip.

Kinderen genoeg, Darwin, zie je dat? Overal kinderen. Die moeten allemaal elke dag eten en drinken. En schone kleren aan. En luiers om. Ze moeten overal naar toe worden gebracht, naar de peuterspeelzaal, naar school, naar het zwembad, naar opa en oma. Ze kunnen zelf nog niets. Het duurt jaren voor ze zelf wat kunnen. Intussen zijn hun moeders de hele dag in touw. Vooral moeders, Darwin, ondanks alle feministische golven die ons land hebben overspoeld, zijn het nog altijd voornamelijk vrouwen, die voor de kinderen zorgen. Vroeger was dat vanzelfsprekend, toen mijn moeder mij had, was het ondenkbaar dat de ene helft van de luiers door mama en de andere helft door papa zou worden verschoond. Tegenwoordig is er die schijn van gelijkwaardigheid. Moeders werken, meestal minder dan vaders, maar ze werken wel en elke boventallige luier voelt als eentje te veel, voelt als onrecht en maakt de moeders narrig. Het maakt mij narrig, Darwin, laat ik maar eerlijk zijn. Soms haat ik Oscar, omdat hij fluitend naar zijn werk gaat en de deur achter zich dichttrekt en zich niet realiseert wat er allemaal moet gebeuren om de boel draaiende te houden. 'Ik draag toch ook mijn steentje bij,' zegt hij dan. Dat is het dan ook, niet meer en niet minder, een steentje. Er was ons een hunebed voorgehouden en het werd een kiezelsteen.

Misschien had ik vroeger moeder moeten zijn, Darwin. Dan had ik niet geweten wat ik miste.

Evelien kwam terug met de fles.

Ze nam Sofietje van me over. De baby strekte haar handjes uit.

'Zelf doen? Toe maar, meis.'

De fopspeen ging eruit, de flessenspeen erin.

'En nu weer over mij,' zei Evelien met een knipoog.

'Laat me raden. Je hebt Clemens in natura bedankt voor zijn slofjes.'

Ze rolde met haar ogen. 'Daan, ik ben jóu niet. Maar hij is wel leuk, hoor. Echt. Hij is de eerste man in tijden van wie ik denk: ik wil jou beter leren kennen.'

Evelien keek even achterom. 'Marieke en Thijs!' schreeuwde ze. 'Wat had ik nou gezégd? Níet bij die schommel!'

Het was zo'n ijzeren gevaarte met veel zitjes, dat van links naar rechts zwiept. Als je er per ongeluk achter stond en niet oplette, kon je me toch een oplawaai krijgen! Als ik ernaar keek, zag ik de gehechte kinderkopjes al voor me.

'We kwamen het zwembad uit,' ging ze gedempt verder. 'Hij moest naar huis. Ik ook. Ik maakte mijn fiets los van die van Thijs. Hij was lopend. Ik zette Marieke achterop en Sofietje voorop. Hij hield mijn fiets vast. We draalden nog wat, toen zei ik: "Tot volgende week" en wilde opstappen. Hij zei: "Wacht even." Hij pakte me bij mijn schouders en kuste me. Weet je wat hij zei? Hij zei: "Je bent een lieve vrouw." ' Ze lachte luid. 'Daarna liep hij snel weg. Hoe vind je die?'

'Waar kuste hij je, op je mond, op je wang?'

'Ja, dat was een beetje raar,' zei ze peinzend. 'Op mijn voorhoofd. Betekent dat iets?'

'Dat betekent dat jullie niet getongd hebben.' Teleurgesteld leunde ik achterover.

'Getverdemme, Daan, wees toch niet altijd zo plastisch. Je gaat toch niet tongen op zo'n moment. De kinderen waren erbij. Bovendien...'

Marieke kwam aangelopen. Ze leunde tegen haar moeder aan. 'Ik ben moe.'

Sofietje lag nog aan de fles te lurken.

'Waarom drinkt ze niet uit je borstjes?' vroeg Marieke.

'Dat heb ik je al uitgelegd, schat. Mama's borstjes zijn leeg. Daarom krijgt Sofietje de fles.'

'Gaf jij nog borstvoeding?' vroeg ik verbaasd.

Evelien knikte. 'Gecombineerd met fles. Ik heb geprobeerd het zo lang mogelijk vol te houden, ze kreeg 's ochtends en 's avonds nog een beetje borst, maar vorige week ging het ineens niet meer.'

'Eens houdt het op, natuurlijk,' zei ik opgewekt.

Evelien boog zich naar voren. 'Ik had nog wel wat,' zei ze zacht, zodat Marieke het niet kon horen. 'Maar Sofietje wilde niet meer.

Misschien voelde ze zich te groot, ik weet het niet. Ik vond het heel moeilijk, ik heb een paar enorme huilbuien gehad. Het is toch een periode die je afsluit.'

'Ja, dat zal wel,' zei ik. Ik had geen idee. Jesse en Daniel hadden een paar weekjes borstvoeding gehad, toen was het klaar. Ze hadden honger en ze deden het veel beter op de fles. Ik vond het prima.

'Mag ik een ei uit de automaat?' vroeg Marieke.

'Nee, ga nog maar even spelen. Mama en Diana willen praten.'

Zo kordaat had ik haar nog nooit tegen haar kinderen horen spreken. Het hielp. Marieke droop af.

'Als zij hoort dat ik nog heb, wil ze uit mijn borst drinken,' verklaarde Evelien. 'Ze mocht altijd het laatste slokje. Eerlijk gezegd ben ik blij dat ik daar vanaf ben.'

Op sommige punten waren Evelien en ik lichtjaren van elkaar verwijderd. Evelien weigerde haar kinderen bijna niets. Als Marieke het laatste slokje wilde dan kreeg ze dat, ook al betekende het dat Evelien haar tepel in de mond van een vierjarig kind moest proppen.

'Waar waren we gebleven? Tongen met Clemens,' zei ik plagerig.

Evelien trok een vies gezicht. 'Ik doe dat soort dingen niet. Voor je het weet, loopt het uit de hand en beland je in bed. Dat lijkt me helemaal vreselijk met een vreemde kerel...'

Sofietje was klaar. Evelien zette de lege fles op tafel en hield de baby rechtop tegen zich aan.

'Nee, geen sex met Clemens,' zei ze kordaat. 'Maar ik heb wel een gevoel van intimiteit met hem. Iets vertrouwelijks.'

'Ongecompliceerde sex is altijd beter dan verliefd worden, Evelien.'

Daar kan je man over meepraten.

Ze schudde heftig haar hoofd. 'Ik ben niet verliefd. Het is gewoon leuk om te merken dat hij belangstelling voor me heeft. Het streelt me.'

Ik fronste.

'Wat zit je nou moeilijk te doen?' vroeg Evelien verontwaardigd. 'Jíj bent degene die een elftal wilt. Jij bent degene die altijd roept dat alles moet kunnen. Waarom kan dit dan niet? Ik dacht dat je het geweldig zou vinden.'

Ik keek naar mijn jongens. Ze rustten met hun hoofdjes tegen elkaar, Jesse's mond hing open, Daniel hield zijn knuffel tegen zijn
wang. Ze waren zo zoet als ze sliepen.

Had Evelien gelijk, had ik in een gat in de lucht moeten springen?
Ze deed het toch niet om mij te plezieren of, erger, om aan mij te
bewijzen dat ze nog in tel was? Misschien had ik het wilde leven niet
zo moeten bejubelen. Als onervaren, naïeve schatten als Evelien uit
mijn woorden de conclusie trokken dat ze ook nodig de hort op
moesten, kon het wel eens helemaal fout aflopen.

'Wat kijk je ernstig,' zei Evelien. 'Is er wat?'

Sofietje liet een boer. 'Goed zo, meis.' Evelien wreef over haar
rug.

Ik zou niets liever doen dan mijn vriendin vertellen wat er aan de
hand was, maar iets hield me tegen. Het zou het erger maken. Toen
ik Kofi's woning verliet, had ik me neerslachtig gevoeld. Door erover
te praten, was mijn zwangerschap concreter geworden. Ik was gaan
twijfelen. Tot dan toe had ik mezelf steeds voorgehouden dat ik in
feite geen keus had. De baby kon niet komen, punt. Kofi zag het wél
laten komen van de baby als een heel gewone, voor de hand liggende
mogelijkheid. Alles beter dan het laten weghalen, er viel wel een
mouw aan te passen, redeneerde hij.

Evelien zou waarschijnlijk een minder romantische kijk dan Kofi
hebben, zeker als ze hoorde dat ik niet wist wie de vader was. Maar
ze zou ogenblikkelijk smelten bij de gedachte dat er een potentiële
Jesse of Daniel in me groeide. Ik wist dat Joost en zij geen vierde
kind wilden, maar als Evelien per ongeluk toch zwanger zou raken,
zouden ze het laten komen. 'Ik zou het niet over mijn hart kunnen
verkrijgen,' had ze gezegd. 'Het idee alleen al, verschrikkelijk. Als je
nog nooit een kind hebt gehad, is het abstract, maar wij weten beter.
Toch?'

Ik was het niet met haar eens, toen al niet. Het leek mij geen goed
idee om een kind te laten komen, alleen maar omdat je je schuldig
zou voelen als je het zou laten weghalen. Dan ging het toch weer om
jou en niet om het kind. Alleen om je zelfbeeld intact te houden,
alleen omdat je geen abortus op je cv wilde, zou je een kind groot-

brengen en daarmee een aantal levensjaren opofferen. Ik vond het geen goede reden.

Evelien keek me vragend aan.

'Er is niks. Echt niet. Ik heb nog steeds een beetje koppijn. Ik moet ook—' *Ongesteld worden*, wilde ik zeggen. Ik praatte er snel overheen. 'Als ik jou hoor over die Clemens... zo serieus. Dan schrik ik een beetje. Dat gedoe wat ik met mannen heb, betekent niks, dat weet je. Jij bent veel serieuzer dan ik en als jij serieuze gevoelens voor iemand anders gaat koesteren, nou, dan is dat...'

'Serieus?' zei Evelien lachend.

'Precies.'

Sofietje legde haar hoofd in haar moeders nek. Evelien verstijfde. 'Au!' riep ze. 'Niet bijten.' Ze trok Sofietje van zich af en probeerde haar aan te kijken. 'Nee! Je mág mama niet bijten, Sofietje, dat doet zeer.' Ze zette het kind in de wagen. Het begon te huilen.

Jesse werd wakker.

'Toen ze tandjes kreeg, begon ze ook in mijn borst te bijten,' vertrouwde Evelien me toe. 'Als hij bijna leeg was, nam ze heel snel, heel venijnig een hapje. De tranen sprongen me in de ogen.' Ze stak de speen in Sofietje's mond.

Evelien keek achterom. Thijs kwam aangeslenterd. 'Gaan we naar huis, mam?'

'Waar is je zusje?'

'Naar de wc.'

'Waarom heb je me niet geroepen?'

'Ze wilde het zelf doen,' schokschouderde Thijs.

'Ga er maar even naar toe, kijken of het goed gaat. Dan gaan we daarna naar huis.'

Thijs liep weg.

'Naar huis toch?' Evelien keek vragend naar mij.

'Moeten we niet nog even diep gaan over Clemens?' vroeg ik.

'Uit, uit!' riep Jesse.

'Wil je lopen, mannetje? Kom maar.' Ik haalde Jesse uit de wagen en zette hem op het grind. Hij bukte zich en raapte een paar steentjes op.

'Niet in je mond doen,' waarschuwde ik vast. Daniel sliep door.

Evelien glimlachte. 'Diep gaan lukt nooit met dat grut erbij. En Clemens is geen big deal, Daan. Het is gewoon een zomerzotheid. Waait wel weer over.' Ze reed de wagen van Sofietje kleine stukjes heen en weer. De baby hield zich koest.

'Als u maar weet wat u doet, Mevrouw Ter Heul,' zei ik streng.

'Hoe gaat het eigenlijk met jou en de mannen?' vroeg ze. 'Nog steeds druk aan het front?'

Als je één dingetje verzweeg, had dat meteen consequenties.

'Het is rustig aan het front, ' zei ik. 'Behalve dat ik iets ongeloof-lijks stoms heb gedaan.' Ik stak mijn hand uit. 'Ik ben mijn trouwring kwijt.'

Evelien liet de wagen stilstaan. 'Hoe heb je dat voor elkaar gekre-gen? Je hebt hem toch niet in een of andere ranzige hotelkamer laten liggen?'

'Geweldige reputatie heb ik. Zoiets dacht Oscar ook al.'

'Vind je het gek?'

'Eigenlijk was het nog erger.' Ik vertelde hoe het was gebeurd. 'O ja,' besloot ik. 'En Tim gaat scheiden.'

Jesse drukte een paar kiezeltjes in mijn hand.

'Als ik jou twee dagen niet spreek, loop ik hopeloos achter,' zei Evelien. 'Hoe kan dat nou ineens?'

'Ik heb hem zelf nog niet gesproken, ik heb het van Kofi gehoord.' Tim had me sinds woensdag een paar keer geprobeerd te bellen. Hij had mijn voicemail ingesproken en twee sms-jes gestuurd. Ik had niet gereageerd en mijn mobiel uitgezet, ik zag ertegenop om hem aan de lijn te krijgen.

'Je doet er nogal nuchter over. Ben je niet bang?' vroeg Evelien.

'Waarvoor zou ik bang moeten zijn?'

'Voor jullie relatie, natuurlijk. Als hij straks een vrij man is, wordt het anders. Misschien verwacht hij wel dat jij van Oscar gaat scheiden en wil hij met jou verder.'

Ik gooide de kiezeltjes terug in het grind. 'Zo'n vaart zal het niet lopen,' zei ik luchtig. 'Ik moet ook plassen. Let jij even op Jesse?'

Evelien knikte.

Op weg naar het toilet kwam ik Marieke en Thijs tegen.

'Is het gelukt, jongens?'

Ze knikten.

'Ga maar naar mama, ik kom zo, dan gaan we naar huis,' zei ik.

Op de wc knoopte ik haastig mijn broek los.

> Zou het niet mooi zijn als onze wegen hier scheidden, Darwin? Heb je een beetje om je heen gekeken, dit is een fijne plek, hoor, dit heet een kinderparadijs. Hoe zou je het vinden als ik je hier achterliet? Ik beloof je dat je onbeperkt piratenpannenkoeken mag eten. En dat je voor eeuwig in de draaimolen mag draaien. Elke dag feest, Darwin, dat kan ik je niet garanderen als je wordt geboren.
>
> Ik begrijp dat je hecht aan de plek waar je nu bent. Dat zou ik ook doen, je weet niet beter, maar als je loslaat, verdomme, Darwin, je zou het me zo veel makkelijker maken. Nu moet ik de hele tijd denken. Aan jou, aan de mogelijkheden. Aan de voors en tegens. Aan je vader, die niet weet dat jij bestaat. Ik zal het hem besparen, wie hij ook is. Jij bent de last die ik alleen moet dragen. Ja, je bent een last, ik ben altijd eerlijk tegen je geweest en dat blijf ik. Weet wel: wat er ook gebeurt, ik zal je nooit vergeten.

Godallejezus, nu zei ik het ook al tegen hem. De grootste platitude.

Dat wat we tegen elkaar zeggen om de exclusiviteit van een relatie te onderstrepen, dat wat we zeggen, als een dierbare overlijdt. De grootste, meest gratuite platitude.

Probeer het eens. Probeer iemand met wie je langer dan een half uur hebt gesproken, te vergeten. Doe je best. Doe je uiterste best. Het zal je niet lukken.

Ga terug naar waar je vroeger woonde. Loop de groenteboer binnen en als dezelfde groenteboer er nog staat, zul je hem ogenblikkelijk herkennen. Het gezicht van zijn zoon, die op zaterdag altijd in de zaak stond, schiet je ook te binnen.

Ik zal je nooit vergeten.

David, zoon van onze groenteboer.

Darwin, zoon van Tim, Joshua of Oscar.

Zoon van Diana.

Ik nooit. Zal nooit. Nooit.

Dertien

'Lang zal ze leven, lang zal ze leven!' zongen twee hoge jongensstem-
metjes in de hal. Zeven uur 's ochtends. De deur van de slaapkamer
ging langzaam open. Eerst kwam Daniel binnen. Hij had een bordje
in zijn hand met een croissantje erop. Jesse liep achter hem met een
glaasje jus.

'Wel blijven zingen, jongens,' maande Oscar. Hij kwam ook
binnen en schoof de gordijnen open. De zon scheen.

Daniel gaf me het bordje. 'Zet het glaasje maar op mijn nachtkastje, Jesse. Goed zo,' zei ik.

'Hieperdepíep...' probeerde Oscar weer.

'Hoera!' riepen ze in koor.

'Hieperdepíep...'

'Hoera!' De jongens klommen op bed.

'Hieperdepíep...'

'Hoera!' klonk het weer.

'Dit ga je toch geen vijfendertig keer doen, hè?' vroeg ik.

Oscar gaf me een kus. 'Gefeliciteerd met je verjaardag.'

Daniel wees naar mijn croissantje. 'Mag Daniel hapje?' vroeg hij.

'Nee, dit is voor mama,' zei ik. 'Mama is jarig. Krijg ik een kus?'

Een voor een drukten ze hun mond op mijn wang. Ze roken naar
hagelslag.

Oscar verdween. Ik nam een hap van mijn croissant.

Mijn man kwam terug met een grote bos witte, langstelige rozen.

'Je echte cadeautje krijg je vanmiddag,' zei hij. 'Maar dit is vast een
begin.' Hij drukte de bos in mijn armen.

'Kijk, mama,' wees Jesse. Tussen de rozen zat een grote envelop.

'Zou die voor mij zijn?' vroeg ik.

Jesse knikte.

'Daniel, laat dat croissantje liggen, dat is voor mama,' zei Oscar
streng.

Ik legde de rozen opzij en scheurde de envelop open. Er zaten twee tekeningen van de jongens in en een glanzende kaart. Eerst bewonderde ik de kunstwerken en overlaadde ik de makers met complimentjes. Daarna pakte ik de kaart. Op de voorkant stond Dagobert Duck.

'Donald Duck,' zei Daniel.

'Nee, dit is Dagobert Duck. Die heeft heel veel geld. Zie je al die muntjes?'

Ik maakte hem open.

> Lieve Diana, 35 jaar jong en al zo veel wensen vervuld. Behalve die ene, die je al zo lang koestert. Komend weekend gaat jouw grootste wens in vervulling. Ondergetekende kan je de details verschaffen.
>
> Kus, Oscar

Mijn grootste wens? Verbaasd keek ik mijn man aan. 'Wat is mijn grootste wens?'

Hij ging op bed zitten en haalde iets uit zijn zak. 'Dat je dat zelf niet weet. Ik moet ook alles onthouden.'

Hij gaf me het papier.

Ik zag het Disney-logo, ik zag het briefhoofd van het reisbureau en las het woord 'reserveringsbevestiging'. Met een angstig voorgevoel schoten mijn ogen over de regels. Oscar had een reis geboekt. Bestemming: Disneyland, Parijs. Aantal deelnemers: vier (twee volwassenen, twee kinderen). Accommodatie: Hotel Cheyenne. Aankomst: vrijdag 15 juni 2001. Vertrek: maandag 18 juni 2001.

'Hoe vind je het?' glunderde hij. 'Ik had niets tegen de jongens gezegd, ik was bang dat ze het zouden verraden.'

Duizend gedachten schoten door mijn hoofd. Hij had gelijk, het was een lang gekoesterde wens. Naar Disneyland. Naar The Magic Kingdom. In de zomer van 1976 zouden we er met z'n drietjes naar toe gaan, mijn vader, mijn moeder en ik, het zou het grote cadeau zijn voor mijn tiende verjaardag. Maandenlang weigerde ik zakgeld, ik wist dat Amerika ver weg was en heel duur. Op school vertelde ik aan iedereen die het maar horen wilde dat we met het vliegtuig naar Florida zouden gaan, zelfs mijn juf was jaloers. Op tien juni, twee dagen voor mijn verjaardag, namen mijn ouders me apart. De reis zou niet doorgaan, vertelde mijn vader. Het was heel spijtig, maar mijn moeder kon de honden nergens kwijt. Mijn tante, die wel vaker voor ze zorgde, vond veertien dagen te lang en verder zat niemand op twee kwijlende boxers te wachten.

Oscar wist het. Ik had het half grappend 'mijn jeugdtrauma' genoemd. Hij wilde het goedmaken. Ik moest mijn mondhoeken omhoog laten komen, ik moest glimlachen. Blij zijn. Toneelspelen. De discrepantie tussen wat er zich in mijn hoofd afspeelde en hoe ik me moest gedragen, was nog nooit zo groot.

Ik schraapte mijn keel.

'Het is leuk. Hartstikke lief van je. Wat een verrassing.' Ik sloeg mijn armen om hem heen.

'Jongens, luister eens,' zei Oscar. 'We gaan naar Disneyland. We gaan naar Donald Duck en Mickey Mouse. Papa en mama en Jesse en Daniel, we gaan allemaal naar Disneyland in Parijs.'

De jongens begonnen te juichen. Ze hadden er weinig of niets van begrepen, maar ze hoorden aan zijn stem dat hij een mededeling deed waarop een uitbarsting van vreugde diende te volgen.

'Hoe laat gaan we vrijdag weg?' vroeg ik achteloos. Ik wist dat het geen zin had. Zelfs al gingen we in de middag weg, de abortus kon niet doorgaan. Oscar zou die dag vrij hebben, ik kon niet zomaar urenlang verdwijnen terwijl er koffers moesten worden gepakt.

'Ik heb de Thalys van één uur gereserveerd,' zei Oscar. Hij richtte zich tot de kinderen: 'We gaan met de trein, jongens. We gaan met een heel snelle trein naar Donald Duck.'

Opnieuw indianengejuich.

In *Apollo 13* speelt Tom Hanks een van de astronauten die naar de maan gaan. Onderweg gaat er van alles mis, zoals het bij de echte Apollo 13 ook bijna misging. De vlucht dreigt uit te lopen op een ramp, het is de vraag of de driekoppige bemanning het er levend van af zal brengen. Hanks krijgt vanuit Houston te horen dat ze de landing op maan kunnen vergeten en dat ze alles op alles moeten zetten om veilig thuis te komen.

'*We just lost the moon*,' zegt Hanks tegen zijn bemanning.

Hij kijkt door het raampje en ziet het grote, grijsblauwe oppervlak van de maan, waarop hij – dat weet hij nu zeker – nooit een voet zal zetten.

Just lost the moon.

Ik was er bijna, nog drie nachtjes slapen, dan was Darwin groot genoeg om zijn eerste en laatste reis te maken. Disneyland, uitgerekend Disneyland gooide roet in het eten. We zouden er rakelings langs scheren, Darwin en ik.

'Kom jongens, dan gaan we naar beneden.' zei Oscar.

Jesse en Daniel klommen van mijn bed.

'Zeg schat,' zei ik voorzichtig. 'Eigenlijk moet ik vrijdag werken, ik loop een beetje achter, omdat ik vorige week ziek was. Dat onderzoek voor Philips moet per se af, het gaat om die nieuwe koffiezetter, weetjewel.' Ik sloeg het dekbed open en stapte uit bed. 'Het liefst zou ik het deze week afronden, kan ik daarna met een gerust hart weg. Is het misschien mogelijk dat we een weekendje later naar Disneyland gaan, of is dat heel moeilijk?'

Oscar keek me bevreemd aan. 'Ik heb De Vries al gebeld om te vragen of je vrijdag een snipperdag kon krijgen. Ik zei dat ik je wilde verrassen. Volgens je collega's had je die dag al vrijgenomen.'

Ik werd vuurrood. Hij had naar mijn werk gebeld. Verdomme.

'De nieuwe koffiezetter van Philips, bedoel je niet toevallig je nieuwe koffieafspraak met Tim? Of is het je chatvriendje?' vervolgde Oscar scherp.

'Doe niet zo raar,' zei ik snel. Ik pakte de bos rozen van het bed. De jongens trippelden de slaapkamer uit en verdwenen uit mijn blikveld. 'Zit het traphek dicht?' vroeg ik automatisch.

Oscar knikte.

'Ik heb weken geleden vrij gevraagd, nog vóór ik ziek werd,' legde ik uit. 'Ik zou iets met Evelien gaan doen, maar ik was van plan dat af te zeggen en wel te gaan werken.'

Oscar haalde zijn schouders op en liep de kamer uit.
'Ik heb géén koffieafspraak,' riep ik hem na.

Voordat we die ochtend de deur uitgingen, probeerde ik het nog een keer.
'Het zou me echt een stuk beter uitkomen als we Disneyland een weekje verschoven, schat. Tenzij het niet anders kan, natuurlijk...'
'Ik heb alle reserveringen al gemaakt,' antwoordde Oscar mat. 'Ik dacht dat je een gat in de lucht zou springen.'
Onmiddellijk had ik spijt van mijn poging.
Je verpest alles, Darwin, alles. Mijn verjaardag, de verrassing van mijn man. Straks verpest je mijn huwelijk ook nog. En als jij het niet doet, doe ik het zelf wel.

'Dan breng je de honden toch naar een kennel,' had ik gezegd. 'Alsjeblieft, mam.'
Mijn moeder schudde haar hoofd.
Ik wierp een wanhopige blik naar mijn vader.
'Je hebt kennels, luxe kennels, dat zijn bijna hotels...' begon hij voorzichtig.
'Zullen we het proberen, mam?' smeekte ik. 'Het is maar voor twee weekjes.'
'Dat is waar, vrouwke,' zei mijn vader, alsof hij het pas net bedacht. 'Het is maar voor twee weekjes. En dan in zo'n luxe omgeving. Tjonge, eigenlijk boffen die honden. Ik zou er zelf wel willen logeren.'
Mijn moeder lachte niet. 'Benno en Bibi blijven hier. Ik ga ze niet opsluiten, alleen maar omdat wij plezier willen hebben. We hebben het over een vakantie, als het een noodgeval was, was het wat anders. En als jullie naar Disneyland willen, prima, maar dan zonder mij.'
Mijn vader sloeg zijn ogen neer. Hij zou nooit in een vliegtuig stappen zonder mijn moeder, dat wist hij, dat wist ik, dat wist mijn moeder ook.
Ik begon te huilen. Daarna krijste ik. Weigerde ik eten. Lag ik een etmaal onder de tafel, want dat had ik wel eens in een boek gelezen.

Lotta uit de Kabaalstraat had dat gedaan, grappig meisje was dat. Ze ging onder de tafel liggen en zei alleen nog maar 'meer eten, meer eten, meer eten'. Het was een vorm van protest, ik weet niet waartegen. Nu zou 'meer eten' in mijn geval als een tang op een varken slaan, daarom mompelde ik urenlang 'mijn magisch koninkrijk, mijn magisch koninkrijk'. Het maakte geen indruk. Noch op mijn moeder, noch op mijn vader, of ze lieten het niet merken. Op mijn tiende verjaardag heb ik geen woord tegen mijn vader en moeder gesproken. Hun cadeaus heb ik tot op de dag van vandaag onuitgepakt gelaten. Dat vonden ze wel erg, dat zag ik. Het deed me goed.

Belinda had confetti op mijn stoel gestrooid. Boven mijn bureau hingen ballonnen en slingers. Over mijn beeldscherm was een A-viertje geplakt met een uitgeprinte foto van een taart. Daarboven stond 'Hint' en eronder: 'Hoera! Diana 35 jaar'.

Het was de zesde keer dat ik mijn verjaardag op kantoor vierde. Al zes keer had ik een bureau met slingers aangetroffen op mijn verjaardag of de maandag erna, als de dag in het weekeinde viel. Minstens even zo vaak had ik hetzelfde voor een collega gedaan. Had ik zijn of haar stoel versierd. Had ik een flauwe grap op het beeldscherm geplakt.

Ik had het altijd leuk gevonden. Jarig zijn op kantoor had iets feestelijks, iets speciaals. Het was zo'n dag waarop iedereen aardig tegen je deed, zelfs de mensen die je niet mochten, zoals Mirjam, die me sinds Gerona amper had aangekeken.

Dit jaar was het anders. Toen ik de afdeling opliep, duurde het een paar seconden voor ik begreep waarom mijn stoel was versierd.

Ik was jarig. Bijbehorende stemming: feestelijk.

Aan een traktatie had ik niet gedacht. Straks maar even Multivlaai bellen en gebak bestellen.

'En, ben je verwend door je man?' vroeg Belinda, nadat ze me op beide wangen had gekust.

'Ik heb een enorme bos rozen gekregen,' vertelde ik. 'En we gaan vrijdag met de kinderen naar Disneyland.' Blij kijken, Diana, kom op. Je kunt het.

'Leuk zeg. Ik vermoedde al zoiets. Hij had hier naar toe gebeld.'
Ik knikte.

'Zo moedertje.' Bertrand stond naast me. 'Weer een jaar ouder? Gefeliciteerd.'

Hij maakte van de gelegenheid gebruik door me innig te zoenen, zijn mond half naast, half op de mijne. Hij trok me dicht tegen zich aan, ik was te weinig alert om hem af te weren.

'Getverdemme,' zei ik toen hij wegliep. 'Nou stink ik de rest dag naar de aftershave van Bertrand.'

Belinda grinnikte. 'Lekker luchtje, hè?'

Ik trok mijn neus op. 'En je kunt je gezicht tien keer wassen, het gaat er niet van af. Ik krijg er altijd koppijn van.'

Om half twaalf hadden al mijn collega's me gefeliciteerd. Ik zei tegen Belinda dat ik niet gestoord wilde worden, pakte mijn agenda en trok me terug in het stiltehok.

Iemand had er een broodje haring gegeten. Het bord en de restanten van het broodje stonden op het bureau. Omdat het stiltehok van niemand was, voelde niemand zich ooit geroepen zijn rotzooi achter zijn kont op te ruimen. Geërgerd schraapte ik het bord leeg boven de prullenbak. Daarna belde ik de kliniek.

'Stichting MR 70, goedemorgen.'

Het was een andere vrouw, niet die vrouw die ik vorige week had gesproken. Ik was een beetje teleurgesteld.

'Dag, u spreekt met Diana de Wit. Ik heb voor aanstaande vrijdag een afspraak voor een overtijdbehandeling.'

'Hoe laat hebt u die afspraak?'

'Om elf uur.'

'En uw naam is...'

'Diana de Wit.'

'Momentje,' zei de vrouw. En even later: 'Juist, ik zie het staan. Wat kan ik voor u doen?'

'Ik kan niet komen.'

De vrouw wachtte af of ik nog meer zou zeggen en ik voelde me geroepen dat te doen.

'Ik wil het nog steeds, maar ik moet onverwacht weg. Naar

Disneyland. Iemand heeft me getrakteerd. Het is een verrassing voor mijn verjaardag, ik ben vandaag jarig, namelijk.'

'Ach jee,' zei de vrouw.

Ik liet mijn adem ontsnappen. Ze feliciteerde me niet, ze begreep me.

'En nu moet u naar Disneyland? In Parijs?'

'Ja.' Ik knikte er heftig bij.

Ineens hoorde ik een piepje. Er zat een gesprek achter mijn gesprek. Vast iemand die me wilde feliciteren. Ik probeerde het te negeren.

'Wanneer bent u weer terug?' vroeg de vrouw.

'Maandag de achttiende kom ik terug.'

Weer het piepje. God, wat irritant.

'Hebt u één momentje? Ik heb een wisselgesprek,' zei ik.

Ik nam het gesprek aan. Het was Belinda.

'Wat is er?' zei ik geïrriteerd. 'Ik kan echt niet gestoord worden.'

'De receptie belt steeds naar jouw toestel. Er is een bezoeker voor je.'

'Wie?' Ik verwachtte geen bezoek.

'Een man, ik heb zijn naam niet gevraagd.'

'Zeg maar dat ik er zo aan kom. En alsjeblieft geen telefoontjes meer, oké?'

Belinda hing op, ik ging terug naar de mevrouw van MR 70.

'Ben ik weer.'

'U bent maandag de achttiende terug,' herhaalde de vrouw.

'Ja. En dan wil ik zo snel mogelijk de overtijdbehandeling.'

'Dat wordt dan waarschijnlijk geen overtijdbehandeling meer, Mevrouw De Wit.'

'Wat bedoelt u?'

'Hoe lang bent u nu overtijd?'

'Nu? Eh...' Ik moest even rekenen. 'Negen dagen.'

'Aanstaande maandag bent u dus zestien dagen overtijd...'

'Maandag kan niet, dat is de dag dat ik terugkom,' zei ik snel.

'Wel,' zei de vrouw. 'Dat is heel vervelend. Op maandag zou u nog een overtijdbehandeling kunnen hebben, daarna niet meer. Dan wordt het een abortus.'

Mijn hart begon te bonken.

'Maar dinsdag dan?' vroeg ik. 'Dat ene dagje zal toch niet zo veel uitmaken?'

'Dinsdag en woensdag zitten we vol. Bovendien: u bent dinsdag zeventien dagen overtijd, strikt genomen bent u dan meer dan een maand zwanger en dan komt u echt alleen nog voor een abortus in aanmerking. Bent u al bij uw huisarts geweest?'

'Nee.'

'Dan zou ik dat maar zo snel mogelijk doen. De huisarts zal een zwangerschapstest doen en een verwijskaart uitschrijven. Als u niet naar uw huisarts wilt, kunt u naar ons komen voor een test en een gesprek met een arts.'

Ik sloot mijn ogen. De vrouw zei nog iets, maar ik hoorde het niet meer.

'Mevrouw De Wit?'

'Sorry, wat zei u?'

'Na het gesprek geldt de wachttijd van vijf dagen, daarna kunt u worden geholpen. Gaat u naar uw eigen huisarts of wilt u een af-spraak bij iemand van ons?'

Het was dinsdag. Op woensdag zat ik met Jesse en Daniel, ik kon ze moeilijk meeslepen naar de kliniek, ik kon wel even met ze naar de huisarts. Donderdag moest ik werken, vrijdag gingen we weg.

'Huisartsen hebben beroepsgeheim, hè, hij kan het toch niet tegen mijn man vertellen?'

'Dat hoort hij niet te doen, nee.'

Ik hakte de knoop door. 'Dan ga ik wel naar mijn huisarts.'

'Prima. Belt u maar als u de verwijskaart hebt, dan maken we een afspraak.'

'Kan ik die nu niet vast maken?'

'De arts zal ook een test bij u doen. Het is beter om dat af te wach-ten,' zei de vrouw vriendelijk.

'Ik heb al een thuistest gedaan, ik ben zwanger, ik weet het zeker. Als ik u beloof dat ik morgen naar mijn huisarts ga, kunt u me dan alstublieft vast in de agenda zetten voor volgende week? Als ik mor-gen bel, zit de rest van de week misschien ook vol.'

Ik moest een afspraak hebben, anders werd ik gek.

De vrouw aarzelde even.

'Ik zet u er met potlood in. Maar dan moet u die afspraak morgen telefonisch bevestigen, anders vervalt hij.'

Zo belde je nooit met een abortuskliniek, zo hing je drie keer per week aan de lijn.

'Dat doe ik. Wanneer kan ik geholpen worden?'

'Momentje.' Ze keek weer in de agenda. 'De eerstvolgende mogelijkheid is donderdag de eenentwintigste.'

Nog ruim een week. Ruim een week, terwijl ik dacht dat ik er al bijna was. En dan een abortus. Afbraak van nieuw leven.

'Is zo'n abortus veel pijnlijker dan een overtijdbehandeling?' vroeg ik ineens angstig.

'Het onderscheid is puur formeel. Zo staat het nu eenmaal in de wet. De methode is hetzelfde,' zei de vrouw.

Ze probeerde me gerust te stellen. Het lukte niet. Ik kon wel janken.

'Of u veel pijn zult hebben, is niet te voorspellen,' ging ze door. 'Iedere vrouw ervaart de ingreep anders.'

'Nou ja, ik ben bevallen van een tweeling,' zei ik hoopvol. 'Veel erger kan het toch niet zijn?'

De vrouw schraapte haar keel. 'Tijdens een bevalling zijn vrouwen doorgaans positief gestemd. Bij deze ingreep ligt dat anders. Dat kan de pijnervaring beïnvloeden.'

Het kan, Diana. Hoor je wat ze zegt? Het kan. Het hoeft niet. Sommige vrouwen doorstaan zo'n geintje fluitend. In Rusland eindigen meer zwangerschappen in een abortus dan in een kind. Dat zouden al die vrouwen heus niet doen als het heel pijnlijk was.

'Schikt het u die donderdag om elf uur?' vroeg de vrouw.

Nee. Het schikte niet. Ik wilde geen afspraak. Ik wilde helemaal niks. Geen afspraak, geen abortus, geen Disneyland en geen baby. En ik wil zeker niet dat u zo aardig bent, mevrouw, dat heb ik niet verdiend.

'Dat is goed,' zei een stem die de mijne was.

'Donderdag de eenentwintigste om elf uur,' herhaalde ze. 'En u belt morgen om de afspraak te bevestigen.'

We hingen op. Darwin maakte een koprolletje van vreugde.

Ik snap het al, jongen, jij denkt: van uitstel komt afstel. Jij denkt: er kan nog van alles gebeuren tot volgende week donderdag. Ik blijf zitten waar ik zit en verroer me niet.

Je vergist je, mijn jongen. Je maakt een inschattingsfout.

Een paar keer diep in en uit ademend, pakte ik het mes van het haringbord.

Ik kantelde het lemmet om mezelf te kunnen bekijken. Zo kon ik het stiltehok niet uitkomen, ik kneep in mijn wangen om er wat kleur op te brengen.

Onthoud één ding, Darwin: ik mag intussen bepaalde gevoelens voor je koesteren, maar die ontken ik. Onderschat nooit de kracht van ontkenning. Ik zal je ontkennen tot je er niet meer bent.

Mijn bezoeker stond nog steeds beneden te wachten, zei Belinda. Toen ik de hal inliep, werd mijn vermoeden bevestigd. Tim stond met zijn rug naar me toe. Precies de laatste die ik wilde zien. Ik aarzelde, ik kon nog rechtsomkeert maken, maar de receptioniste was me voor. 'Mijnheer,' riep ze. 'Mevrouw De Wit is er.'

Tim draaide zich om. Met grote passen liep hij naar me toe.

Hij sloeg zijn armen om me heen. Ik sloot mijn ogen, rook zijn geur en gaf me over. Ik verborg mijn gezicht onder het voorpand van zijn suède jas.

'Gefeliciteerd, lieve schat,' fluisterde Tim. Hij omhelsde me nog steviger.

'Dank je,' zei ik schor.

'Wat ben ik blij je te zien,' zei hij.

We lieten elkaar los.

Tim hield zijn hoofd schuin: 'Ga je mee een broodje eten?'

Ik knikte.

'Moet je nog iets halen, een vest, een jas?'

'Hoeft niet.' Ik had een crèmekleurig, mouwloos coltruitje aan, een rode, driekwart broek en rode pumps met blokhakken.

'Het is frisjes, hoor,' zei Tim, terwijl hij zijn jas uitdeed en hem om mijn schouders legde.

De receptioniste zag het glimlachend aan.

Tim ving haar blik op. 'Ik breng haar weer helemaal heel terug, dat beloof ik,' zei hij met een knipoog.

De receptioniste smolt. Tim Kloosterziel was gul met aardigheid. Zijn credo: 'Het kost niets en het levert veel op.' Hij deelde ruimhartig uit en gaf de ontvanger het gevoel een kostbaar geschenk overhandigd te krijgen.

We liepen naar buiten.

Tim's Citroën stond op de bezoekersparkeerplaats.

We stapten in.

'Waar wil je heen?' vroeg hij.

'Doe maar wat, het maakt niet uit.'

Hij reed van het industrieterrein af. De Vries Consultancy zetelde in Amsterdam Zuid-Oost. Van oorsprong was het bedrijf in het centrum van de stad gevestigd. Na de verhuizing, anderhalf jaar terug, verdwenen de parkeerproblemen samen met de sfeer van het oude gebouw. Buiten de deur lunchen deden we niet meer. Er waren geen uitspanningen, alleen kantoorkolossen waartussen het altijd waaide.

Tim sloeg bij het stoplicht rechtsaf, de Bijlmerdreef op.

Ik legde zijn jas op de achterbank.

Hij blikte opzij. 'Eigenlijk wil ik met je naar Gerona rijden. En dan meteen door naar het theater. Ons theater. Weet je dat ik er altijd even naar toe ga als ik cursus geef?'

Ons theater. Het leek een eeuwigheid geleden. Toen had ik nog geen kinderen. Toen kende ik Tim nog maar net. Nu was hij net zo vertrouwd als Oscar. We hadden ons plechtig voorgenomen het niet uit de hand te zullen laten lopen. Was dat gelukt? Ik vond van wel, ook al dacht Evelien daar anders over. Zou Tim weten dat ik al van zijn grote nieuws op de hoogte was? Ik had Kofi laten zweren niets over mijn zwangerschap tegen hem te zeggen. Of tegen wie dan ook.

'Wanneer heb ik je voor het laatst gesproken?' vroeg Tim.

'Vorige week woensdag,' zei ik. 'Je was in Santpoort.'

'In Schoorl,' verbeterde hij me. 'Ik had je gezegd dat ik je iets te vertellen had.'

We naderden een bp-station.

'Parkeer hem daar even,' zei ik. 'Dan kunnen we rustig praten. Ik kan geen uren wegblijven.'

Tim deed zijn pijl uit.

Even later stond de auto stil op het terreintje naast het benzinestation. Tim zette de motor af.

'Ik weet het al,' zei ik. 'Dat je van Magda weggaat. Kofi heeft het me verteld.'

'Kofi? Wanneer heb je die gesproken?'

'Vorige week.' Ik zag dat Tim wilde doorvragen en praatte er snel overheen. 'Hij zamelt tegenwoordig schoenen in en vroeg of ik dat aan jou wilde doorgeven. Het maakt niet uit hoe oud ze zijn, alles is welkom, ik ben ook al op jacht.' Ik had Belinda ingeschakeld, die was een kei in goede doelen. 'Ik weet dat je een paar keer hebt gebeld, maar ik ben flink ziek geweest. Mijn telefoon stond uit.'

Tim pakte mijn hand en nam hem tussen de zijne. 'Die woensdag was je ook al niet lekker. Ik had geen idee dat het zo ernstig was. Anders had ik...'

Hij maakte zijn zin niet af.

Wat versta je onder ernstig, Tim? Ik ben zwanger. Het kind is misschien van jou. Jij gaat weg bij je vrouw. Ik ga naar Disneyland.

'Dus je weet het al van mij en Magda,' zei Tim. 'Wat vind je ervan?' Zijn duimen masseerden mijn hand.

'Ik weet alleen dat je haar hebt verteld dat je wilt scheiden. Ik was nogal verbaasd.' Voorzichtig trok ik mijn hand los.

Tim schraapte zijn keel. 'Ik heb de laatste jaren veel geleerd, Diana. Over wie ik ben. Over wie ik wil zijn. Ik heb naar jou gekeken. Jij maakt duidelijke keuzes. Je hebt je man. Je hebt je kinderen. En je hebt minnaars.'

Had het zin om het te ontkennen? Waarschijnlijk niet.

'Ik maak me geen illusies, Diana. Ik weet dat ik niet de enige ben. Maar het gaat me om de keuzes. Om de duidelijkheid. Jij kunt zijn wie je bent. Dat heb je afgedwongen. Ik wil dat ook.'

'Je hebt het toch ook?' zei ik verbaasd. 'Je hebt een vrouw, kinderen en een minnares. Of wil je meerdere minnaressen, is dat het?'

Glimlachend schudde hij zijn hoofd. 'Jouw keuzes zijn gebaseerd op een overtuiging. Ik ben er niet van overtuigd dat Magda en ik nog veel voor elkaar betekenen. We staan stil. We staan al heel lang stil en ik wil groeien. Daarom moet ik weg.'

Ik maakte het handschoenenvakje open. 'Is er iets te eten?'

'Alleen stroopwafels,' zei Tim.

Ik haalde het pakje eruit. 'Jij ook een?'

'Nee, dank je.'

Ik nam een hap van de stroopwafel. 'Ben je al weg?' vroeg ik met volle mond.

'Ik slaap zo veel mogelijk in hotels. Af en toe ben ik thuis. Ik ben op zoek naar een huurwoning.'

'Jeetje Tim, wel een hele verandering. Evelien zei dat—'

'Heb je het er al met Evelien over gehad?' vroeg Tim verontwaardigd. 'Wat zei ze?'

Zijn nieuwsgierigheid won het van zijn boosheid.

'Ze zei dat het tussen ons ook anders zal worden. Als jij straks vrijgezel bent.'

Tim was even stil. Ik nam nog een hap.

'Vrijgezel,' herhaalde hij toen langzaam. 'Straks ben ik vrijgezel. Toch voel ik me gebonden, Diana. Aan jou. Ik ben je altijd trouw geweest. Alle afgelopen jaren.'

Hij streelde mijn wang. Ik slikte.

'Tim,' zei ik zacht.

Dit is het moment, Diana. Als je wilt dat hij het weet, zeg het dan nu. Weet goed wat je doet, het kan alles veranderen.

Darwin hield zijn adem in.

'Tim, ik hoop niet dat je denkt, dat ik, nu jij gaat scheiden, dat ik dan...'

'Dat jij bij Oscar weggaat?' zei hij rustig. 'Nee, dat zal wel niet.'

'Gelukkig.' Ik stopte de rest van de stroopwafel terug in het zakje en pakte zijn hand. 'Ik was daar een beetje bang voor.'

'Jij wilde mij woensdag ook spreken,' herinnerde Tim zich. 'Het was belangrijk, zei je.'

Yes! Darwin balde zijn vuist.

'O god ja, dat was zo stom. We waren in Zwolle onvoorzichtig geweest, weet je nog? Daarna moest ik ongesteld worden en ik werd het maar niet...'

Tim keek me geschrokken aan. Kofi had woord gehouden, zag ik, hij wist van niets.

'En?' vroeg hij snel.

Darwin kruiste zijn vingers.

'Loos alarm,' zei ik.

'Meisje toch.' Tim streelde mijn wang. 'Wat een nare dagen heb je achter de rug.'

Ik knikte.

'Hoe zou je het gevonden hebben?' vroeg ik. Ik móest het vragen. Dichterbij de waarheid zou ik nooit komen.

'Als jij in verwachting was? Van mijn kind?' Tim keek uit het raam.

Van wie anders? wilde ik zeggen. Waarom was ik er zo van overtuigd dat Tim de vader van Darwin was? Het sloeg nergens op, het was nattevingerwerk.

'Ik weet het niet, Diana,' zei Tim aarzelend. 'Je overvalt me. Hoe vond jij het? De dagen dat je dacht dat je... wat ging er door je heen?'

Mijn mobiel piepte. Een sms. Ik haalde hem uit mijn broekzak.

Happy B-day, girl. XXX Joshua.

Lief van hem.

'Van wie is het?' vroeg Tim.

'Van Joshua,' zei ik. 'Hij feliciteert me.'

'Gut, wat attent. Goeie timing ook.'

'Doe niet zo flauw, Tim.'

Hij pakte zijn eigen mobiel uit zijn binnenzak en checkte het venster.

'Ik moet zo terug naar de zaak,' zei hij. Het sms-je had zijn stemming verpest.

'En je wilde lunchen?' vroeg ik verbaasd.

'Ja, dat wilde ik. Maar jij niet. Jij wilde hier parkeren. Je hebt al met iedereen over mijn scheiding gesproken, behalve met mij. Je bent nauwelijks geïnteresseerd. Je begint gelijk over je eigen dingen. Die zogenaamde zwangerschap—'

'Niet zogenaamd, Tim. Ik ben—'

'Ik ga weg bij mijn vrouw, Diana. Mede door jou. Ik ben bang voor wat er komen gaat. In plaats van mee te leven, ben je onbereikbaar. Niet voor Kofi, niet voor Evelien en zeker niet voor Joshua. Heeft die zich ook al over mijn situatie gebogen?'

Tim ging recht achter het stuur zitten en startte de motor.

'Maak nou geen ruzie,' zei ik. 'Telkens als we elkaar zien, maken we ruzie.'

Hij zette hem in zijn achteruit. Ik klikte mijn autogordel vast.

'Als jij mijn kind droeg, Diana, zou ik voor je vechten,' zei hij grimmig. 'Nu durf ik dat niet. Je hebt een man, twee zoontjes, ik wil mijn geluk niet bouwen op hun ongeluk. Als je zwanger was, zou onze liefde een kans verdienen. Nu niet.'

Is dat waar, Tim? Ben ik alleen het vechten waard als ik je kind draag?

Tim reed weg.

'Het spijt me,' zei ik zacht.

'Waarvoor?'

'Dat ik er niet voor je kan zijn.'

Hij keek opzij. 'Zou je willen dat ik voor je vecht?'

'Het kán niet, Tim. We hebben het hier al zo vaak over gehad. Ik hoor bij Oscar, bij mijn gezin...'

'Ik ben weggegaan bij mijn gezin,' viel hij me in de rede.

'Jouw kinderen zijn al groot. En ik heb er niet om gevraagd. Het is je eigen keus.'

'Ik hou van je,' zei Tim. 'Wat ik voor jou voel, heb ik nog nooit voor iemand gevoeld. Zoals ik met jou neuk, heb ik nog nooit... mijn god, als ik jou neuk, is het alsof ik mezelf neuk. Dan zijn we één.'

'Ik hou ook van jou, Tim, maar...'

'Maar niet genoeg, Diana. Anders had je wel hetzelfde gedaan, nietwaar?'

Evelien had gelijk.

De scheiding zou een wig tussen ons drijven.

Tim bracht me terug naar kantoor. Hij ging niet mee naar binnen, wenste me wel veel plezier in Parijs. Ik had geen cadeautje van hem gehad, besefte ik toen ik de lift stond. Terug op de afdeling bleek mijn bestelling van Multivlaai gearriveerd. Een Appel Kruimelvlaai, een Aardbeien Kwark, een Tiramisu Royal en een Gouverneur, die bestond uit koffiebanketbakkersroom met mokkabavaroise en was afgewerkt met caramelgelei, mokkaslagroom en hazelnoot. De Aardbeien Kwark en Appel Kruimelvlaai vonden gretig aftrek. Van de Tiramisu en de Gouverneur hield ik meer dan de helft over.

Veertien

Soms is het leven volmaakt. Niet vaak, meestal niet. Meestal schort er iets aan en dat is goed. Problemen houden je wakker, houden je scherp. De eerste twee dagen in Disneyland verdienden de schoonheidsprijs. Noemenswaardige wanklanken deden zich niet voor. De jongens gedroegen zich redelijk, voor zover je bij tweejarigen van redelijk gedrag kunt spreken. Het was stralend weer.

De derde dag zou Oscar ons verrassen. Na een uitgebreid ontbijt met spek en worstjes mochten de kinderen een ritje maken op de pony's die voor het hotel stonden. Daarna zou het gebeuren. We moesten om half elf bij de ingang van het park staan. Ik moest iets leuks aantrekken, de kinderen ook. Verder wilde hij niets verklappen.

Om half elf stipt stonden we bij de ingang. Ik had de kinderen nog even snel door een sopje gehaald en ze de oversized shirts aangetrokken, die ze de middag ervoor hadden uitgezocht in een souvenirwinkel. Jesse wilde per se een glimmendroze geval met Sneeuwwitje erop, ik kreeg het niet uit zijn hoofd gepraat. Daniel had voor een neutrale rode polo gekozen met het Disney-logo in bescheiden afmeting op de borst. Met hun zwarte korte broekjes eronder en hun petjes achterstevoren op het hoofd, zouden de mannetjes veel o's en ah's aan de parkbezoekers ontlokken. Daar deed je het allemaal voor.

'En nu?' vroeg ik aan Oscar.

'Wacht maar af.'

Ik keek naar de gestage stroom bezoekers die op de hekken afkwam.

Oscar hield ervan om me te verrassen. Ik had daar in de loop der jaren mee leren leven.

Na een paar minuten zag ik iemand enthousiast naar me zwaaien. Ze stootte de man aan die naast haar liep. Ze stapten opzij, uit de menigte. Ze waren het echt.

'Jesse en Daniel, kíjk eens! Kijk eens wie we daar hebben! Dat zijn opa en oma,' zei Oscar.

Hij maakte de riempjes los en tilde de jongens een voor een uit de buggy.

'Ga maar,' moedigde hij ze aan.

Ze gaven elkaar een hand en liepen tegen de stroom in, af en toe achteromkijkend om zich van onze aanwezigheid en goedkeuring te verzekeren.

'Ben je blij?' Oscar sloeg zijn arm om me heen. 'Toen je moeder hoorde dat we naar Parijs zouden komen, was ze niet te houden.'

Mijn vader en moeder versnelden hun pas. De jongens lieten elkaar los en begonnen ook te hollen.

Toen ze bij elkaar kwamen, zakten mijn ouders tegelijk door de knieën. Mijn moeder tilde Daniel op, mijn vader Jesse. Een paar tellen hing het glimmendroze T-shirt als een ballon boven zijn hoofd.

In een reflex legde ik mijn hand op mijn buik.

Meteen vroeg ik me af waarom ik dat deed.

Omdat Darwin erbij hoorde? Omdat ik hem dat middels die hand wilde laten voelen? Omdat Darwin er juist niet bij hoorde, omdat ik hem middels mijn hand wilde afscheiden van het familietafereel? Omdat ik Darwin wilde beschermen? Waartegen dan?

Mijn ouders waren verguld toen de tweeling op komst was. Met name mijn moeder reageerde veel emotioneler op mijn zwangerschap dan ik had verwacht. Ik dacht dat het nemen van een boxer het grootste plezier was dat ik haar zou kunnen doen. Niemand zou me verwijten dat ik die wens onvervuld liet. Het niet nemen van boxers wordt mensen zelden kwalijk genomen. Het niet nemen van kinderen wel. Dat schijnt egoïstisch te zijn. Dat mag je je man of je vrouw niet weigeren. Het is bovendien onaardig ten opzichte van de potentiële opa's en oma's.

Mijn ouders liepen naar het hek met hun kleinkinderen op de arm.

'Hallo lieverd,' zei mijn vader. Hij liet Jesse op de grond zakken en kuste me op mijn wang. 'Gefeliciteerd nog, hè?'

Voor een man van eenenzeventig zag mijn pa er patent uit. Niet hip, qua kleding, daar hadden mijn ouders nooit om gegeven. Soms dacht ik dat ze hun ribbroeken samen deelden. Mijn ouders waren in Frankrijk buitenmensen geworden, ze oogden gezond en ietwat verruwd. Mijn moeder had kort, grijs haar, dat vond ze makkelijk. Vanwege de honden had ze een grote behoefte aan makkelijk. Makkelijke schoenen, makkelijke broeken, makkelijke truien. Het moest allemaal tegen een stootje kunnen. Hoe vaak had ik mijn moeder in een jurk gezien? Misschien vijf keer. Op begrafenissen. Ze had één zwarte jurk, die ze had gekocht voor de begrafenis van Banjo. Toen mijn opa later overleed, droeg ze hem ook. Hij had heel lang dienstgedaan, totdat één van de honden er een keer overheen kotste, wat zo uitbeet dat de vlekken zich niet meer lieten verwijderen.

Vroeger kon ik me groen en geel ergeren aan mijn ouders. Aan de hondenhysterie van mijn moeder. Aan mijn vader, die altijd het onderspit dolf. Aan mijn moeders voorliefde voor Barbra Streisand – 'zo'n prachtige vrouw...' Aan mijn vaders gierigheid. Toen ze nog in Nederland woonden, werd de stekker van de oven met plakband bijeengehouden.

'Koop een nieuwe keuken. Doe eens gek,' raadde ik ze aan.

Mijn moeder zag er wel wat in, totdat mijn vader zijn kasboek pakte. In de linkerkolom zette hij de kosten van een nieuwe keuken, inclusief montage, tegel- en schilderwerk, in de rechterkolom berekende hij hoe vaak mijn moeder er de komende tien jaar in zou koken en wat dat aan tijd, ingrediënten, water en stroom zou kosten. Na drie zondagmiddagen had hij de definitieve omslagmethode waaruit bleek dat het uiteindelijk goedkoper zou zijn om elke dag maaltijden van de traiteur per limousine te laten bezorgen dan een nieuwe keuken te kopen. Mijn ouders deden geen van beiden.

Toen ze naar Frankrijk verhuisden, smolten mijn ergernissen weg. Achthonderddrieënveertig kilometer bleek een ideale afstand tussen mij en mijn ouders.

'Dag Diana.' Mijn moeder zoende me. 'Van harte.'

Daarna was Oscar aan de beurt om begroet en gefeliciteerd te worden. Toen iedereen iedereen had gezoend, stonden we wat onwennig bij elkaar.

'Ben je toch in Disneyland in geweest,' vatte mijn moeder de koe bij de horens. 'En... ben je nu gelukkiger geworden?'

'Goeie vraag,' vond Oscar.

'*Encore plus heureux, maman*,' antwoordde ik.

'Mooi,' zei mijn vader opgelucht. 'Dan hebben we dat vastgesteld.'

Jesse ging ervandoor. Mijn vader liep hem achterna, pakte hem bij zijn hand en leidde hem terug.

Mijn moeder keek op haar horloge. 'Wij hadden het zo gedacht dat wij vandaag met Jesse en Daniel het park in gaan. Hebben jullie jongelui een paar uur je handen vrij.'

Oscar en ik keken elkaar aan. Dit was een onverwachte meevaller.

'Red je het wel met ze?' vroeg Oscar. 'Ze zijn watervlug, die boeven.'

Ik maakte me geen zorgen. Mijn moeder was een volleerd roedelleidster, ze hield moeiteloos zes honden tegelijk in bedwang, de tweeling zou kinderspel zijn.

'Hierin zit alles wat je nodig hebt,' zei ik, terwijl ik mijn moeder de luiertas overhandigde. 'Ze hebben vanmorgen uitgebreid ontbeten. Straks mogen ze wat drinken en een broodje. Geef ze alsjeblieft niet te veel snoep.'

'Zijn ze al zindelijk?' informeerde ze.

Ik schudde mijn hoofd.

'Die luiers moeten uit,' zei mijn moeder kordaat. 'Dat is de enige manier. Die Pampers zijn zo droog dat ze zich niet vies voelen. Ze moeten zich vies voelen. Dan doen ze het niet meer in hun broek.'

'Ja, mam,' zei ik braaf. 'Maar niet vandaag. Dat ga ik thuis wel doen.'

Van alle dames op de hondenclub had mijn moeder haar pups altijd als eerste zindelijk. Zodra ze hun ogen konden opendoen, wreef ze de jonkies met hun snuit door hun eigen uitwerpselen en riep ze: 'Bah! Dat is bah!' Dan tilde zij de pups aan hun nekvel op en werden ze op straat gezet, waar ze trillend van angst hun plas lieten lopen, waarna mijn moeder ze uitbundig prees.

Mijn tante heeft me wel eens verteld dat ik met zestien maanden zindelijk was dank zij mijn moeders wondermethode. Ik heb niet naar de details gevraagd.

Oscar zette de kinderen in de wagen en gespte de riempjes vast. 'Goed naar opa en oma luisteren, jongens.'

'Wat zijn jullie plannen?' vroeg mijn vader.

'Als Diana het goed vindt, wil ik nog even met haar het park in.' Hij keek me veelbetekenend aan.

'O god, je moet natuurlijk weer in die vreselijke dingen!' riep mijn moeder. 'Ik begrijp niet wat je eraan vindt.'

'Eigenlijk wilde ik jou ook meenemen, ma,' zei Oscar met een knipoog.

Hij had mijn ouders één keer in een achtbaan gestopt: een heel onschuldige kiddy coaster van Six Flags, geschikt voor praktisch alle leeftijden. Mijn moeder was er groen uitgekomen. Groen, trillend van woede en van angst. Ik had haar nog nooit zo ontdaan gezien – het had iets fascinerends. 'Dit vergeef ik je nooit, jongeman,' had ze tegen Oscar gezegd, die zich uitputte in verontschuldigingen. 'Dit had je me niet aan mogen doen.' Daarna was ze in snikken uitgebarsten en sprak mijn vader de legendarische woorden: 'Toe vrouwke, niet huilen, we zijn in een pretpark.'

Oscar had de afgelopen dagen verlangend naar de coasters gekeken. We konden er niet met z'n viertjes in, de jongens waren nog te klein. Hij wees welke banen van VEKOMA waren en aan welke hij had meegewerkt. 'Kijk al die mensen nou staan,' zei hij met iets van verbazing in zijn stem. 'Rijen dik en allemaal vol vertrouwen in de goede afloop.'

Ik porde hem in zijn zij. 'Natuurlijk zijn ze vol vertrouwen, die banen zijn niet door de eerste de beste ontworpen.'

'Er kan altijd iets misgaan,' zei hij ernstig. 'Ik ben de schepper niet. Laatst nog, bij een coaster in Amerika—'

Ik hield mijn handen voor mijn oren. Er kwam weer een griezelverhaal

'—de trein bleef op z'n kop hangen. Op zich hoeft dat geen probleem te zijn, als ze hem op tijd weghalen...'

'En?' Nu wilde ik de afloop toch horen.

'Dat lukte niet. De mensen vielen eruit.'

'Dood?'

'Ja.'

'Jezus, Os,' zei ik huiverend. 'Hoe kan dat nou?'

'Meestal is het een combinatie van factoren. Achterstallig onderhoud. Een mechanisch gebrek, een verkeerde reactie daarop.'

Het is niet altijd leuk om met een werktuigbouwkundig ingenieur getrouwd te zijn. Als hij je vertelt dat de huid van een vliegtuig eigenlijk maar een paar millimeter dik is bij voorbeeld, terwijl je op Schiphol staat, met de vakantiekoffers in je hand – daaraan toevoegend dat je er met een flinke schroevendraaier zo'n krachtige haal op zou kunnen geven dat de huid scheurt en het toestel als een leeggelopen ballon naar beneden tuimelt. Of als hij tijdens een tussenlanding in Bangkok uit de doeken doet dat er een levendige handel in tweedehands vliegtuigonderdelen bestaat, die met vervalste certificaten worden doorverkocht. Sommige luchtvaartmaatschappijen stoppen die ongeteste en dus onbetrouwbare onderdelen doodleuk in hun vloot. Kan best lang goed gaan, zegt Oscar dan, als je geluk hebt...

De wachttijd voor Big Thunder Mountain bedroeg ruim anderhalf uur. Een eindeloze slurf mensen stond braaf in de rij, waarvan alleen de staart te zien was.

'Doen?' vroeg Oscar.

Ik wist hoe graag hij het wilde. In de verte hoorden we de trein voorbijgieren, begeleid door de gebruikelijke ijselijke kreten van de inzittenden.

Oscar begon te glimmen.

We sloten ons aan. Het Grote Wachten was begonnen en werd voor mij pas enigszins draaglijk toen er achter ons ook weer mensen zich aansloten.

WIST U DAT...

Big Thunder Mountain een VEKOMA-coaster is? De achtbaan staat in Frontierland. Disneyland Parijs is opgedeeld in vier delen: Frontierland, Adventureland, Fantasyland en Discoveryland. Het drieëndertig meter hoge mijneiland Big Thunder Mountain is geïnspireerd op Monument Valley, een woestijngebied in de Verenigde Staten. De tovenaars van Disney bouwden een reusachtig metalen frame, waarop duizenden kilo's kunstmatige rotsen werden geplaatst. De berg werd met gaas en ijzerdraad verstevigd en met gips overgoten. Vervolgens werd het gips weer gedeeltelijk afgebeiteld, geverfd en 'oud' gemaakt. In totaal werd meer dan 25 000 liter verf gebruikt om Big Thunder Mountain zijn verweerde uiterlijk te geven. De attractie is een achtbaan in de vorm van een op hol geslagen mijntrein, die met een krankzinnige vaart over de berg dendert.

'Lief van je dat je mijn ouders had ingeseind,' zei ik.

Oscar haalde een notitieblokje uit zijn binnenzak en bestudeerde zijn aantekeningen.

'Die trein haalt een maximumsnelheid van zo'n 64 kilometer per uur. De rit duurt in totaal 112 seconden.'

'*Rub it in,*' zei ik. 'Anderhalf uur in de rij staan voor een rit van nog geen twee minuten.'

'Maar wat voor een,' zei Oscar dromerig. 'Het ruikt er echt naar zwavel. Die jongens van Disney is niets te dol.' Hij probeerde over de hoofden heen te kijken. 'Ik kan het nu nog niet zien, maar een stuk verderop zal de rij wachtenden in tweeën worden gedeeld. Dan nemen we de linkerrij, Diana.'

'Waarom?'

'Die is korter. De meeste mensen kiezen gevoelsmatig voor rechts.'

Ik geeuwde. Het bed in de familiekamer van het Cheyennehotel was niet slecht, maar ons eigen bed was beter. Daniel was 's nachts twee keer wakker geworden, Oscar sliep zoals gewoonlijk overal doorheen, ik was beide keren even naar het toilet gegaan. Darwin tekende protest aan tegen de gretigheid waarmee ik mijn slip naar beneden trok.

Misschien speelde de verbeelding mee, maar ik begon me met de dag meer zwanger te voelen. Mijn lichaam zwol op, koffie stond me tegen, ik was sneller moe. Als ik niet ingreep, zou het proces onherroepelijk voortschrijden. Ik zou een dikke buik krijgen, zo dik dat de mensen het zouden gaan zien. Uiteindelijk zou ik bevallen. *Pointing out the obvious*, maar toch, het was een angstaanjagende gedachte dat de ongeplande inwendige ontmoeting tussen een zaadcel en een eicel zo uit de hand kon lopen dat er een ander mens uit voortkwam. En niet zomaar een mens, nee, een zoon of een dochter, die het nodige van mij zou verwachten. Die me zou claimen, zoals Jesse en Daniel me claimden. Die liefde, aandacht, zorg en toewijding zou eisen, het liefst in grote hoeveelheden.

Voor ons in de rij stond een groepje Duitse jongeren. Het waren drie jongens en twee meiden, ik schatte ze een jaar of zeventien, achttien. De meisjes stonden dicht naast elkaar en deelden een blikje Fanta. Ze hadden allebei een rood Kipling-rugzakje op hun rug. Het ene meisje had twee vlechten en grote, zilveren oorringen, het andere meisje had krullen en droeg een leren veter om haar nek. De jongens waren lawaaiig. Ze dolden, liepen de rij uit en weer terug. Eentje klom in het schoepenrad, dat langs het pad stond. Zijn twee maten vonden dat zo'n geweldige grap, dat ze met veel kabaal aan zijn benen begonnen te trekken, wat de irritatie opwekte van andere mensen uit de rij.

De jongen die in het schoepenrad hing, had een leuk, ondeugend hoofd. Zijn stekeltjeshaar was kort en geblondeerd. Hij leek een beetje op Jörg Pilawa, de Duitse quizmaster die ik ooit tijdens het zappen heb ontdekt en van wie ik sindsdien een wekelijkse portie moet hebben. Pilawa doet *Das Quiz*, de Duitse versie van *Weekend Miljonairs*, daarnaast presenteert hij de datingshow *Herzblatt*. Een tikje gladjes is dit gebakje wel, maar hij heeft een ongelooflijk zoet, scheef lachje en hemelsblauwe ogen.

De meisjes begonnen zich te schamen voor hun gezelschap en probeerden de jongen over te halen uit het rad te komen.

'*Geh mal raus, Matthias!*' riep het meisje met de leren veter.

Oscar had een praatje aangeknoopt met een paar Nederlandse

toeristen uit de wachtrij. Dat deed hij altijd. Dan vroeg hij of ze er al eens in waren geweest, wat ze ervan vonden, of hij bang moest zijn of niet. Eén keer trof hij een jongen met hoogtevrees bij wie het dun door de broek liep maar dat niet wilde toegeven tegenover zijn vrienden. 'Als je een man bent, stap je nu uit die rij,' had Oscar tegen hem gezegd. 'Dan toon je karakter. Je bent pas echt een watje als je toegeeft aan de druk van anderen.' De jongen had even nagedacht voor hij op de grond spuugde en wegliep, het gejoel van zijn vrienden negerend.

Ik probeerde Matthias' blik te vangen.

Sinds Joshua had ik een fascinatie voor jonge jongens die me enigszins zorgen baarde. Zou ik ten diepste wezen een homo zijn in een vrouwenlichaam? En zo ja: hoe dan verder? Een geslachts-verandering behoorde tot de mogelijkheden, maar wat schoot ik daarmee op? Het zou misschien van eerlijkheid getuigen om mijn ware gedaante te tonen. Aan de andere kant sneed ik mezelf ermee in de vingers. Mijn succespercentage zou alleen maar lager worden, immers: de meeste jongens zijn van de goede kant. Pluspunt was wel dat ik na de ingreep ten langen leste een kans zou maken bij die heel knappe, fijngebouwde homojochies, voor wie ik tot nu toe lucht was. Moesten ze de operatie wel verdomd goed uitvoeren.

Matthias lachte terug. Heel kort, heel terloops, heel even kruisten onze blikken en glimlachte hij naar me.

Kreun.

Als ik Oscar niet bij me had, zou ik een gokje wagen. Ik zou hem proberen los te weken van zijn groepje. Eerst zou ik voorzichtig te werk gaan om uit te vissen of een van die twee grieten zijn vriendin-netje was. Had ik vrij baan, dan zou ik snel en meedogenloos toe-slaan. Matthias zou niet weten wat hem overkwam. Nog jaren na dato zou hij met trots en verwondering op onze bliksemromance in Frontierland terugkijken.

De rij schoof twee passen naar voren. Matthias klom van het schoepenrad. Als vanzelf gingen mijn lippen een stukje van elkaar en haalde ik mijn handen door mijn haar.

We naderden de ingang van de attractie. Daar begon de echte rij, het echte wachten. Tot dan toe hadden we in de rij gestaan om in de rij te mogen staan.

Matthias liep naar een bord dat aan een hek bij het gebouw hing, las wat er stond en liep grijnzend terug.

'*Bist du schwanger?*' vroeg hij aan het meisje met de vlechten.

Verstond ik hem goed?

Ze gaf hem een speelse duw.

'*Nicht schwanger? Und du? Du auch nicht?*' vroeg hij nu aan het andere meisje.

Hij pakte haar blikje, nam een slok en veegde zijn mond af.

'*Sind Sie schwanger, Fräulein?*' vroeg hij aan een dikke vrouw die voor hem stond.

De meisjes giechelden.

Mijn hart klopte in mijn keel. Als hij het maar niet aan míj vroeg.

'Ik ga even kijken wat daar staat,' zei ik tegen Oscar, met een knikje naar het bord.

Hij volgde mijn blik en haalde zijn schouders op. 'Het zullen de veiligheidsvoorschriften wel zijn.'

Ik liep ernaar toe.

Mijn oog viel meteen op het pictogram: een uit één lijn getrokken vrouwelijk silhouet met een zwangere buik. Er was een rood kruis overheen geplakt. Ten overvloede stond ernaast in vier talen te lezen dat Big Thunder Mountain niet geschikt was voor aanstaande moeders.

Ook dragers van gipskragen dienden ogenblikkelijk rechtsomkeert te maken.

Bist du schwanger?

Wo gem anaa?

Mijn tandarts vroeg het ook altijd als hij een röntgenfoto wilde maken. Had ik nog een afspraak met hem voor donderdag? Het zou me niet verbazen.

Mijn tandarts was een correcte man, maar zijn standaardvraag behoefde aanpassing. En de tekst op dat stomme bord moest ook anders.

Deze achtbaan is *ongeschikt* voor zwangere vrouwen die voornemens zijn hun kind te houden, *ongewenst* zwangeren begroeten wij echter graag. Beproef uw geluk op Big Thunder Mountain: *the wildest ride in the wilderness!*

Ik boog mijn hoofd.

Ik weet wat je wilt zeggen, Darwin, bespaar je de moeite.

Moeders horen het leven van hun ongeboren kind niet in gevaar te brengen. We zijn het eens.

Langzaam liep ik terug naar Oscar.

'Je hebt mazzel vandaag,' zei hij. 'Deze gaat niet over de kop.'

We namen de linkerrij. Matthias' groepje koos de rechter. Ik probeerde Oscar over te halen ook voor rechts te gaan, maar dat lukte niet. Toen we eindelijk op het station stonden en aan boord mochten, zorgde Oscar ervoor dat we de beste plek kregen: zo ver mogelijk achterin, daar had je het meeste plezier van de rit. Ik klikte de veiligheidsbeugel vast.

Er klonk een fluitsignaal.

De trein schoot weg, een donkere tunnel in.

Zou ik mijn ogen openhouden? Geblinddoekt zou het effect met zeker twintig procent afnemen.

We maakten een bocht naar links.

'Zag je de vleermuizen?' schreeuwde Oscar.

Ik had ze gemist.

'Eigenlijk houd ik niet van achtbanen, maar ik vergeet het steeds!' riep ik terug.

We bevonden ons nog steeds in de tunnel. De trein werd onheilspellend langzaam omhooggehesen. Straks zou hij met een noodvaart naar beneden denderen, dat kon niet anders. Ik zette me schrap.

Het einde van de tunnel kwam in zicht. We gleden eruit, de buitenlucht in.

Caramba, wat zaten we hoog! Het gegil in de voorste gelederen nam toe, de neus van de trein dook naar beneden.

Het zou niet lang meer duren voordat wij aan de beurt waren. Ja hoor, het was zover. Crisis, wat een steile afgrond! Ik klemde mijn handen om de veiligheidsbeugel en deed mijn ogen stijf dicht.

OOOOOO-GOD-DAAR-GAAN-WE-WAT-IS-HET-TOCH-VER-
SCHRIKKELIJK-WAAROM-BEN-IK-ER-WEER-INGETRAPT-VOEL-
DAT-ZWIEPEN-EN-TREKKEN-NOU-TOCH-ALSOF-JE-LICHAAM-
DOOR-DIE-GODVERGETEN-G-KRACHT-UIT-ELKAAR-GERETEN-
WORDT-WAAROM-VINDEN-MENSEN-DIT-LEUK-HET-IS-NIET-
LEUK-HET-IS-HELEMAAL-NIET-LEUK-WAAROM-IS-MIJN-MAN-
GEEN-PUTJESSCHEPPER-HET-IS-VERDOMME-VRESELIJK-LAAT-
HET-OPHOUDEN —

De trein maakte drie, vier scherpe bochten, schoot heuvel op,
heuvel af. Iedereen krijste nu voluit, behalve mijn man.

Een korte pauze. De trein werd weer omhooggehesen. Ik deed
mijn ogen open.

Oscar wilde nog iets aanwijzen, maar het was al te laat, de trein
schoot over het hoogste punt heen de heuvel af in de richting van
een brug.

'Die brug hangt in het water, Oscar.'

'Je wordt niet nat, echt niet!'

We reden in volle vaart door de kuil in de brug heen. Links en
rechts spoot water omhoog.

Mijn kleren bleven droog.

De trein werd voor de laatste maal omhooggetakeld, een tunnel in.

Er klonk een knal. Ik zag grote dingen vallen, Oscar zei later dat
het rotsblokken waren. De tunnel vulde zich met rook. We doken
een donker hol in, de trein gierde lange tijd rechtdoor en kwam
abrupt tot stilstand bij het perron.

Daar stond de nieuwe lading parkbezoekers klaar om aan boord
te gaan, precies zo verwachtingsvol als wij er 112 seconden geleden
hadden gestaan.

Oscar deed de beugel omhoog. Met slappe benen stapte ik het
wagonnetje uit.

'Shit man, ik wil meteen weer,' zei Oscar.

We liepen naar buiten. Ik knipperde tegen het felle licht.

Oscar pakte zijn mobiel.

'Ik móet Domingo even sms-en,' zei hij verontschuldigend. Zijn
duim bewoog als een razende over het toetsenbord.

Darwin. Tijdens de rit had ik niet aan hem gedacht. Ik wreef over mijn buik. Hij zou er nog wel zitten, deze kon tegen een stootje.

Stel nou dat hij van Oscar was?

Niet aan denken.

Oscar borg zijn mobiel op, gaf me een hand en zwaaide hem naar voren en naar achteren. Big Thunder Mountain had hem tien jaar jonger gemaakt.

'Wat nu, Mijnheer De Wit?'

'Wat dacht je van Indiana Jones and the Temple of Peril?'

Ik kreunde.

'Om precies te zijn: Indiana Jones and the Temple of Peril *Backwards*... hij gaat achteruit, Daantje, de hele rit gaat achteruit. Moet je je voorstellen: achteruit en dan over de kop. Een achterwaartse looping.'

We wandelden in de richting van Main Street. Hoe zou het mijn ouders vergaan met de jongens? Ik zag ze nergens lopen.

Er klonk een piepje uit Oscar's broekzak. Domingo. Oscar las het bericht en glimlachte.

We stonden stil.

'Ik ga met je in Indiana Jones als jij nog een keer met mij It's a Small World doet,' bedong ik.

'Die domme poppen? Doe me een lol, daar zijn we al drie keer in geweest.'

Jesse en Daniel vonden het geweldig en ik ook. De wondere rondvlucht langs alle landen en nationaliteiten, de zwaaiende eskimo's, en de ijle kinderstemmetjes die je nog hoorde zingen als je al lang weer buiten stond:

> There is just one moon
> and one golden sun
> and a smile means friendship to everyone
> Though the mountains divide
> and the oceans are wide
> it's a small world after all

'Eigenlijk moeten we Jesse en Daniel even zoeken, dan nemen we ze mee.' Ik keek paniekerig om me heen.

Soms heb ik dat, meestal 's nachts als ik niet kan slapen, dan bekruipt me zo'n dreigend de-wereld-kan-elk-moment-vergaan-gevoel. Dan wil ik Oscar en de kinderen bij me, dicht bij me, liefst binnen een straal van een meter, dan wil ik met ze emigreren, dan wil ik weg, ver weg van alle boosaardige mensen, weg van het gevaar, van het Kwaad, maar ik weet niet waarheen, want ik weet niet waar het veilig is.

In *Titanic* zie je hoe een moeder haar kinderen in bed stopt in het volle besef dat het schip ten onder zal gaan. Ze trekt ze keurig hun pyjamaatjes aan, kamt hun haren, leest ze voor en geeft ze nog een zoen. Zo beheerst zou ik niet zijn. Ik denk dat ik de jongens zou wurgen of in een kussen zou smoren, voor het water ze te pakken kreeg. Voor de Duitsers ze op de trein naar Bergen-Belsen konden zetten. Voor wie dan ook zijn vingers naar ze zou kunnen uitsteken.

'Zullen we eerst een hotdog eten?' stelde Oscar voor. 'Dan de Small World en daarna Indiana Jones? Laat de jongens nou maar bij opa en oma.'

Hij trok mijn vingers voorzichtig uit mijn haar.

'Ben je gelukkig?'

We zaten in het bootje. Er was geen wachtrij voor de kleine wereld, we konden zo doorlopen.

'Je kent me toch,' antwoordde Oscar. 'Ik denk niet in dat soort termen.'

De rit begon, de boot gleed weg. Voor ons zaten twee Japanse vrouwen, moeder en dochter zo te zien. Het meisje was begin twintig. Vóór hen zaten twee mannen, waarschijnlijk de vader en de broer.

'Maar ben je gelukkig – met mij, met Jesse en Daniel?'

Oscar staarde voor zich uit.

'Is je huwelijk geworden wat je ervan had verwacht?'

Stel geen vragen waarop je het antwoord niet kunt verdragen.

'Ieder mens zal in de loop van zijn leven zijn verwachtingen moeten bijstellen,' zei Oscar langzaam. 'Omdat je als kind in sprookjes gelooft.' Hij gebaarde naar de poppen, die de cancan dansten op een paarse Eiffeltoren van bordkarton. 'Jesse en Daniel maken me heel gelukkig. Zij zijn de enigen die ertoe doen.'

De Japanse dochter slaakte enthousiaste kreten en maakte drukke gebaren. Haar moeder keek vertederd toe hoe ze haar broer om de haverklap op de schouders tikte om hem ergens op te wijzen. Voor zover ik me kan herinneren heeft mijn moeder nooit een vertederde blik op mij geworpen. Ik heb vaak gewild dat mijn moeder naar mij zou kijken zoals ze naar haar boxers keek, maar dat deed ze niet. Ik heb haar dat lang kwalijk genomen, totdat ik besefte dat je vertedering niet kunt faken.

'Zou je niet liever een andere vrouw hebben dan ik?'

'Waarom?'

'Nou, daarom. Omdat ik geen gewone vrouw ben.' Hoe moest ik het anders zeggen?

Oscar schudde zijn hoofd.

'En zou je nog een kind willen?' Ik klemde mijn handen om de stang voor me.

Wat dacht je van een dochter? Heb je daar wel eens aan gedacht? Als ik een meisje ben, krijg jij een dochter, Diana. Een dochter op wie je vertederde blikken kunt werpen.

'Nog een kind? Nee.'

'Waarom niet?' zei ik verbaasd. We hadden het er nooit serieus over gehad, ik had geen idee dat Oscar het boek al had dichtgeklapt.

'Dat zou jij niet aankunnen.'

We gleden langs een Mexicaans orkest. Snorren, sombrero's en sambaballetjes.

'Hoe bedoel je?'

'Zoals ik het zeg. Jij zou het niet aankunnen. Je kunt de tweeling soms amper aan, laat staan nog een derde erbij.' Hij zei het niet beschuldigend, eerder achteloos.

'Vind je me een sléchte móeder?!' Mijn stem schoot omhoog.

Oscar zuchtte. 'Luister nou naar wat ik zeg. Ik zie hoe vermoeiend het leven met die kleintjes is. Zeker in combinatie met werk en de andere dingen die je wilt doen. Ik weet dat moederschap voor jou geen levensvervulling is. Waarom zouden we dan aan een derde kind beginnen? De zorg zou toch op jou neerkomen, zeker de eerste jaren.'

'Maar jij dan?' vroeg ik kleintjes. 'Verlang jij niet naar nog een baby?'

'Ik verlang niet naar een baby, nee,' zei hij. 'Alleen als het kind gelijk vier jaar was, zou ik het willen overwegen.'

Hoor je dat, Darwin?

Hij verlangt niet naar je. Zelfs als je van hem was. Zelfs dan. Hij denkt dat het beter is. Geen baby meer in Huize De Wit. Hij vindt dat ik de juiste beslissing heb genomen. Daar ben je stil van, hè?

'En dat mannen-gedoe van mij?'

De boot maakte een wijde bocht.

'Wat is daarmee?'

'Zou je willen dat ik daarmee ophield? Zo'n Tim, bij voorbeeld. Zou je willen dat ik hem niet meer zag?'

Wat wilde ik? Wilde ik dat hij 'ja' zou zeggen of 'nee'?

'Je vraagt naar de bekende weg,' zei Oscar. 'Ik ga je niet vertellen wat je moet doen, Diana, dat moet je zelf weten.'

'Voel je je niet bedreigd? Dat zegt Evelien altijd, dat je diep vanbinnen—'

'Diana, ik wil er best met je over praten, maar niet als je er de mening van volstrekt oninteressante mensen bij haalt.'

Oscar durfde altijd meer dan ik. Hij durfde de meeste mensen als volstrekt oninteressant af te doen. Zover was ik niet. Nog niet.

'Voel je je bedreigd, Oscar?'

'Waarom zou ik? Ik ben jouw man. Als Tim en ik tegelijk in het ziekenhuis belanden, neem ik aan dat je naast mijn bed gaat zitten en niet naast dat van hem.'

Ik knikte.

'En nogmaals: als jij liever naast Tim zijn bed wil zitten, dan moet je dat vooral doen. Dan gaan we scheiden.'

'Ik wíl helemaal niet scheiden!'

'Dat komt goed uit. Ik ook niet.' Hij pakte zijn zonnebril en zette hem op. 'Zijn we nou klaar?'

'Mafkees,' zei ik, terwijl ik door zijn krullen woelde.

'Pas maar op, anders krijg je je verjaarsverrassing niet...'

Ik keek hem vragend aan.

'Vanavond krijg jij een verrassing van me. Omdat je mijn lieve vrouw bent.' Hij drukte een kus op mijn voorhoofd.

We dineerden met mijn ouders in een Vietnamees restaurant. Jesse en Daniel waren moe. Ze wilden niets, geen patat, zelfs geen ijsje, ze zeurden dat ze naar huis wilden en toen duidelijk werd dat dat niet stante pede zou gebeuren, begonnen ze te huilen om niet meer op te houden. De boze blikken van de andere gasten priemden in mijn rug. Voor me stonden de restanten van een hoofdgerecht van zo'n vijfenveertig gulden: ik had er geen hap van geproefd. De tafelconversatie ging langs mee heen. Het zweet stond op mijn voorhoofd.

'Je krijgt je verrassing morgen wel,' fluisterde Oscar in mijn oor.

'Je ziet er moe uit. Alles goed?' vroeg mijn vader bij het afscheid. Daniel hing aan mijn linkerbeen. 'Huis toe? Mama huis toe?' vroeg hij dwingend.

'Alles gaat goed,' antwoordde ik.

Daniel viel in de taxi in slaap, met Jesse was geen land te bezeilen, elk redelijk verzoek van onze kant werd met gekrijs beantwoord. Uiteindelijk nam Oscar hem onder de arm en droeg hem spartelend het hotel binnen.

Toen Oscar op de kamer zijn schoentjes probeerde uit te doen, rukte hij zich los en riep dat papa stout was. Hij wierp zich op de grond, balde zijn vuistjes, perste zijn lippen op elkaar en stootte vanuit zijn buik een serie grommende m-klanken uit.

Daniel sliep overal doorheen. Ik verschoonde hem, trok zijn pyjama aan en legde hem in het ledikant.

Oscar zat met zijn jas aan op bed naar Jesse te kijken, die nog steeds een epileptische aanval lag uit te beelden. Ik ging naast hem zitten.

'Is dit nou normaal?' vroeg hij.

'Ik denk het. Het hoort bij de leeftijd.'

Jesse's wangen waren vuurrood. Zijn ogen traanden, snot liep uit zijn neus.

'Laat mij maar even,' zei ik. In dit soort gevallen hebben moeders doorgaans een iets meer kalmerende uitwerking dan vaders. Oscar deed zijn jas uit en ging naar de badkamer.

Het grommen was minder geworden. Ik knielde bij Jesse en legde mijn hand op zijn rug.

Het grommen nam weer toe.

'Luister eens Jesse, je bent heel moe.'

'Ik bén níet moe-oe-oe-oe-oe!' riep hij met schorre stem.

'Jawel,' zei ik gedecideerd. 'Je bent moe en het is laat. Ik ga je uitkleden en in bed leggen.'

'Nee-ee-ee. Dat wíl ík nie-ie-iet. Ik bén níet moe...!'

Ik tilde hem van de vloer. Hij schopte me in mijn buik. Precies met de voet waar nog een schoen aan zat. De pijnscheut verraste me.

Ik wierp mijn zoon op het tweepersoonsbed en gaf hem een tik in zijn gezicht.

'En nou is het afgelopen!' schreeuwde ik.

Jesse begon nog harder te blèren.

'Hou je kop!' Ik trok hem aan zijn enkels naar me toe en hief mijn hand. Hard, keihard wilde ik hem in zijn gezicht meppen, ik wilde de afdruk van mijn vingers op zijn wangen zien, ik wilde hem door elkaar schudden, ik wilde heel hard in zijn gezicht schreeuwen, totdat hij stil werd, tot ik zijn vreselijke gejank niet meer zou horen. Van alle mensen op de wereld hield ik het meest van hem, van hem, van zijn broertje en van Oscar en hem, juist hem, wilde ik pijn doen zoals ik nog nooit iemand pijn had willen doen.

Mijn eerste slag belandde op zijn rug, de tweede op zijn billen.

'Vervelend rotjoch. Straks wordt je broertje wakker!'

Ik pakte zijn been en trok zijn schoen van zijn voet zonder de veter los te maken. Met kracht gooide ik de schoen tegen de muur. Daarna rukte ik in één beweging zijn broek van zijn kont.

223

naar schatting jaarlijks veertig kinderen in Nederland
de dood vinden door huiselijk geweld?

Jesse beefde van onder tot boven. Het huilen nam iets af.
Ik trok zijn T-shirt over zijn hoofd.
'Mama is boos op jou. Heel boos.' Ik ademde diep en zwaar.
De badkamerdeur ging open. Oscar stapte met natte haren en een
handdoek om zijn middel naar binnen.
'Ik ben het zat met ze,' zei ik. 'Ze hebben allebei schijt aan ons.
Weet je hoeveel van dit soort "gezellige" etentjes ze al hebben
verpest? Ze blijven voortaan thuis.'
Ik maakte Jesse's rompertje open en scheurde zijn luier los. Een
donkerbruine walm kwam me tegemoet.
'Getverdemme, dat ook nog.'
Ik deed de luier weer dicht, tilde Jesse op en nam hem mee naar
de badkamer.
De poep zat tegen zijn billen aangekoekt en was onder zijn
balletjes en in zijn liezen gekropen. Ik verwijderde de grootste
klonten met wc-papier en zette hem daarna onder de douche. Hij
snikte nog wat na.
Om kwart over twaalf lag Jesse erin en kroop ik naast Oscar in
bed. Hij snurkte. Ik gaf hem een por. Dat hielp.

'Ik ben blij dat we niet met de auto zijn gegaan.' Oscar keek tevreden
uit het raam. De Thalys reed op topsnelheid. We bevonden ons
ergens tussen Parijs en Brussel. Elke seconde raakten we verder
verwijderd van Disneyland en kwamen we dichter bij huis.
Jesse en Daniel zaten naast elkaar op de bank. Ze hadden ieder vier
kleurpotloodjes en een kleurplaat gekregen. Ik had het tafeltje
uitgeklapt zodat ze ermee aan de gang konden. Het zou ons een
kleine tien minuten verder helpen.
Oscar tastte in zijn binnenzak. Hij gaf me een klein, vierkant pakje.
Er zat een donkerblauw papiertje omheen.

Ik scheurde het open en hield Jesse's zilveren tandendoosje in mijn handen.

Verbaasd keek ik Oscar aan. De jongens waren nog lang niet aan het wisselen, ze hadden de doosjes een paar maanden geleden van mijn moeder gehad, die weer eens geen flauw idee had.

'Doe maar open,' zei Oscar.

Ik tilde het dekseltje op.

Op het watje lag een smalle, gouden ring. Er zaten wat krasjes op, maar verder leek hij precies— mijn god— snel viste ik de ring eruit en bekeek ik de binnenkant.

Oscar 31-3-93.

Een paar seconden was ik sprakeloos.

'Nu niet uit het raam houden,' grapte Oscar. 'Want dan ben je hem echt kwijt.'

Ik vloog Oscar om de hals.

'Jezus Os,' zei ik schor. 'Ik had nooit verwacht hem nog terug te zien. Doe jij hem om, alsjeblieft?'

Ik gaf hem de ring en stak mijn rechterhand uit.

Hij schoof het sieraad om mijn ringvinger. Het laatste stukje ging moeilijk.

'Je bent dikker geworden,' mompelde hij.

Dat klopte. Ik hield meer vocht vast.

Jesse keek op van zijn kleurplaat. 'Mama huilt,' constateerde hij.

'Mama verdrietig?' vroeg Daniel bezorgd.

Ik veegde de traan van mijn wang.

'Mama is blij. Soms ben je zo blij dat je moet huilen.'

Nog ongelovig keek ik naar mijn ringvinger. 'Hoe heb je dat voor elkaar gekregen? Dit is echt mijn trouwring, toch?'

Jesse liet een kleurpotloodje op de grond vallen. Oscar raapte het op.

'Zegt de naam Bart Steenhuis jou nog iets?'

Ik schudde mijn hoofd.

'Hij studeerde ook in Delft. Anderhalf jaar terug kwam ik hem tegen, bij een reünie, hij vertelde toen dat hij bij Rijkswaterstaat in Utrecht werkte. Ik heb hem vorige week getraceerd en uitgelegd wat er was gebeurd. Hij heeft contact opgenomen met de dienst die de A 1 beheert. Omdat jij nog precies wist waar je hem had verloren, was het niet eens zo moeilijk. Weet je dat ze alle snelwegen om de zoveel tijd langsrijden, voor controle?'

Ik schudde mijn hoofd.

'Omdat jij me precies had verteld waar je hem had verloren, was het niet eens zo moeilijk. Die gasten zijn ter plekke gaan kijken en hadden hem zo gevonden.'

'Wat aardig.'

'Ik heb ze een paar goeie flessen wijn gegeven. En Steenhuis ook. Hij vond het wel een raar verhaal. Hij geloofde niet dat jij het voor de lol had gedaan, hij dacht dat we ruzie hadden gehad.'

Daar kon ik me iets bij voorstellen.

'Ik wilde hem nog naar een juwelier brengen om iets aan die krasjes te doen, maar dat redde ik niet meer.'

Je geluk is bijna compleet, Diana, sneerde Darwin. *Je hebt je man, je kinderen, je trouwring en je bent in Disneyland geweest. Het enige wat je nog hoeft te doen, is mij wegwerken.*

Drie

Het afscheid

Vijftien

Donderdag kwam dichterbij en ik zag er steeds meer tegenop om alleen naar de kliniek te gaan. Op zich kon er niets misgaan: ik had bij De Vries gezegd dat ik die dag thuis zou werken, Daniel en Jesse zouden naar de crèche gaan. Ik was met zindelijkheidstraining begonnen en had de leidsters gevraagd of ze de jongens af en toe op het potje wilden zetten. Ze waren tweeënhalf, het werd onderhand tijd. Waar ik over piekerde, was het vervoer van en naar de kliniek. MR 70 lag aan de Sarphatistraat in Amsterdam Oost. Ik had geen idee hoe ik me na de ingreep zou voelen, misschien was ik zo bibberig dat ik niet zou kunnen autorijden. Als ik alleen ging, zou ik beter met het openbaar vervoer kunnen gaan. Ofwel: met de trein. Ik kon vanaf het Muiderpoortstation een taxi nemen naar de kliniek, dat was geen probleem, maar hoe moest dat op de terugweg? De gedachte om nog nabloedend door een vuilbekkende Amsterdamse taxichauffeur te worden opgepikt bij de abortuskliniek joeg me meer angst aan dan de ingreep op zich.

De redding kwam op dinsdagmiddag, ik zat op kantoor en mijn mobiel ging. Het was Kofi.

Ik vroeg hem of hij een momentje had, nam de telefoon mee naar het stiltehok en deed de deur achter me dicht.

'Wat lief dat je belt,' zei ik. 'Hoe gaat het met je?'

'Dat wilde ik aan jou vragen, Diana. Ik heb al eerder gebeld, maar je telefoon stond steeds uit.'

'Dat klopt, ik was weg.'

Kofi was te beleefd om te vragen waar ik was.

'Oscar had me meegenomen naar Disneyland Parijs,' legde ik uit. 'Ik was jarig. We zijn gisteren teruggekomen.'

Toen ik maandagavond mijn telefoon had aangezet, had ik een voicemail-bericht van Tim en een sms-je van Joshua. Tim hield een lang, omstandig verhaal, waarin hij meldde dat hij steeds dichter bij zichzelf kwam, dat hij zijn energie voelde terugstromen en dat hij zich sneller ontwikkelde en losmaakte dan hij had gedacht. Joshua schreef dat hij dringend toe was aan een horizontale ontmoeting.

'Heb jij Tim nog gesproken?' vroeg ik aan Kofi.

Hij aarzelde even. 'Tim is van de week langs geweest,' zei hij toen. 'Volgens mij zou hij vandaag of morgen naar Spanje gaan.'

'Hoe is het met hem?'

'Heb je nog niets van hem gehoord?' vroeg Kofi voorzichtig.

Terugdenkend aan Tim's vage boodschap begon me iets te dagen. 'Heeft hij soms iemand anders?'

Kofi begon te stamelen.

'Je kunt het rustig zeggen, Kofi, het maakt mij niet uit.'

'Ik geloof dat er wel iemand is met wie hij praat,' zei Kofi.

'Een vrouw?' vroeg ik.

'Ja.'

Dat was het dan. Tim op vrijersvoeten. Hij liet er geen gras over groeien.

'Hebben ze al gebruik gemaakt van je woning?'

'Nee,' haastte Kofi zich te zeggen. 'Mirjam heeft zelf een woning en...' Hij zweeg abrupt.

'Mirjam?' herhaalde ik. Het zou toch niet waar zijn. 'Heet ze Mirjam Rutte?'

'Ken je haar?' vroeg Kofi verwonderd.

Ongelovig schudde ik mijn hoofd. Tim had me verteld dat Mirjam na de cursus contact met hem had gezocht. Hij was gevleid, er waren verschillende e-mails over en weer gegaan, de toespelingen van Mirjam werden steeds duidelijker en concreter, maar Tim was er niet op ingegaan. Hij had me wel de mails laten lezen. En ze goed bewaard, bleek nu.

'Het doet er niet toe, Kofi.'

Tim was op dit moment mijn minste probleem.

'Ik weet niet of je erover wilt praten, Diana, maar hoe is het met, ik bedoel, ben je nog steeds...' Hij durfde de zin niet af te maken.

'*Mengjem*, Kofi, *mengjem*,' zei ik.

'De baby is er nog,' zei hij. Ik hoorde dat hij zijn blijdschap probeerde te onderdrukken.

'Niet lang meer. Ik ga overmorgen naar de kliniek.'

Hij zuchtte.

Ineens had ik een ingeving. 'Heb jij een rijbewijs?' vroeg ik.

'Jazeker,' zei hij.

'Luister. Als je het niet wilt, moet je het eerlijk zeggen. Maar zou jij mij misschien donderdag thuis willen brengen, na de ingreep?'

'Gaat er dan niemand met je mee?' vroeg Kofi.

'Niemand weet dat ik zwanger ben, alleen jij.'

Kofi liet de mededeling op zich inwerken.

'Natuurlijk breng ik je naar huis,' zei hij toen resoluut. 'Als ik had geweten dat je er alleen voor stond, had ik dat al lang aangeboden. Ik zal je ophalen, ik zal je thuisbrengen, ik zal je hand vasthouden, maak je geen zorgen, Diana, ik zal er zijn.'

'Dat is heel lief van je, Kofi, maar dat kan ik niet van je vragen—' begon ik.

'Denk jij nu werkelijk dat ik je in de steek zal laten? Wij zijn vrienden, Diana. Vrienden helpen elkaar.'

'Dit hele gedoe is mijn eigen schuld, Kofi,' zei ik zwakjes.

'Doet er niet toe. En volgens mij heeft de vader van het kind net zo veel schuld als jij, is het niet?'

'Misschien wel, maar...'

'Mannen,' zei Kofi vol minachting. 'Mannen denken niet na. Ze nemen risico's, ze bekommeren zich geen seconde om de eventuele consequenties, omdat ze die zelf niet hoeven dragen.'

Ondanks alles glimlachte ik. 'Als je niet mee naar binnen wilt, hoeft het niet,' zei ik nadrukkelijk. 'Ik weet dat jij vindt dat ik de baby zou moeten houden.'

'Dat heb ik nooit gezegd, Diana. Ik was verbaasd over je besluit, dat geef ik toe, maar ik neem aan dat je er goede redenen voor hebt.'

Die heeft ze niet, mengde Darwin zich in de conversatie. *Ze speelt voor god. Ze wringt zich in duizend bochten om mij te negeren. Ze heeft me al geprobeerd te vermoorden in Big Thunder Mountain. Je hebt een goede hand van vrienden kiezen, Kofi, deze dame is zeer geslepen...*

'Hou je kop!'

'Is er iets?' vroeg Kofi verbaasd.

'Sorry, ik had het niet tegen jou.' Ik drukte mijn linkerhand tegen mijn slaap. Het zou in elk geval weer rustig worden in mijn hoofd als Darwin opgehoepeld was. 'Ik moet aan het werk. Morgen bel ik je, oké?'

Oscar en ik gingen die avond bij Maurice langs. Hij had een nieuwe vlam die hij aan ons wilde voorstellen. Patricia heette ze. Ze had een Jennifer Aniston-kapsel en zat de hele avond in totale aanbidding naast de man die tweemaal haar leeftijd en haar omvang had. Maurice had een Ratelband-achtige aantrekkingskracht op bepaalde vrouwen.

'Je ziet er goed uit, Diana,' zei hij, terwijl hij het stapeltje Disney-foto's aan Patricia doorgaf. 'Ben je aangekomen?'

Ik verschoot van kleur.

Oscar keek Maurice hoofdschuddend aan.

'O god, dat vergeet ik altijd,' zei Maurice. 'Vrouwen worden hysterisch als je dat zegt. Ik bedoel: in je gezicht. Het staat je goed.'

Maatje 34 naast hem glimlachte. 'Dat zegt ie tegen mij ook altijd. Hij vindt het lekker om iets beet te hebben.' Ze bekeek de foto's vluchtig.

Ik nam een slok cola.

Maurice keek van mij naar Oscar. 'Of moet ik jullie feliciteren, heb je weer raak geschoten?'

Patricia schoot overeind. 'Jullie hebben er al twee, toch? Het lijkt me zo geweldig om moeder te worden. Maurice en ik hebben ook plannen.'

Oscar stak zijn handen omhoog. 'Ik weet van niks.'

'Smeer jij nog wat toastjes, Maussie?' Patricia legde de foto's op tafel en gaf Maurice de lege schaal.

De mannen liepen naar de keuken.

Patricia boog zich naar me over. 'Als het nog heel pril is, kun je het beter even voor je houden, hè? Mijn moeder heeft zes miskramen gehad. Toen ze mij kreeg, durfde ze pas in de achtste maand een wiegje neer te zetten.' Ze giechelde.

Zes miskramen. Waarschijnlijk kan het je dan geen klap meer schelen wat er uitrolt. Als het maar een hartslag heeft.

'Maurice gaat een apparaatje voor me kopen waarmee je je vruchtbare dagen kunt bepalen,' vertrouwde Patricia me toe. 'Schijnt heel
handig te zijn. Misschien is het ook wat voor jullie.' Ze dacht even
na. 'Hoe heette het nou ook alweer? Pardona of zo, in elk geval iets
met een P.' Ze opende haar mond om Maurice te roepen.

'Persona,' zei ik snel.

Ze begon te stralen. 'Je ként het! Jullie hebben toch een tweeling?
Nou, dan heeft het goed geholpen, hè?'

Ik knikte. En of ik het kende.

Patricia leunde met een tevreden glimlach achterover.

Zestien

Kofi zag er altijd uit alsof hij net onder de douche vandaan kwam. Op donderdag 21 juni droeg hij een donkerbruine corduroy broek, een camelkleurig overhemd van Hugo Boss en gevlochten loafers. Ik was naar de Willemsparkweg gereden, waar hij in het portiek van zijn woning op me stond te wachten. Onderweg zag ik overal kinderen. Huppelende meisjes in gebloemde jurkjes. Kleine Jesses en Daniels met gel in hun haar. Ze sprongen touwtje. Ze fietsten met oranje vlaggetjes achter op hun fiets. Ze draaiden rondjes op hun skates.

Dit is wat jij me ontneemt, zei Darwin geheel ten overvloede. *Een onbezorgde jeugd. Ik hoop dat je beseft waar je mee bezig bent.*

'Wat wonen er veel kinderen bij jou in de buurt,' zei ik toen Kofi instapte.

Ik wees hem een groepje van zo'n twintig kleuters op de hoek van de Cornelis Schuytstraat.

'Zo veel zijn het er normaal nooit,' fronste hij.

Gelukkig, het viel hem ook op.

Ineens klaarde zijn gezicht op. 'Het was gisteren op AT5. Het is vandaag nationale straatspeeldag.'

Natuurlijk.

Hoe kon ik het beste naar de kliniek rijden? Ik graaide het stratenboekje uit het zijvak van de deur. Vroeger kon je zo lekker over de hobbelige keien van het Museumplein richting Stadhouderskade scheuren, met om je heen niets dan leegte, want op een of andere manier reed je altijd als enige over het plein.

De Sarphatistraat... pagina 27, 016. Eens kijken. Bij de Van Baerle naar rechts, door de Roelof Hart, dan links de Hobbemakade op, doorrijden tot de Stadhouderskade, daar rechtsaf, almaar rechtdoor tot op de Mauritskade en dan moest ik op een gegeven moment ergens naar links de Singelgracht zien over te steken. De kliniek lag op nummer 618. Je zou verwachten dat dit nummer meer in de richting van Oost lag, dan in het centrum. Na het Weesperplein kon ik de Sarphatistraat vanaf mijn kant niet inrijden, daar moest ik rekening mee houden.

'Lukt het?' vroeg Kofi.

Ik legde het boekje op zijn schoot en knikte. Het was tien over half elf.

Om zeven voor elf reden we op de Mauritskade. Ik pakte de Korte 's Gravesandestraat om de Singelgracht over te steken, aan het einde kon ik links- of rechtsaf de Sarphatistraat op. Op de gok sloeg ik rechtsaf.

Kofi keek naar de straatnummers.

'Daar is 370, Diana, we zitten aan de goede kant.'

Ik reed door, voorbij de Muiderpoort.

'Als je nu een plek ziet, parkeer ik hem,' zei ik.

'Daar,' wees Kofi even later.

Een riante plek. Ik stak mijn Toyota achteruit in.

Kofi deed het portier open.

'Blijf maar zitten, ik moet eerst parkeergeld betalen.'

Ik deed het handschoenvakje open. Daar had ik een portemonnee-tje vol kleingeld liggen. Ik stopte het portemonneetje in mijn hand-tas.

De dichtstbijzijnde meter lag twintig meter verderop. Ik liep erheen, haalde de beurs uit mijn tas, pakte een handvol guldens en begon ze er een voor een in te gooien. Een man met een herder kwam uit een van de woningen naar buiten. Hij zag me en schudde zijn hoofd.

'Ik zou het niet doen, mevrouw,' waarschuwde hij. 'Die meter heeft kuren. Het was gisteren de hele dag raak. Straks bent u uw geld kwijt.' De herder zag een andere hond aan de overkant en trok zijn baas bijna omver. Geïrriteerd gaf de man een ruk aan de riem, daarna liep hij door.

Wat nu?

Ik had er al zeker zeven gulden ingegooid. Dat was te weinig voor het aantal uren dat ik weg zou zijn. Als ik er meer in zou stoppen en het ging mis, raakte ik al mijn geld kwijt. Toch maar proberen of het apparaat een bon wilde printen, als de tijd verliep, kon Kofi wel even naar buiten om bij te vullen. Ik drukte op de groene knop. Er gebeurde niets. Ik drukte nogmaals. Ik draaide aan de retourknop. Twee kwartjes, die niet van mij waren, vielen in het bakje. Ik draaide weer, en nog eens, ik sloeg tegen het apparaat, het hielp niets. Ik was mijn geld kwijt.

STORING, knipperde er op het display.

Dat had ik gemerkt, godverdomme.

Er stond een telefoonnummer voor storingsmeldingen op de meter. Het was twee minuten voor elf. Nee, het had geen zin, ik kon beter een andere meter zoeken.

De volgende meter stond dertig meter verder. Ik was blij dat ik makkelijke schoenen aanhad.

VOEDINGTEST, zei dit apparaat.

Geen wonder dat er alleen nog maar abortusklinieken in de binnenstad waren gevestigd. Gelukkig zat Kofi in mijn auto, straks had ik ook nog een klem te pakken.

Ik wachtte een paar minuten in de hoop dat de parkeermeter de voedingtest zou doorstaan. Het gebeurde niet. De volgende meter was schuin aan de overkant. Het was al na elven, ik moest opschieten. Met het portemonneetje in mijn hand stak ik over.

'Kijk uit je doppen, tyfushoer!'

Een koerier schoot voor me langs op zijn brommer. Woedend keek hij over zijn rechterschouder. Hij had me nog net kunnen ontwijken.

De meter aan de overkant deed het wel. Met trillende handen maakte ik mijn portemonnee open. Twee rijksdaalders, een gulden, een paar kwartjes, het was te weinig. Ik zou zeker drie uur moeten betalen.

Ik pakte mijn andere portemonnee uit mijn handtas. Ik had nog wel briefgeld. Wanhopig keek ik om me heen. Zou ik ergens kunnen wisselen, bij dat café misschien?

GEEN MUNTEN VOOR PARKEERMETERS! stond met grote, rode letters op een smoezelig papiertje op het glas van de voordeur. De zaak was bovendien gesloten.

'Kunt u misschien wisselen?'

Ik schoot de eerste de beste voorbijganger aan, ik kon niets anders verzinnen.

De man wilde niet eens in zijn portemonnee kijken, de twee vrouwen na hem ook niet.

Daarna had ik beet. Een jonge vrouw met vlechten, een rond brilletje en een lange paarse rok, met twee volle boodschappentassen, zag de wanhoop in mijn ogen en zette de tassen neer.

'Hoeveel moet je hebben?' vroeg ze.

'Zo veel mogelijk.' Ik zwaaide met een briefje van vijftig gulden. Kleiner had ik niet.

'Dat kan ik zeker niet wisselen,' zei ze.

'Kijk maar hoever je komt.'

Ze had drie munten van vijf, een rijksdaalder en nog een paar losse guldens, alles bij elkaar iets meer dan twintig gulden.

'En dan heb ik nog een briefje van tien, meer niet.' zei ze.

'Doe maar,' zei ik en ik drukte haar mijn briefje van vijftig in handen.

Ze gaf het terug. 'Dat moet je niet doen, joh, zo schiet je er twintig gulden bij in. Je kunt het beter bij iemand anders proberen.'

Ik keek op mijn mobiel. Bijna kwart over elf.

De vrouw begon het muntgeld terug te gooien in haar beurs.

Ik pakte haar hand en gaf haar nogmaals de vijftig gulden. 'Ik heb een heel belangrijke afspraak en ik ben al te laat. Dit is altijd goedkoper dan een klem.'

Aarzelend keek ze naar het geld. 'Wil je me dan niet je naam en gironummer geven? Dan kan ik het geld naar je overmaken.'

Van achter haar brillenglazen keek ze me trouwhartig aan.

'Het hoeft niet, koop er maar iets leuks voor.' Met een handvol munten rende ik terug naar de parkeerautomaat. Dit keer lukte het wel. Ik griste het ticket uit de automaat en ging op een holletje terug naar mijn auto. Kofi zat naar zijn diskman te luisteren. Toen hij me zag, trok hij de oordopjes uit.

'Al die klote-apparaten waren stuk,' zei ik buiten adem. 'En eentje heeft mijn geld opgevreten.'

'Zoiets vermoedde ik al,' zei Kofi. 'Ik zag parkeerbeheer rond-rijden, dus ik ben maar in de auto gebleven.'

Ik legde het ticket achter het raam.

Kofi borg zijn diskman op.

Ik pakte de sporttas met mijn spullen van de achterbank.

'Geef maar, die draag ik wel,' zei Kofi.

Ik gaf hem de tas en sloot de auto af. 'Ben je er klaar voor?' vroeg ik met een grimas.

Hij legde zijn hand even op mijn schouder.

We liepen naar de kliniek.

Voor de deur stonden we stil.

Kofi keek opzij.

Ik haalde diep adem en drukte op de bel onder de intercom. Hoe eerder ik binnen was, hoe beter.

Een vrouwenstem vroeg wie er was.

Ik zei mijn naam en dat ik een afspraak om elf uur had.

De deur ging open.

We stapten een halletje binnen. Links zag ik een paar kuipstoeltjes. Aan de rechterzijde bevond zich nog een deur. Ik voelde aan de klink. Hij was op slot. Ik zag geen bel.

'Laten we maar gaan zitten,' zei Kofi. 'Ze komen ons wel halen.'

Later begreep ik dat het halletje als fuik voor anti-abortusdemon-stranten fungeerde. Mocht het hun lukken om zich via de intercom naar binnen te praten, dan kwamen ze in elk geval niet echt de kliniek in.

Kofi en ik namen plaats op de kuipstoeltjes.

Ik vouwde mijn handen ineen, legde ze op mijn schoot en boog mijn hoofd.

Kofi had zich rijkelijk besprenkeld met aftershave. De geur irriteerde me. Nee, Kofi irriteerde me. Ik moest hem wegsturen. Hij had hier part noch deel aan. Straks zouden ze een foetus uit mijn baarmoeder zuigen en hij wilde mijn hand vasthouden. Rare jongens, die Ghanezen. Tim hoorde naast me te zitten. Tim, of Oscar. Ik wilde dat Oscar hier was. Dat wilde ik. Ik slikte. Ik kon Kofi wegsturen. Ik kon wel wat langer in de kliniek blijven. Net zo lang tot ik fit genoeg was om zelf naar huis te rijden. Ik was mans genoeg om het alleen te doorstaan, ik had niemand nodig. En als het nog langer zou duren voor die deur openging, hoefde helemaal niemand mijn hand vast te houden, want dan was ik weg. Dat kon namelijk ook nog. Ik zat hier nou wel, maar ik kon elk moment opstaan en weglopen. *Me and my free spirit.* Dan had MR 70 pech gehad, een klantje minder, ik zou naar huis gaan, ik zou Oscar alles opbiechten en ik zou een kind baren. Een leuk kind. Daniel en Jesse zouden het vast gezellig vinden.

'Mevrouw De Wit?'

De deur was opengegaan.

Een vrouw in een donkerblauwe blouse keek me vragend aan.

Ik knikte en stond op. Kofi kwam ook overeind.

We mochten naar binnen.

De vrouw nam plaats achter een bureautje en gebaarde dat ik kon gaan zitten. Kofi bleef staan.

'Mag ik uw verzekeringsbewijs en de verwijskaart?'

Ik haalde de papieren uit mijn handtas.

De vrouw pakte ze aan.

'Ik ga u nu inschrijven, daarna breng ik u naar de wachtkamer en dan wordt u gehaald voor een gesprek. Na het gesprek volgt de behandeling.'

Ze zou me inschrijven.

Uiteindelijk is het leven een aaneenschakeling van inschrijvingen. Geef me uw inschrijvingen en ik vertel u wie u bent. Op 21 juni 2001, de nationale straatspeeldag, om vijf voor half twaalf werd ik, Diana de Wit, ingeschreven bij een abortuskliniek in Amsterdam.

Op een stapeltje papier op de hoek van het bureau stond een asbak in de vorm van een kikker. Hij had een brede glimlach rond zijn bek. Zijn rug was hol, daar kon de as in. Er lag geen as in, waarschijnlijk werd de kikker als presse-papier gebruikt. Rond de opening op zijn rug stonden letters. Terwijl de vrouw op rustige toon doorpraatte, probeerde ik ze te lezen.

DIJON, zag ik. Ik hield mijn hoofd een tikje schuin en ontcijferde de rest. L'HERITIER-GUYOT. Zou dat het merk zijn of zou het iets betekenen?

'Hoe vind je die asbak?' zei ik tegen Kofi. 'Veel gekker kun je het toch niet verzinnen. Een asbak in de vorm van een kikker. Als er nou twee zaken op de wereld zijn, die je met de beste wil van de wereld niet met elkaar kunt verbinden, dan zijn het sigaretten en kikkers.'

Kofi knikte me bemoedigend toe. De vrouw maakte nog een aantekening.

'Een asbak in de vorm van een kikker,' zei ik peinzend. 'Dat is net zoiets als een eh... paraplu in de vorm van een...'

Ik wilde een heel scherpe vergelijking maken, maar het lukte niet.

'Hebt u nog vragen?' vroeg de vrouw.

Ik schudde mijn hoofd.

'Dan mag u in de wachtkamer gaan zitten.' Ze gaf mijn verzekeringsbewijs terug.

'Ben ik nu ingeschreven?' vroeg ik.

Ze knikte.

Ik was ingeschreven. De term behandeling had ik een paar keer voorbij horen komen, de term abortus was niet gevallen. Voor hetzelfde geld bezocht ik deze kliniek vanwege een chemokuur of een liposuctie. Dom, pech of ijdel, elke inschrijving heeft zo zijn eigen connotatie.

'Moet ik het nu doen?' vroeg ik.

'Hoe bedoelt u?' zei de vrouw.

'Nu ik ingeschreven ben. Is het nu zeker, dat het doorgaat?'

'U krijgt eerst nog een gesprek.' De vrouw stopte mijn inschrijvingsformulier in een map. 'Neemt u maar rustig plaats in de wachtkamer. U kunt daar ook een kopje thee uit de automaat halen. Ik zou niet te veel koffie drinken. Het kan even duren, maar u wordt vanzelf gehaald.'

Ik stond op. Kofi schoof behulpzaam mijn stoel naar achteren.

'Dankuwel,' zei ik. Ik wilde nog iets aardigs tegen de vrouw zeggen, maar ik kon zo gauw niets aan haar ontdekken waarover ik een complimentje zou kunnen geven.

'U hebt me heel vriendelijk ingeschreven,' zei ik ten slotte. 'Ik stel me zo voor dat de meeste mensen zich liever niet bij deze kliniek inschrijven. Maar als het dan toch moet, is het wel fijn om iemand te treffen die het proces vlot en pijnloos laat verlopen.'

Kofi nam me voorzichtig bij de arm.

'Serieus, u deed het heel goed,' ging ik door. 'Ik werk zelf in de communicatiesector en als ik onze interactie zou moeten evalueren, dan zou u er gunstig uitspringen. U was terzake, maar toch betrokken. Snel en accuraat, maar niet haastig. Dat mag best gezegd worden. U kunt natuurlijk nooit over uw werk opscheppen op verjaardagsfeestjes, dat lijkt me behoorlijk frustrerend en—'

'Kom je mee, Diana?' zei Kofi. 'Mevrouw heeft het vast heel druk.'

Kofi en de vrouw wisselden een blik.

'Waar is de wachtkamer?' vroeg Kofi.

Ze wees het hem. Ik klikte mijn tas dicht en hing hem over mijn schouder.

'Een asbak in de vorm van een kikker,' herhaalde ik. 'Dat is toch net zoiets als een kandelaar in de vorm van een...' Weer kwam ik er niet uit.

We liepen de wachtkamer binnen.

In een reflex greep ik Kofi's hand. Het was alsof ik de passagiersterminal van een internationale luchthaven binnenstapte. Ik zag een zee van vreemde gezichten. Een enkeling keek even op, de meeste aanwezigen reageerden niet op onze komst. Een jong, blank stel zat hand in hand te fluisteren. Een vrouw met een hoofddoek liep heen en weer met een baby op de arm. Die vrouw kan niet zwanger zijn, dacht ik nog, dat kind is misschien vier maanden. Een knap meisje met dreadlocks en donkerpaarse lippenstift was verdiept in een boek. De sfeer was landerig, alsof iedereen al dagen zat te wachten op een vlucht die nooit kwam.

'Dit gaat uren duren,' zei ik zacht.

Er was nog één stoel vrij.

'Ga jij maar zitten, dan haal ik thee,' zei Kofi.

Hij zette de sporttas op de grond. Ik had hem de avond ervoor gepakt en in mijn auto gezet, Oscar sliep al, ik voelde me een inbreker die een snelkraak voorbereidde. 's Ochtends, voor ik naar Amsterdam reed, had ik de inhoud twee keer gecheckt – een paar witte tennissokken, twee katoenen onderbroeken, een flanellen nachthemd – ik ritste de tas nu voor de derde keer open: de sokken, de onderbroeken, het nachthemd, ik was echt niets vergeten. Het nachthemd had ik dinsdagmiddag bij Zeeman in Amsterdam Zuidoost gekocht. Het was een crèmekleurig geval met lichtblauwe bloemetjes. Ze hadden hetzelfde nachthemd ook met donkerrode bloemetjes, ik had de blauwe variant neutraler gevonden. Terwijl ik met de twee nachthemden in mijn handen stond, porde een gedrongen vrouw van een jaar of zestig in mijn zij. Ze droeg een regenkapje.

'Heb je al bij dat rek gekeken?' zei ze met een hoofdknik. 'Daar hebben ze veel leukere hemden. Met beren erop.'

Ik heb dat heel vaak, dat vrouwen in winkels tegen me beginnen te praten. Misschien straal ik een permanente hulpvraag uit, ik weet niet precies hoe het komt.

'Kijk nou maar,' zei ze. 'Ze zijn nog goedkoper ook. Die tuttige bloemetjes zijn toch niks voor jou?' Ze monsterde me van onder tot boven.

Ik schraapte mijn keel. 'Het is voor mijn moeder. Ze ligt in het ziekenhuis.'

'Meid, wat een narigheid,' riep ze uit. 'Toch niets ernstigs?'

'Nee hoor, niets ernstigs,' herhaalde ik terwijl ik het rode nachthemd terughing in het rek. 'Ze krijgt een nieuwe heup.'

'Nou, maar daarmee kan je lang zoet zijn, hoor. Ze zal helemaal moeten revalideren.'

Ik knikte en probeerde te kijken alsof ik volledig op de hoogte was van de voor- en naweeën van een heupoperatie.

Het regenkapje begon weer over de berenhemden. Dat die toch echt veel leuker waren. En dat oudere dames heus niet allemaal van bloemetjes hielden. Sommigen waren nog reuze vlot, zij was bij voorbeeld dol op beren. Poezen vond ze ook leuk. Eigenlijk hield ze van alle beesten.

'Mijn moeder is een hondenmens,' zei ik. Meteen had ik spijt van mijn opmerking.

Het gezicht van de vrouw lichtte op. 'Volgens mij heb ik er ook eentje met honden gezien,' zei ze. 'Wacht maar even, die zal je moeder prachtig vinden.'

Voor ik iets kon zeggen, liep ze weg. Ik keek of ik me ergens kon verstoppen, maar in een Zeeman kun je je niet verstoppen, dat hebben ze expres gedaan.

Even later was ze terug. Ze hield een kanariegeel nachthemd vol dalmatiërs voor me op. 'Hang dat domme bloemetjesding nou maar weg. Dit is 'm.'

'Ik geloof niet dat dit helemaal mijn moeders smaak is,' zei ik voorzichtig.

Omdat ik in communicatie geloof, blijf ik altijd in dialoog met mensen. In alles wat ik zeg, zit een min of meer verborgen boodschap. Sommige mensen zijn gevoeliger voor die boodschap dan anderen.

Het regenkapje trok het bloemetjesnachthemd uit mijn handen en wilde het terughangen.

Als je boodschap niet doorkomt, is het zaak de communicatie te vereenvoudigen.

'Mevrouw,' zei ik snel. 'Ik heb tegen u gelogen.'

De bloemetjes bleven vlak voor het rek in de lucht hangen.

'Mijn moeder ligt niet in het ziekenhuis.'

Een ongelovige trek gleed over haar gezicht.

'Ze is dood. Het is net gebeurd, een complicatie bij de heupoperatie, ze raakte in coma, ik wilde het niet zeggen, omdat ik bang was dat ik zou gaan huilen. We moeten haar opbaren, mevrouw. Ze hield van honden, daar is geen woord van gelogen, en ik apprecieer uw bedoelingen met dit dalmatiërnachthemd, maar u zult het met me eens zijn dat het niet geschikt is om mijn dode moeder in op te baren.'

De mond van het regenkapje zakte open.

Ik sloeg mijn ogen neer.

'Je moeder is dood,' zei ze langzaam. 'En jij koopt een nachthemd bij Zeeman om haar in op te baren. Wat ben jij nou voor dochter? Je kunt je moeder maar één keer begraven, besef je dat wel?'

Als een dialoog niet oplevert wat je ervan verwacht, is het het beste de communicatie snel af te ronden, uiteraard met inachtneming van de gebruikelijke beleefdheidsvormen.

Ik griste het bloemetjeshemd terug. 'Al begraaf ik mijn moeder in een bikini, mevrouw, dan is dat nog altijd míjn zaak en niet de uwe.' Met opgeheven hoofd liep ik naar de kassa.

Ik zou het nachthemd alleen hier dragen en het vanmiddag meteen weggooien, al druiste dat in tegen mijn zuinige natuur.

Kofi en ik dronken thee. Hij kon zitten, want de stoel naast me was vrijgekomen. Elke wachtkamer heeft zo zijn eigen dynamiek. Mensen verdwijnen op zeker moment door een deur, komen er weer uit en verlaten dan het pand. Bij MR 70 lagen de zaken ingewikkelder. Mensen verdwenen, kwamen weer terug, gingen weer zitten, vertrokken, ik had het systeem nog niet helemaal ontrafeld.

Mijn mobiel piepte. Gegeneerd haalde ik hem uit mijn tas.

Werkt u vanmiddag toevallig thuis, mevrouw? Ben beschikbaar & in de buurt! xxJ

Joshua wilde langskomen. Mijn hartendief. Hij was een van de mannen over wie Kofi minachtend had gesproken. Ik kon niet kwaad op hem worden. Josh en ik, wij waren partners in crime. Hij had me nooit de liefde verklaard, hij was niet jaloers, hij had de regels begrepen zonder dat we ze ooit hadden uitgesproken. Hij was Joshua, *just Joshua*. Kon hij het helpen dat ik een baarmoeder had.

Mijn duim hing boven het toetsenbord. Ik wilde iets liefs terugschrijven, ik wilde contact, al was het maar even.

Ben niet thuis, typte ik. *Ben*—

De baby van de vrouw met de hoofddoek begon te brullen.

Op het gepiep van mijn mobiel had niemand gereageerd, maar nu viel de wachtkamer stil. IJzig stil. Alle blikken waren op de vrouw gericht, de mijne ook. De baby liep rood aan, de moeder liep steeds zenuwachtiger heen en weer, klopte het kind op de rug, wiegde het, stak er een speen in, deed alle dingen die moeders doen om hun kind stil te krijgen. Tevergeefs.

Het ging door merg en been.

Geen enkel geluid zou zo veel teweeg hebben gebracht. Een drie uur durend concert van kettingzagen, pneumatische hamers en tandartsboren zou welwillend worden aangehoord en als welkome afleiding worden beschouwd.

Dit geluid niet.

Deze moeder speelde een gevaarlijk spel.

Als de baby zo doorging, het zat nu op een niveau van pakweg 110 decibel, zou het verkeerd aflopen. Zodra de pijngrens – 135/140 decibel – werd overschreden, zouden alle wachtenden elkaar aankijken en als één man opstaan, de man van het blanke stel zou het ene been van het kind grijpen, zijn vriendin het andere been, het meisje met de dreadlocks zou het hoofdje beetpakken, ze zouden de moeder ruw naar achteren duwen, Kofi zou het linkerarmpje pakken en ik het rechter, we spraken af dat we bij drie zouden trekken, één-twee-drie, we trokken, we scheurden het kind als een lappenpop uit elkaar, het ging makkelijker dan we dachten, alleen het hoofdje wilde niet van de romp, dat was moeilijk, het hoofdje bleef maar huilen, de moeder huilde nu ook, dit schoot niet op zo, had niemand een mes bij zich, gelukkig, de blanke jongen had een mes bij zich, het meisje met de dreadlocks legde het rompje op de grond, nu zou het snel gebeurd zijn, het nekje was dun, het mes zou er makkelijk doorheen gaan, we hoorden een klap, de moeder viel flauw, precies op het moment dat de blanke jongen met een snelle beweging het hoofdje van het rompje scheidde, we negeerden haar, we raapten de losse delen haastig bij elkaar, gooiden ze in de prullenbak en namen onze plaats weer in—

De baby huilde nog steeds.

'Geef dat kind dan ook een fles,' zei iemand in de wachtkamer.

De moeder ging zitten en stak haar pink in de mond van de baby, die daar als een bezetene aan begon te zuigen.

Ik wendde mijn blik af.

Ben druk. Meld me snel. Dikke, natte X van D.

Kofi stond op en pakte een paar tijdschriften van tafel.

Ik bladerde door *Quote*, las hier en daar een alinea. De betekenis drong niet tot me door. 'Weet je waar ik de hele tijd aan moet denken?' fluisterde ik.

Kofi keek op van zijn *Beau Monde*.

'Als een kind krijgen het mooiste is wat je kan overkomen, waarom zit deze wachtkamer dan zo vol?'

Hij zweeg.

'Er worden ons zo veel dingen wijsgemaakt die niet waar zijn, Kofi. Dat is wat de mensen nekt. Aan de ene kant van de stad zitten wachtkamers vol vrouwen die een vruchtbaarheidsbehandeling willen, omdat ze geloven dat een kind hen gelukkiger zal maken. Hier zitten vrouwen die overtuigd zijn van het tegendeel. Als ze allemaal gelijk krijgen en ik ga ervan uit dat ze dat krijgen, dan bestaat de waarheid niet. Dan is elke waarheid afhankelijk van persoonlijke omstandigheden. Er is geen universele waarheid, alleen een individuele. Begrijp je wat ik bedoel?'

Kofi sloeg *Beau Monde* dicht.

'Wat ik hier vanmiddag ga doen, hoort niet. In sommige landen is het verboden. Het druist in tegen de overtuiging van miljoenen mensen. Zelfs Evelien, mijn beste vriendin, zou het niet over haar hart kunnen verkrijgen.'

'Dat zegt ze nu,' zei Kofi droog.

'Ik ben nooit tegenstander van abortus geweest. Ik vind het goed dat vrouwen die ongewenst in verwachting raken, de keus hebben de zwangerschap niet te voldragen. Toch heb ik altijd stiekem gedacht of misschien wel gehoopt dat als het mij zou overkomen, ik het ook niet over mijn hart zou kunnen verkrijgen om het weg te laten halen. Ik hoop dat nog steeds, Kofi, zelfs nu, zelfs hier, verwacht ik dat er iets in me zal varen waardoor ik zal besluiten om op te staan en weg te lopen. In feite zit ik daar al weken op te wachten, op een stem, een gevoel, op mijn hart dat zich roert, maar het gebeurt niet en ik weet niet wat dat betekent. Betekent het dat ik er goed aan doe of betekent het dat ik een slecht mens ben?'

'Diana...' begon Kofi. De blik in zijn ogen was zo zacht dat ik moest vechten tegen mijn tranen.

'Ik weet wat je wilt gaan zeggen, Kofi, dat ik niet slecht ben, dat ik goede redenen heb voor mijn besluit. Maar dat geldt zowat voor alle mensen die slechte dingen doen. Dat ze er goede redenen voor hebben. Mensen kunnen met goede bedoelingen heel verkeerde dingen doen.'

'Daar heb je misschien gelijk in, maar dat wilde ik niet zeggen,' zei Kofi.

Mijn wangen kleurden rood.

'Ik denk dat er wel een universele waarheid bestaat, Diana. Volgens mij is dat liefde. Niet de liefde tussen man en vrouw, maar de liefde voor het leven. De overlevingsdrift. Jij bent boos op jezelf omdat je liefde voor het leven sterker is dan je liefde voor het kind dat je draagt. Je voelt je verantwoordelijk voor het beginnende leven, dat is je ingeprent. Toch ga je het beëindigen. Dat maakt je in de war.'

Hij was even stil.

'Geloof je in God, Diana?' vroeg hij ten slotte.

Langzaam schudde ik mijn hoofd.

'Vroeger wel?'

'Als kind wel, ja,' zei ik schouderophalend. 'Wie niet?'

'Misschien is God de stem waarop je wacht. Misschien hoop je dat er een hogere macht is, die je over het juiste pad zal leiden.'

Ik sloeg mijn ogen neer.

'Tegelijkertijd ben je bang. Je zegt dat je niet in God gelooft, omdat je bang bent voor Zijn oordeel. Zijn stem zwijgt omdat je niet aan durft te horen wat Hij zal gaan zeggen.'

Een koude rilling gleed over mijn rug.

'Ik geloof in God, Diana,' zei Kofi. 'Het belangrijkste dat ik van Hem heb geleerd, is mededogen. Wij kunnen Zijn wegen niet altijd doorgronden, net zomin als Hij onze wegen kan doorgronden.'

'Het enige wat ik wil weten, is of ik er goed aan doe, Kofi.'

Hij pakte mijn handen en hield die tussen de zijne. 'Ik hoop niet dat je het verkeerd opvat, maar gisteravond heb ik voor je gebeden.'

Mijn ogen werden groot. Het was lang geleden dat iemand voor mij had gebeden, als het al ooit was gebeurd. Mijn ouders hadden hun geloof lang geleden afgezworen, Oscar was niet religieus opgevoed.

'Heb je écht gebeden? Op je knieën?' vroeg ik nieuwsgierig.

'Dat niet,' glimlachte Kofi. 'Ik heb wel mijn handen gevouwen.'

Gelukkig.

'Ik heb God over jou verteld. Dat je een zware dag wachtte. Dat je steun nodig had en begrip. Dat je er alleen voorstond en dat ik je wilde helpen. Ik heb Hem om kracht gevraagd. Kracht voor jou en voor mij, om deze dag door te komen.'

Hij had God gelijk even om werkende parkeermeters moeten vragen.

De vrouw met de hoofddoek haalde een flesje voor de baby uit haar tas.

'Soms moet een mens kiezen uit twee kwaden,' zei Kofi.

'Een mens hoort niet te beslissen over leven of dood,' wierp ik tegen.

'Weet je nog wat je twee weken geleden tegen me zei, Diana? Je zei dat het een klompje cellen was. Ik heb daarover nagedacht. En ik denk dat het waar is. Een leven begint pas bij de geboorte. Als jij nu opstaat en weggaat, zou er over acht maanden een nieuw leven kunnen beginnen, maar dat is lang niet zeker. En het is ook niet in jouw handen. Jij kunt alleen voorkomen dat er een nieuw leven begint. En dat is wat je doet. Zoals zo veel vrouwen doen, door elke maand iets te gebruiken waardoor ze niet kunnen zwanger raken.'

Het was verleidelijk om mee te gaan in Kofi's goedbedoelde redenering. Het was verleidelijk om abortus als een verlate anti-conceptie of een uit de hand gelopen morning-afterpil te zien. Om te doen alsof ik niet wist dat Darwin bestond. Alsof het nog totaal onzeker was wat er zou gebeuren als we de natuur haar gang zouden laten gaan. Terwijl ik exact wist hoe de vlag erbij hing. Ik had voor ik wegging nog in zo'n zwangerschapsboek zitten bladeren, god mag weten waarom.

Volgens de zwangerschapskalender was ik ruim zes weken zwanger en was Darwin hard gegroeid. Zijn lengte was in een week tijd verdubbeld van tweeënhalve millimeter naar een halve centimeter. Werd hij in week vijf nog een rijstkorrel genoemd, nu scheen hij meer weg te hebben van een kikkervisje, waaraan kleine stompjes groeide, de voorlopers van zijn ledematen. Darwin's hoofdje, borst-kas en buikholte werden deze week gevormd, net als de basis voor zijn maag, darmen en longen. Aan het eind van de week zou er een primitief systeem van bloedvaten zijn aangelegd.

'Het is geen klompje cellen meer, Kofi,' zei ik. 'Zijn hartje kan elk moment gaan kloppen, dat heb ik vanmorgen gelezen. Er is een beginnetje van een leven.'

Het hartje was nog erg onderontwikkeld, maar zou de minibloeds-omloop 'dapper' gaande houden, meldde het boek. Darwin kreeg een dapper hartje. De zin spookte al de hele dag door mijn hoofd.

Als ik beter had opgelet, was er nu niets. Geen kikkervisje, geen rijstkorreltje, geen dapper hartje, niets.

Het knappe meisje met de dreadlocks stond voor Kofi. Ze wees naar de *Beau Monde*, die nog op zijn schoot lag.

'Hebt u die uit?'

Hij knikte en overhandigde haar het blad.

'Toen ik aan bidden was, leidde God mijn gedachten naar mijn zus,' zei Kofi. 'Mijn zus heeft zes kinderen. Haar zwangerschappen en bevallingen waren zo zwaar, dat de arts na het zesde kind voor-stelde iets in haar baarmoeder te plaatsen... een soort ijzerdraadje, hoe noemen jullie dat?'

'Een spiraaltje.'

'Precies,' zei Kofi. 'Eerst wilde mijn zus het niet, want een vrouw uit het dorp had haar verteld dat het draadje ervoor zorgde dat de baby zou doodgaan vlak vóór het in haar schoot kwam.'

Ik knikte. Baby was een groot woord, maar helemaal ongelijk had de buurvrouw niet. Een spiraaltje voorkomt de innesteling van de bevruchte eicel.

'De dokter was bang dat mijn zus een volgende zwangerschap niet zou overleven. Hij heeft haar samen met mijn zwager overgehaald het draadje toch te nemen.' Kofi was even stil. 'Soms is het beter als een beginnetje niet verdergroeit,' concludeerde hij. 'Mijn zus heeft nu misschien elke maand een beginnetje, maar ze krijgt geen baby meer. Ik denk dat God daar vrede mee heeft. Ik denk dat jij er ook vrede mee moet hebben.'

Kofi begon niet over de mogelijke vaders van Darwin. Dat was lief van hem.

'Dus jij bent al zes keer oom, wat zijn het?' vroeg ik.

'Vier nichtjes en twee neefjes,' glunderde hij. 'Wil je ze zien?'

Hij haalde zijn portemonnee uit zijn polstas. Op de polaroid stond een gedekte tafel met een kalkoen centraal. Om de kalkoen zaten vier kindjes, net zo donker als Kofi, twee ervan droegen kralen in het haar. Een tengere vrouw stond op de achtergrond. Ze had een goudkleurige lamé blouse aan en hield een baby op de arm.

'Je zus lijkt op je,' zei ik. 'Waar is het zesde kindje?'

'Ze was zwanger,' vertelde Kofi.

Dat was niet te zien.

'En, zijn ze dol op hun oom?'

Een schaduw trok over zijn gezicht. 'Ik heb alleen de oudste twee gezien. Die werden geboren vóór ik naar Nederland vertrok.'

'Ben je nooit meer teruggeweest?'

Hij schudde zijn hoofd. 'Mijn familie denkt dat ik heel rijk ben. Zij verwachten veel van me, te veel. Ik ben bang dat het zal tegenvallen. Ik heb veel mooie herinneringen aan Koemasi, maar als ik terugkom, zal het niet meer hetzelfde zijn. Ik ben ook niet meer dezelfde.'

'Denk je dat je ooit nog teruggaat?'

'Natuurlijk. Als ik zelf een gezin heb en een betere baan. Als ik kan laten zien waarom ik ben weggegaan.'

'Mevrouw De Wit?'

Een man met kort, grijsbruin haar en een wit overhemd stak zijn hoofd om een van de deuren in de wachtkamer.

Toen hij zag dat ik op de naam reageerde, vroeg hij of ik meekwam.

Ik had me voorgenomen alles alleen te doen, maar dat leek me ineens een slecht idee.

'Ga je mee?' vroeg ik aan Kofi.

Hij stond gelijk op.

We liepen samen de spreekkamer binnen. De man deed de deur dicht en schudde ons de hand.

'Mijn naam is Wolf,' zei hij. 'Bram Wolf.'

'Diana de Wit,' zei ik.

'Kofi Noewekoe,' zei Kofi.

'Ga zitten,' zei Bram Wolf.

We namen plaats op de stoelen voor zijn bureau, hij ging erachter zitten en sloeg een map open.

'Voor we beginnen, wil ik even weten hoe jullie aangesproken willen worden,' zei Bram. Hij had een spleetje tussen zijn tanden. Hij had sowieso wel wat weg van Ruud Lubbers. 'Ook straks, tijdens de behandeling, is het fijn om dat vast te weten. Mijn naam is dus Bram. Jij bent Diana de Wit, zal ik "Diana" noteren?'

'Dat is goed,' zei ik.

'En jouw naam?'

'Karel, Otto, Frederik, Isaak,' spelde Kofi.

'Goofy?' probeerde Bram.

'Je spreekt het uit als "koffie",' legde Kofi uit.

'Juist,' zei Bram. Hij maakte nog een aantekening.

Toen keek hij ons weer aan.

'En wat zijn jullie van elkaar, zijn jullie partners?'

'Nee,' zei ik. 'Ik ben getrouwd. Kofi is mijn vriend. Ik bedoel: hij is een vriend van de familie. Mijn man kon vandaag helaas niet meekomen, daarom is Kofi hier.'

Jezus, wat klonk dat dom. Als ik Bram was, zou ik er geen woord van geloven.

'Juist,' zei Bram weer. Hij schreef niets op, zag ik.

'Kofi is niet de vader,' zei ik nadrukkelijk. 'Hij is hier alleen voor mij. Om mij te steunen. Wilt u dat er nog even bijzetten?'

Dat wilde Bram wel. Terwijl hij schreef, keken Kofi en ik elkaar glimlachend aan.

'Ik zie hier een verwijskaart van je huisarts, Diana,' zei Bram. 'Dus dat is in orde.'

Het had me weinig moeite gekost om de verwijzing te krijgen. Ik zag wel dat de assistente schrok toen ik antwoord gaf op de vraag waarvoor ik kwam.

'Weet u zeker dat u zwanger bent?' had ze gevraagd. Ja, dat wist ik zeker. Ik werd snel naar de spreekkamer geloodst. De assistente wilde wel even op Jesse en Daniel passen. De huisarts liet een test doen. De uitslag was weinig verrassend. Ik vertelde dat ik geen derde kind wilde. Dat ik al contact had met MR 70. Dat Oscar van niets wist en dat ik dat graag zo wilde houden. Ik kreeg de verwijzing. Toen ik met de jongens naar huis wandelde, bedacht ik dat het vreemd was dat mannen geen enkele stem hebben als het gaat om hun nageslacht. Vrouwen kunnen ermee doen wat ze willen. Ze kunnen zeggen dat ze zwanger zijn, ze kunnen het verzwijgen. Ze kunnen het laten weghalen en de instanties werken mee, zonder de man in kwestie in kennis te stellen van zijn aanstaande vaderschap.

'Ik wil met je praten over voorbehoedsmiddelen,' zei Bram. 'Gebruikte je iets voordat je zwanger werd?'

'Persona. Dat is zo'n apparaatje dat je eisprong aangeeft, u kent het vast wel.'

Bram knikte.

'Als het lampje rood was, gebruikte ik een condoom. Of we deden voor het zingen de kerk uit.'

Ik blikte snel opzij. Kofi keek neutraal voor zich uit.

'Dat is dus mis gegaan,' besloot ik.

'Juist,' zei Bram. 'En heb je al bedacht wat je na de behandeling aan anticonceptie wilt doen?'

Het spleetje tussen zijn tanden leek steeds wijder te worden. Ik moest ineens denken aan die mop over hoe gynaecologen hun gang behangen. Door de brievenbus.

'Eigenlijk niet,' zei ik. 'Moet u eerst niet vragen of ik het wel zeker weet, de behandeling?'

'Als jij nog vragen of twijfels hebt, kunnen we het daar uiteraard over hebben.'

Hij sloeg zijn armen over elkaar en leunde ontspannen achterover.

Later zou ik me proberen te herinneren hoe de spreekkamer eruitzag. Of er nog iets bijzonders aan de wand hing. Of er kasten stonden, ramen waren. Het zou me niet lukken om enig detail naar boven te krijgen. Ik wist alleen nog dat Kofi aan mijn linkerkant zat. En dat ik de hele tijd naar Bram Wolf keek. Dat ik zag hoe zijn mond om het spleetje heen bewoog, terwijl hij verstandige dingen zei. Dat ik knikte, luisterde en de juiste dingen probeerde terug te zeggen. Voor hem was het normaal, hij had al honderden van dit soort gesprekken gevoerd, hij had me al ingeschaald als een bepaald type, hij had zijn conclusies al getrokken, ik zou hem niet kunnen verrassen met welke manoeuvre ook. Bram Wolf straalde de zekerheid uit van iemand die wist wat er komen ging. Hij had mij in veelvoud voorbij zien komen, hij had mij in veelvoud weg zien gaan. Hij wist al wat ik me toen nog niet kon voorstellen. Dat het leven gewoon door zou gaan, welke keus ik ook zou maken.

'Ik ben al moeder,' zei ik. 'Ik heb twee jongens, een tweeling. Ze zijn ruim twee. Jesse en Daniel heten ze.'

'Een tweeling van twee,' herhaalde Bram. 'Daar zul je je handen vol aan hebben.'

Dat kon ik beamen.

Ik praatte door over de jongens. Dat ze nu op de crèche zaten. Dat ze al goed konden praten.

'Daniel heeft gisteren voor het eerst een plas op het potje gedaan,' vertelde ik. 'Hij was zo trots, we hebben het samen door de wc gespoeld.'

Bram begreep dat er sprake was van een mijlpaal.

'Wilt u hun foto zien?' vroeg ik. Voor hij antwoord kon geven, haalde ik mijn portemonnee uit mijn tas.

'Dit is Jesse. En dat is Daniel.'

De pasfoto's hadden een groenblauwe achtergrond. Ze waren op het kinderdagverblijf genomen. Ik was vergeten dat de fotograaf die dag zou komen. Jesse's truitje zat vol vlekken en ze hadden allebei wel even naar de kapper gemogen. Toch zagen ze er lief uit, met hun blozende koppies. Ze waren niet bang geweest, ze hadden allebei gelachen.

'Zijn ze een- of twee-eiig?' vroeg Bram.

'We denken twee-eiig. Ze lijken niet erg op elkaar.'

'De meeste tweelingen zijn twee-eiig, toch?'

Dat klopte. Zo'n vijfenzestig procent, om precies te zijn.

'Het zou kunnen, het zou natuurlijk kunnen dat...' Ik maakte mijn zin niet af.

'Dat het er nu ook twee zijn,' vulde Bram aan. 'Dat is een mogelijkheid, ja.'

Ik draaide mijn trouwring rond mijn vinger. Zeker tien keer per dag voelde ik of hij er nog zat.

'Gaat ú de behandeling doen?' vroeg ik.

Bram schudde zijn hoofd. 'Je krijgt vooraf een echo. Dan kunnen we zien of het er één of twee zijn.'

'Ik weet niet of ik dat wel wil zien,' zei ik.

Aan de andere kant zou het laatste restje twijfel gelijk verdwijnen. Nog een tweeling, dat overleefde ik niet.

Kofi legde zijn hand op mijn knie en kneep er zachtjes in.

'Ik vermoed dat het beter voor je is om het wel te weten,' zei Bram. 'Maar dat zien we straks. Heb je nu nog vragen?'

Nee, ik had geen vragen. Bram wel. Bram begon weer over voorbehoedsmiddelen. Bram Wolf was van de preventie, hij wilde mij maar één keer zien en daarna nooit meer, dat was duidelijk. Een keur aan voorbehoedmiddelen passeerde de revue, het een nog veiliger dan het ander. Hij haalde demonstratiemateriaal uit zijn la. Ineens lagen er een pilstrip en twee spiraaltjes op tafel.

Kofi keek zijn ogen uit.

'Dit is een gewoon spiraaltje,' zei Bram terwijl hij een met koperdraad omwonden T-stukje omhoog hield. 'En dit is Mirena. Heb je daar wel eens van gehoord?' Mirena was een plastic ankertje met twee lange draden eraan.

'Het scheidt een hormoon af. Lang niet zo veel als de pil, maar genoeg om de eisprong te onderdrukken.' Bram's vingers speelden met het spiraaltje. 'Voordeel is dat je met Mirena niet of nauwelijks ongesteld wordt. Bij een koperspiraal is de menstruatie vaak heviger.'

'Goh,' zei ik.

Bram drong erop aan dat ik een beslissing zou nemen. Als ik voor een spiraaltje zou kiezen, zou dat bij de nacontrole gelijk ingebracht kunnen worden, vertelde hij. Mijn ziektekostenverzekering zou de kosten waarschijnlijk vergoeden.

'Die Mirena lijkt me wel wat,' zei ik.

'Een goede keus,' vond Bram. 'We plaatsen ze aan de lopende band. De meeste vrouwen zijn er zeer tevreden over. Je bent in één keer klaar. Het werkt vijf jaar. Je kunt hem niet vergeten, zoals de pil en je hebt veel minder last van je menstruatie.'

Hij stopte het demonstratiemateriaal terug in de la.

'Heb je wel eens wisselende contacten?' vroeg hij toen.

Die Bram wond er geen doekjes om.

Ik liet mijn blik langs het plafond glijden.

'Dan wil ik nog benadrukken dat Mirena niet beschermt tegen geslachtsziekten,' zei Bram. Even dacht ik dat hij een pakje condooms uit zijn la zou halen, maar dat gebeurde niet. Hij pakte zijn pen en maakte een aantekening in mijn dossier. 'Ik schrijf op dat je straks met Mirena wilt beginnen,' verduidelijkte hij.

Hij liet de wisselende-contactenkwestie rusten. Daar was ik blij om.

Toch had hij wel een puntje. Wist ik veel wat Joshua en Tim onder de leden hadden. Ik kon al met de meest vreselijke ziektes besmet zijn. En Oscar ook.

Ik wilde er nu niet aan denken, maar straks, als het hele abortus-gala voorbij was, zou ik me op hoop van zegen bij de GG&GD laten checken en vanaf dat moment, zo waarlijk helpe mij God, zou ik het buiten de deur alleen nog maar met condooms doen.

'Prima,' zei Bram, terwijl hij mijn dossier dichtsloeg. 'Dan hebben we wat mij betreft alles gehad. Ik breng jullie terug naar de wachtka-mer. Je zult vanzelf geroepen worden. Na afloop van de behandeling maak je bij de receptie een afspraak voor de nacontrole.'

Hij stond op.

Kofi en ik volgden zijn voorbeeld.

We schudden handen.

Bram liep met ons mee naar de deur. Hij legde zijn hand op de kruk.

'U hebt niet gevraagd of ik het zeker weet,' zei ik ineens.

Hij deed de deur open. 'Je bent hier vrijwillig gekomen, je bent volwassen. Je hoeft aan mij geen verantwoording af te leggen, Diana.'

Hij liet ons uit. De eerste hindernis was genomen.

We stonden weer in de wachtkamer.

Het jonge, blanke stel was verdwenen. Het knappe meisje met de dreadlocks zat nog steeds te lezen. De vrouw met de hoofddoek was met een handwerkje bezig. Haar baby lag in een wandelwagen te slapen. In het halletje voor de wachtkamer stond een vrouw mobiel te bellen.

Ik ging zitten.

'Wil je een blaadje?' vroeg Kofi.

'Doe maar,' zei ik.

Hij liep naar de tafel.

Ik haalde mijn gsm uit mijn tas en zette hem aan. Oscar dacht dat ik thuis werkte vandaag. Misschien had hij me geprobeerd te bereiken.

Kofi kwam terug met een stapel blaadjes, gaf mij er een, nam er zelf een, legde de rest op een lege stoel en ging zitten. Geeuwend rekte hij zich uit.

'Mister Noewekoe?' vroeg een zachte stem.

Er waren geen nieuwe berichten, ik zette mijn telefoon weer uit.

'Mister Noewekoe?' klonk het weer.

Verbeeldde ik het me of vroeg iemand naar Kofi?

Ik keek om me heen. Tegenover me zat een donker meisje met een wenkbrauwpiercing. Toen ze zag dat ik naar haar keek, wees ze naar Kofi. Hij had zijn ogen gesloten en hield zijn handen achter zijn hoofd gevouwen. Op zijn schoot lag *AutoWeek*.

'Mister Noewekoe, *yes?*' vroeg ze.

Hoe wist ze Kofi's achternaam?

Ik stootte hem aan.

'Ken je dat meisje?' vroeg ik. 'Ze zegt steeds jouw naam.'

Kofi wreef de slaap uit zijn ogen.

Hij wierp een blik op het meisje en was meteen klaarwakker.

'Margareth,' stamelde hij.

'Mister Noewekoe!' zei ze blij. Het meisje stootte een oudere vrouw aan die naast haar zat en zei iets tegen haar wat ik niet verstond. De oudere vrouw begon nu ook te glimlachen, ze had twee gouden hoektanden, beide vrouwen knikten Kofi vriendelijk toe.

'Wie is dat?' vroeg ik aan Kofi.

Ik had vaag het gevoel dat ik het meisje ergens van kende.

'Zij werkt bij ons in het filiaal, achter de counter,' zei Kofi met een strak gezicht. 'Ik ben haar baas. Die oudere vrouw is haar moeder.'

Ineens wist ik het. Het was het meisje van de chocolademelk.

'Toen ik die keer met kerst bij jou was, heeft zij ons geserveerd, toch?'

Kofi gaf geen antwoord.

'Ze bracht eerst kartonnen bekers en toen werd jij heel kwaad. Ze werkte er net, zei je. Dat meisje heette Margareth. Ik weet het zeker.'

Ik had vroeger bij een Margareth in de klas gezeten. Daar had ik toen nog aan gedacht.

'Jezus Kofi, zou zij ook zwanger zijn?' siste ik.

Weer zei hij niets. Hij zat verstijfd in zijn stoel, terwijl de twee vrouwen hem aandachtig bekeken. Ineens drong de ernst van de situatie tot me door. Kofi Noewekoe, tegenwoordig manager bij KFC, was zojuist door een ondergeschikte in een abortuskliniek betrapt. Margareth trok op dit moment geheel ten onrechte de conclusie dat haar baas een blanke vrouw zwanger had gemaakt, een vrouw die nota bene voortdurend met haar trouwring zat te spelen. Kofi's smetteloze reputatie bij Kentucky Fried Chicken was in een klap vernietigd. Zijn toekomstige carrière bij de keten hing aan een zijden draad. Het was mijn schuld. Ik moest iets doen, ik moest het rechtzetten.

'Kofi,' fluisterde ik. 'Zal ik even met ze gaan praten?'

De *AutoWeek* gleed van Kofi's schoot.

'Wat wil je dan zeggen?' Zijn stem sloeg over.

'Ik weet het niet, ik verzin wel wat. Spreekt ze Nederlands?'

'Amper,' zei Kofi.

'Spreekt ze Twi?'

'Dat wel,' knikte hij.

'Wat is "vader" in het Twi?'

'*Papa*,' zei Kofi.

'*Papa*,' herhaalde ik.

Kofi schudde zijn hoofd. 'Je zegt het verkeerd. *Pápá* betekent "goed". *Pàpá* betekent "vader". Twi is een klanktaal.'

'Oké. Laat mij maar even.'

Ik liep met mijn onschuldigste glimlach naar de twee vrouwen toe.

'*Akwaaba*,' zei ik.

Stomverbaasd keken ze me aan.

Ik wees naar mezelf. '*I am Diana*.'

'Diana?' zei Margareth vragend. De vrouw met de gouden hoektanden zei niets.

'*Mengjem*,' zei ik plechtig, terwijl ik mijn hand overdreven cirkels over mijn buik draaide. '*Kofi not pàpá! Kofi my friend, pápá friend, but not pàpá. You understand?*'

'*Kofi not pápá?*' zei Margareth aarzelend.

'No, no,' zei ik snel. '*Kofi pápá. Kofi very pápá. But Kofi not pàpá. Kofi is my friend. Not father of baby.*'

De vrouwen bogen hun hoofden naar elkaar en wisselden een paar zinnen uit die ik niet verstond.

'Hoe zeg je "vriend"?' siste ik naar Kofi.

'*Madafo*,' zei hij.

De vrouwen keken nieuwsgierig toe hoe hij de *AutoWeek* van de grond raapte.

'*Kofi madafo, Kofi pápá madafo*,' zei ik nog maar een keer. Daarna liep ik terug en ging ik op mijn stoel zitten.

Kofi hield *AutoWeek* opengeslagen voor zijn gezicht.

'En?' vroeg hij van achter het blad.

'Ik denk dat het is gelukt, maar misschien moet je straks nog even met ze praten.'

Hij ademde een paar keer diep in en uit.

'Het spijt me,' zei ik.

Kofi liet *AutoWeek* langzaam zakken.

'Ken je haar goed?' vroeg ik.

Hij schokschouderde. 'Ze woont met haar familie in Zuidoost. Ze zijn dank zij de Bijlmerramp legaal geworden.'

'Heeft ze een vast vriendje?'

'Niet dat ik weet,' zei Kofi.

Ik wilde hem beetpakken om hem gerust te stellen, maar bedacht me. De vrouwen volgden al onze bewegingen.

'Luister. Zij zit net zo goed in een lastig parket als jij. Als ze aan iemand vertelt dat ze jou hier heeft gezien, zal diegene meteen vragen wat zíj dan in de kliniek deed. Ze zal haar mond wel houden.'

'Ik hoop het,' zei Kofi.

'Als jij op een of andere manier in moeilijkheden komt, kom ik het rechtzetten. Ik meen het, Kofi, desnoods neem ik Tim mee.'

We waren allebei even stil.

'Heb je hem nog gesproken?' vroeg Kofi.

Op mijn verjaardag, voor Disneyland, had ik Tim voor het laatst gezien. Ik had zijn berichtje op mijn voicemail nog willen beantwoorden, maar op een of andere manier kon ik me er niet toe zetten. Hij lag in scheiding, hij had iets met Mirjam, het was alsof ik niet meer in zijn leven paste. En hij niet meer in het mijne.

'Is jullie liefde helemaal voorbij?'

'Ik geloof het wel, Kofi.' Tot mijn verbazing deed het me niets.

'Wil je erover praten?'

Wat viel er te zeggen? Ik voelde aan mijn trouwring. Oscar was de enige, alle anderen waren figuranten. Sommigen hadden veel tekst, anderen weinig. Ze waren me dierbaar, ik kon van ze genieten, zelfs van ze houden, maar het bleven passanten.

'Ik ben er niet verdrietig over, Kofi.'

'*Pein dan kan jo ya, di voorika an toea*,' antwoordde hij. 'Als een pijl niet diep is binnengedrongen, is het verwijderen niet moeilijk.'

Het klonk als een steekhoudende verklaring.

'Als de pijl bij Tim maar niet te diep zit,' verduidelijkte Kofi met een zorgelijke frons.

Mijn gedachten dwaalden naar de Willemsparkweg. Naar de slaapkamer met het hoge plafond en de krakende houten vloer. Naar Tim. Tim op blote voeten met een bord ciabattabroodjes. Tim, die het laatste stuk van mijn broodje in zijn mond stak en me daarna naar zich toetrok. Tim, zorgeloos schaterlachend. Tim, dronken van verliefdheid, me bezwerend dat hij nooit zo veel... en nooit zo lekker... en ik, die hetzelfde bezwoer, dat ik echt nooit zo veel en echt nooit zo lekker... *Echt Tim, ik meende het. Nooit zó veel en nooit zó lekker, maar het mocht niet zo zijn. Ik bedoel, het mocht wel zo zijn. Maar niet voor altijd. Nooit voor altijd. Dat wisten we, Tim, dat wisten we toch?*

'Onze liefde heeft een paar jaar kunnen bloeien, omdat jij ons asiel hebt verleend. Heb ik je daarvoor wel genoeg bedankt, Kofi?'

Verlegen sloeg hij zijn ogen neer.

'En heb je nou al een afspraak met die onderbuurvrouw van je?'

'Ach, Diana,' zei Kofi. 'Natuurlijk niet. Dat durf ik toch helemaal niet te vragen.'

'Als ze weer iets komt lenen, moet je haar mee uit vragen. Beloof je dat?'

Margareth en haar moeder werden uit de wachtkamer gehaald door Bram Wolf. Ze schuifelden arm in arm weg.

Als een pijl niet diep is binnengedrongen, is het verwijderen niet moeilijk, had Kofi gezegd. Ik had ineens buikpijn. Erge buikpijn.

Ik stond op. 'Weet je waar het toilet is?'

Kofi wees in de richting van het halletje.

Op de wc sloeg ik mijn handen voor mijn gezicht. Nog een paar uurtjes. *Even doorbijten, Daantje, niet te veel nadenken. Kofi is bij je. Straks is het voorbij. Vanavond ben je weer thuis.*

Na ruim anderhalf uur, drie kopjes thee en zeven tijdschriften, nadat we Margareth huilend hadden zien terugkomen en Kofi zo veel medelijden met haar had dat het hem niet meer kon schelen wat ze van hem dacht en hij een praatje met haar maakte, nadat ik mijn mobiel vier keer had aan- en uitgezet – geen boodschappen – en we voor de zoveelste keer hadden berekend of ik voldoende parkeergeld had ingegooid, nadat we de kliniek van een bepaalde strategie verdachten, die inhield dat het lange wachten moest contrasteren met de korte ingreep, waarbij het verschil in beleving in het voordeel van de ingreep zou uitvallen, nadat we deze theorie in duigen hadden zien vallen toen het jonge, blanke stel hun jassen kwam halen en verdween, het meisje met een spierwit gezicht, de jongen met een mengeling van schok en wanhoop in zijn ogen, het was geen grap, zij hadden het gedaan, zij hadden het echt gedaan, nadat ik me had afgevraagd of je kon worden weggestuurd als het spreekuur uitliep en ik veertig knopen in mijn haar had gedraaid, werd ik geroepen door een verpleegkundige, die zich voorstelde als Diana. Ze had een kort, blond pagekapsel en bruine ogen.

'Diana? Zo heet ik ook,' zei ik.

De verpleegkundige keek in haar papieren.

'Ach, ja, ik zie het. Wat toevallig.'

Het schiep gelijk een band, twee Diana's begrijpen elkaar per defi- nitie beter dan een Diana en een – ik noem maar wat – Xandra.

'Ga je mee?' vroeg Diana.

Kofi en ik stonden op.

'Blijft u maar zitten,' zei Diana tegen Kofi.

Kofi aarzelde.

'Hij moet erbij zijn, hoor,' zei ik geschrokken.

Diana vertelde dat ik eerst naar de rustkamer zou worden gebracht, waar ik me kon omkleden en mijn spullen kon wegzetten. In de rustkamer stond een bed voor me klaar. Na de behandeling zou ik naar diezelfde ruimte gaan om bij te komen. Er mochten geen mannen naar binnen, alleen patiënten en personeel. Ik zou er zo lang mogen blijven als ik wilde, totdat ik me goed genoeg voelde om weg te gaan.

Het verhaal ging een beetje langs me heen.

'Mag Kofi wel bij de behandeling zijn?' vroeg ik weer.

Ze knikte.

We liepen samen naar de rustkamer. Daar stonden een stuk of zeven bedden met nachtkastjes ernaast, drie ervan waren bezet. Op een van de bedden zag ik het knappe meisje met de dreadlocks liggen. Zij lag met haar gezicht naar de muur. Ze droeg een groot, wit T-shirt. Haar rug schokte.

De verpleegkundige wees me mijn bed.

'Heb je een pyjama bij je? En sokken?'

Ik knikte.

'Ga je maar vast omkleden. Ik kom zo bij je.'

Ze liep naar het meisje met de dreadlocks, legde haar hand op haar schouders en fluisterde iets wat ik niet verstond.

Het meisje snikte gesmoord.

'Neem nog maar een slokje thee,' hoorde ik Diana zeggen. 'Daar knap je van op.'

Ik trok mijn kleren uit en probeerde me af te sluiten voor wat er zich op de rest van bedden afspeelde, maar dat was moeilijk. Het drama droop overal van de lakens.

Ik pakte mijn blauwe bloemetjespyjama uit mijn tas.

Heden zij, over een uurtje gij.

Zou ik ooit weer in Zeeman kunnen staan en erom kunnen lachen?

Mijn pyjama ging aan, mijn dikke sokken ook.

'Ben je klaar?' vroeg Diana.

Mijn kaken klemden, mijn maag was een blok beton, mijn oogspieren maakten onwillekeurige, trekkende bewegingen. Ik was klaar.

Diana nam me mee naar een zijkamertje.

'Hier doen we de echo,' vertelde ze.

'Is dat echt nodig?' vroeg ik.

Ze ging me voor door een deur. Als eerste zag ik Kofi, die naast een kleine, Indonesische vrouw met peper-en-zoutkleurig haar stond te wachten – de arts, vermoedde ik. Ik probeerde naar Kofi te glimlachen. De vrouw gaf me een hand en stelde zich voor als dokter Nogwat, ik verstond haar naam niet. Ze had een lief gezicht met een platte neus en van die ogen die ver uit elkaar staan.

Ik mocht op een behandeltafel gaan liggen. Aan de rechterkant bevond zich het echoapparaat.

'U hebt een tweeling, hè?' zei de dokter.

'Ja,' antwoordde ik.

'Dat zal wel druk zijn.'

Jazeker, dat was druk.

Mijn pyjama werd omhooggeschoven.

Kofi wendde zijn hoofd af.

Dokter Nogwat spoot een beetje gelei op mijn onderbuik, gelukkig, het werd een uitwendige echo.

Vlak boven mijn schaambeen drukte ze mijn buik in met de transducer.

Terwijl de dokter drukte en naar de monitor keek, vertelde ik haar over Jesse en Daniel. Dat ik me de schok van hun eerste echo nog goed kon herinneren. Dat ik zelf enig kind was en nooit van een groot gezin had gedroomd. Eén kind, heel misschien twee, leek me meer dan voldoende. Een leven zonder kinderen had me ook geen straf geleken, al scheen ik de enige vrouw ter wereld te zijn die daar zo over dacht.

De dokter knikte afwezig en hield een oog op de monitor. Ik vermeed angstvallig naar rechts te kijken.

'Het is er eentje,' zei ze zakelijk.

Ze haalde de transducer van mijn buik. Diana veegde de gelei weg met een tissue.

Ik mocht overeind komen.

Het was er eentje. Inwendig sloeg ik een kruis.

'Kijkt u maar even,' zei de dokter.

Dat wat er in mijn baarmoeder zat, stond nog steeds op het beeldscherm.

'Doet u maar, het is niet eng. Wilt u het misschien zien?' Ze wendde zich tot mijn Ghanese begeleider.

Kofi keek.

Ik keek naar Kofi.

'Wat zie je?' vroeg ik.

Hij boog zich naar het scherm en kneep zijn ogen samen. 'Tja,' zei hij. 'Ik zie... ik zie een vlek.' Hij leek niet erg geschokt.

De arts glimlachte.

Nu durfde ik ook te kijken.

Ik zag ook een vlek. Een cirkelvormige vlek.

'Is dat alles?' vroeg ik.

Dokter Nogwat knikte. 'Dat is het vruchtzakje,' zei ze.

Ik liet het woord even op me inwerken.

'U bent erg gespannen, hè?' constateerde de dokter.

Voor ik antwoord kon geven, begonnen zowel Diana als Kofi heftig te knikken.

'Zo strak als een plank,' zei Diana.

Ik wilde ter verdediging aanvoeren dat het ten eerste wel meeviel. En dat het me ten tweede niet meer dan logisch leek dat er aan mijn kant van de behandeltafel sprake was van enige nervositeit. Me dunkt. Iets zei me dat de aanwezigen weinig ontvankelijk zouden zijn voor mijn tekst, daarom hield ik mijn mond.

'U hebt gehoord hoe het werkt?' vroeg de dokter. 'Zo dadelijk verdoven we uw baarmoedermond en zuigen daarna de inhoud van de baarmoeder naar buiten. Het is vrij snel gebeurd. U hoeft zich geen zorgen te maken.' Ze keek me indringend aan. 'Het komt goed.' Soms moet je mensen op hun woord geloven.

Ze liep het kamertje uit. Diana hielp me van de tafel af.

We volgden dokter Nogwat naar de behandelkamer, die eruitzag zoals je hem zou verwachten: ruim en klinisch, met weinig poespas. Er brandde tl-verlichting, langs de witte wanden stonden een paar lage, ijzeren kastjes. Ik zag steriele naalden, doktershandschoenen en gynaecologische instrumenten. In het midden van de kamer stond een behandeltafel met beugels.

Ik mocht weer op mijn rug.

Diana trok mijn slip uit. Mijn sokken bleven aan.

Kofi frummelde aan zijn oor. Het ontroerde me hoe hij daar zwart, groot en heel erg Ghanees stond te wezen.

Ik pakte even zijn pols beet.

'Luister schat, als je liever in de wachtkamer gaat zitten, is het ook goed.'

Vastberaden schudde hij zijn hoofd.

'Ik meen het, hoor.'

'Dat weet ik,' zei hij.

De dokter trok handschoenen aan.

'Als jij denkt dat jouw god het niet goed vindt, of zo, dan moet je weggaan.'

Diana greep in. 'Concentreer jij je nou maar op jezelf, Diana. Kofi redt zich wel.'

Ik wist dat ik mijn mond moest houden, ik wist dat er elk moment een grote gebeurtenis zou plaatshebben, ik wist dat ik het middelpunt van die gebeurtenis zou vormen, maar ik wilde het zo graag nog even uitstellen. Ik wilde praten. Gewoon, even gezellig praten.

'Kofi komt uit Ghana,' vertelde ik. 'Hij kent heel veel Afrikaanse spreuken en gezegdes. Heel mooie. Echt indrukwekkend. Heb je er nog een, Kofi?'

Kofi keek aarzelend van mij naar de verpleegkundige.

Ze haalde haar schouders op, alsof ze zeggen wilde: je gaat je gang maar.

De arts pakte een eendenbek.

'Wel,' zei Kofi. 'Er is een gezegde in het Swahili...'

Ik trok een wat-had-ik-je-gezegd-hij-is-geweldig-gezicht naar Diana.

'Benen in de beugels,' zei dokter Nogwat. 'En je billen een beetje mijn kant op schuiven.'

Ik deed het.

'*Anajioga maji kwa hiari jake hata hisi baridi,*' zei Kofi langzaam. 'Ofwel: "Wie vrijwillig in een bad ijswater stapt, voelt de koude niet." '

Zou dat op hem slaan of op mij?

Net toen ik het wilde vragen, werd de eendenbek naar binnengebracht. Onwillekeurig schoot ik een stukje overeind.

'Rustig, niet verkrampen,' waarschuwde Diana.

'Ik ga de baarmoedermond eerst desinfecteren, verdoven en daarna oprekken,' sprak de arts. 'Die prikken kunnen een beetje pijnlijk zijn.'

De eendenbek werd wijder opengewrikt.

Diana stond aan mijn rechterkant, Kofi stond links, de arts tussen mijn benen.

'We blijven bij je,' zei Diana zacht. 'Je hoeft niet bang te zijn. Kofi en ik blijven bij je. Zo is het toch, Kofi?'

'Ja,' zei hij.

Er schraapte iets bij mijn baarmoedermond.

Diana legde haar linkerhand op mijn schouder, pakte met haar andere hand mijn rechterhand en maakte Kofi duidelijk dat hij haar voorbeeld moest volgen.

'Voelt dat goed zo?' vroeg Diana. 'Je bent niet alleen. We houden je vast.'

Het geschraap hield op.

'Pas op, nu komen de prikjes,' zei de arts.

En inderdaad.

Er werd een naald in mijn baarmoedermond gestoken. Een naald, waaraan geen einde leek te komen. Daarna nog eentje. Ik perste mijn lippen op elkaar. Kofi en Diana pakten mijn handen steviger beet.

Toen het voorbij was, zuchtte ik diep.

'Het is niet zo dat u straks niets meer voelt,' vertelde de arts. 'Ik kan alleen bij de baarmoedermond, de baarmoeder zelf zal gevoelig blijven.'

Het slechte nieuws vertellen artsen altijd liever achteraf.

Diana streek een lok uit mijn gezicht. 'Als het straks gaat beginnen, mag je mij aankijken of Kofi. Je mag je ogen ook dichtdoen, als je dat liever wilt. Verder hoef je niets te doen. Dokter Nogwat is een goede arts. Het komt allemaal in orde. Geef je maar over.'

Dat klonk als een goed advies. Ik zou het proberen op te volgen.

De dokter ging zwijgend verder. Ik wist wat ze ging doen, ik had het allemaal op de website gelezen. Eerst zou ze met steeds grotere stokjes mijn baarmoedermond wijder maken, daarna zou ze een plastic buis inbrengen en met die buis zou ze mijn baarmoeder leegzuigen.

Als alles eruit was, was ik niet meer zwanger.

'Gaat het?' vroeg Kofi.

Mijn neus zat vlak bij zijn overhemd. Het rook naar lentebloesem. Ik moest hem toch eens vragen welk wasmiddel hij gebruikte.

'Ik ga beginnen,' kondigde de dokter aan.

Ze had iets ingebracht, dat had ik gevoeld, ze zette iets aan, dat voelde ik ook. Er werd gezogen, onmiskenbaar, er werd met kracht gezogen. Het deed zeer. Meer dan ik had verwacht. Mijn baarmoeder werd vacuüm getrokken. Ik schoot weer omhoog.

Diana streek over mijn rug. Ze wreef met haar vlakke hand langzaam, maar krachtig, van boven naar onder en weer terug.

Kofi kneep in mijn hand. Ik zocht zijn ogen.

'Het doet pijn,' zei ik huilerig. 'Waarom doet het zo'n pijn?'

Diana bleef strijken. 'Hou vol,' zei ze. 'Het is zo voorbij. Let op mijn hand. Kijk naar Kofi. Concentreer je op ons.'

Ik probeerde het.

De scheuten werden steeds feller en heviger. Mijn lichaam

verkrampte. Ik wilde schreeuwen, ik wilde mijn benen uit de beugels trekken, ik wilde weg, weg van de tafel. Het was oneerlijk. Waarom was ik de pineut, waarom niet Tim, waarom niet Oscar? Waarom hadden vrouwen altijd de pijn, waarom eindigden wij altijd met onze benen wijd op tafels terwijl er instrumenten werden ingebracht?

'Nog even, het gaat goed,' zei de arts.

Ze bleef me pijn doen. Het was of mijn baarmoeder binnenste-buiten werd gezogen.

Ik vloekte.

'Diep inademen,' zei Diana. 'En weer rustig uitademen.'

Ze liet me geen seconde los. Kofi ook niet.

'Laat haar ophouden, Kofi, laat het ophouden!' smeekte ik.

Hij zag de verwilderde blik in mijn ogen en opende zijn mond.

Ik dacht dat hij iets zou gaan zeggen, maar dat deed hij niet.

Zijn lippen vormden een serie vreemde, treurige klanken. Eerst zacht en aarzelend, haast neuriënd, al gauw met kracht en overtuiging.

Kofi zong.

Zijn lied klonk van ver en van andere tijden. Het was vertrouwd, hoewel ik het niet kende.

Wo so wo je bone a menka...

Mijn bovenlichaam wiegde heen en weer. Diana's hand ging nog altijd over mijn rug, al volgde ze nu Kofi's ritme. De melodie begeleidde de pijn, de pijn begeleidde de melodie. Pijn en muziek vloeiden in elkaar over. Ik sloot mijn ogen.

Als het langer zou duren, als ik zou sterven, zou ik er vrede mee hebben. Ik had een mooi leven geleefd, ik zou er niet tegen vechten, ik wist me omgeven door warmte en liefde. Het zou niet erg zijn.

Nog één keer verhevigden de krampen. Kofi's stem ging omhoog. Het moest eruit, maar het was alsof het niet wilde, het moest met geweld, blijkbaar moest het met geweld.

Het apparaat viel stil. De instrumenten gleden uit mijn lichaam. De laatste noten stierven weg.

Iemand zei: 'Het is gebeurd.'

Kofi veegde mijn wangen droog.

'Je hebt een bijzondere vriend.'

Diana begeleidde me naar de rustkamer.

Ik liep gebogen als een oude vrouw, met een dikke prop maandverband tussen mijn benen.

'En wat een prachtige stem. Ik heb nog nooit zoiets meegemaakt. Dokter Nogwat ook niet. Het leek wel of hij ons hypnotiseerde.' Ze was diep onder de indruk van Kofi's optreden.

We liepen de rustkamer binnen. Ik zag alleen maar mijn eigen bed. Mijn bed, met mijn tas ernaast. In een waas wankelde ik ernaar toe.

'Ga maar liggen,' zei Diana. 'Wil je op of onder de laken?'

Ze tilde het laken op, ik schoof op mijn zij in het bed en krulde mezelf op.

'Lig je goed?' vroeg Diana. 'Ik ga iets te drinken voor je halen. Ben zo terug.'

Ze liep weg.

Ik was alleen.

Kofi zat in de wachtkamer, Diana haalde drinken, dokter Nogwat maakte zich klaar voor de volgende patiënt, Oscar zat op zijn werk, Jesse en Daniel waren op de crèche, ik lag helemaal alleen in bed in de rustkamer van een abortuskliniek en Darwin—

Darwin! Ik was hem vergeten. In de behandelkamer had ik geen seconde aan hem gedacht. Ik had geeneens afscheid van hem genomen. Nu was het te laat. Darwin bestond niet meer. Mijn koekoeksjong, mijn kindje was verdwenen.

'Goed zo, laat het maar gaan,' zei Diana.

Ik had haar niet aan horen komen.

Ze zette iets op mijn nachtkastje.

'Een kop warme thee voor je. Ik heb er suiker in gedaan, dat heb je nu nodig. Eet die koek ook maar lekker op.'

Met betraande ogen keek ik opzij. Naast de dampende kop thee lag een Liga Switch, met appel/bosvruchtenvulling.

Diana kwam naast me op bed zitten. 'Doe maar rustig aan,' zei ze. Ze vond mijn onbeheerste snikken blijkbaar niet zorgwekkend. 'Je mag hier zo lang blijven als je wilt. Drink je thee, kom tot jezelf. Straks, als je je ertoe in staat voelt, kleed je je op je gemak aan en dan kun je naar Kofi toe.'

'Mag hij niet hier komen?' snifte ik.

Met een milde glimlach schudde ze haar hoofd.

'Ik snap dat je hem graag bij je hebt, maar dat mag helaas niet. Straks zie je hem weer.'

Ze liet me weer alleen.

Iets zei me dat het komende half uur cruciaal zou zijn. Ik moest mijn thee opdrinken en tot mezelf komen. Maar wie was ik? Ik was een vrouw die net een abortus had ondergaan. Ik was niet de enige. Je bent nooit de enige. Jaarlijks worden in Nederland bijna vijfendertigduizend overtijdbehandelingen en abortussen uitgevoerd, zo'n honderddertig per werkdag. Wist u dat? Waar woonden al die vrouwen, waarom kende ik ze niet?

Ik nam een slok thee. Mierzoet. Nog wat nasnikkend knabbelde ik op de Switch.

Ik wachtte zonder te weten waarop ik wachtte. Op een toornige god die me ondersteboven in de aarde zou planten, op grote gevoelens van schuld en boete, op straf? Verdiende ik straf of was ik net gestraft?

Er werd een nieuw meisje binnengebracht. Jong nog, piepjong, nerveus glimlachend, met een vale spijkerbroek en een Harry Potter-rugzak over haar schouder. Toen ze me zag, verdween de lach van haar gezicht.

Ik draaide me op mijn andere zij, veegde mijn tranen weg met het laken en hield mezelf een denkbeeldige microfoon voor.

    — Hoe voelt u zich nu, Mevrouw De Wit? Wat gaat
       er op dit moment door u heen?
    — Wel, dat zal ik je vertellen. Ik voel me wee. Ik heb

een kramperig gevoel in mijn onderbuik. Ik verlies
bloed.
– En verder?
– Is dat niet genoeg, meneer de verslaggever?
– De kijkers willen alles weten, Mevrouw De Wit.
– Verder voel ik me verdrietig.
– Hebt u spijt?
– Heb ik spijt?
– Spijt, ja. Simon, Pieter, IJsbrand, Theodoor. Hebt
u spijt?
– Dat is moeilijk te zeggen, ik...
– Alleen ja of nee is voldoende, Mevrouw De Wit.
Hebt u spijt?
– Ik heb spijt dat het zover is gekomen en—
– Ik bedoel spijt over de ingreep, Mevrouw De Wit.
Gaat u voortaan elk jaar snikkend uitrekenen hoe
oud het nu zou zijn, gaat u postuum truitjes brei-
en, kunnen we een in memoriam verwachten,
komt er een stille tocht naar de Sarphatistraat,
hebt u spijt?
– Nee.
– Néé?!
– Nico Eduard Eduard. Nee, ik heb geen spijt.

Kofi bracht me niet meteen naar huis, maar naar de Willemsparkweg. Het was half drie, ik hoefde nergens heen, ik wilde even
bijkomen.
'We gaan rustig naar boven,' zei Kofi in het portiek. Hij gaf me
een arm. 'We hebben alle tijd.'
Voetje voor voetje beklommen we de trappen.
'Binnenkort kom ik een lading schoenen brengen, Kofi,' zei ik. 'Ik
ben op mijn werk met een collega een inzameling begonnen, het
loopt als een trein.'
Belinda en ik hadden de actie 'Geen blote voet meer in Ghana'
gedoopt. De oproep hing op het prikbord en was via de interne mail

verspreid. Op enkele notoire mopperkonten na, reageerden de meeste collega's positief. De tekst was geïllustreerd met een foto van een klas vol zoete negerkindjes zonder schoenen, dat plaatje hielp een hoop mensen over de streep. Praktisch iedereen bleek thuis meerdere afgedankte paren te hebben liggen. We sloegen ze zolang op in het stiltehok.

De eerste twee trappen waren bestegen. Even pauze.

'Had ik het je nog niet verteld?' vroeg Kofi zorgelijk. 'Ik ben gestopt met de schoenen.'

'Echt?' zei ik. 'Waarom?'

'De geur.' Hij trok zijn neus op. 'Je rook ze overal. Ik kon er niet meer tegen.'

'En nu?'

'Dat zie je zo wel.'

Bovenaan in het trappenhuis leunde ik tegen de muur om bij te komen. Kofi maakte de deur open. Ik was benieuwd wat ik zou aantreffen. Ik dacht iets van kleding, maar zag een bonte verzameling witgoed. De hal was tot de nok toe gevuld met koelkasten. Ze stonden op elkaar, naast elkaar, we konden er amper langs.

'Hoe heb je die in godsnaam hier gekregen?'

'Met een vriend,' zei hij achteloos.

Kofi had intussen veel vrienden.

Hij deed de deur naar de slaapkamer open.

Tussen de gestapelde vriezers door leidde een smal pad naar het bed.

'Gaat het?' vroeg hij bezorgd. 'Als ik had geweten dat je vanmiddag hier zou komen, had ik ze weggehaald.'

Hij trok de deur van een van de koelkasten open, keek glimlachend naar de binnenkant en deed hem weer dicht. 'Ik woon hier al zo lang, maar ik blijf me verbazen. Jullie kopen compleet nieuwe keukens, terwijl de oude het nog prima doen.'

Ik sloeg het bed open, schopte mijn schoenen uit en kroop er met kleren aan in. Mijn buik deed pijn. Niet heel erg, een beetje zeurderig, alsof ik net ongesteld was geworden.

'Wil je wat drinken?' vroeg Kofi.

'Een kopje thee, graag.'

Kofi verdween.

De ingreep was anderhalf uur geleden. Ik had drie kwartier in de rustkamer doorgebracht, toen wilde ik weg. Op de andere bedden lagen nog twee vrouwen, eentje huilend, ik had geen zin om er langer getuige van te zijn, ik wilde terug naar mijn eigen leven. Nog wat bibberig had ik mijn kleren over mijn pyjama heen aangetrokken, ik had mijn schoenen aangedaan, mijn tas ingepakt, bij elke handeling voelde ik me sterker worden. Ik had losbandig geleefd, ik was onverantwoordelijk geweest, allemaal waar, maar ik had de prijs betaald. Ik had mijn les geleerd, het zou me niet nog eens over-komen. Bram Wolf had een Mirena voor me gereserveerd, de komende vijf jaar zouden ze me niet meer terugzien in de Sarphati-straat. Vanaf heden heette mijn missie: moedig voorwaarts.

'Ik heb gelijk een kruik voor je gemaakt,' zei Kofi. Hij zette de thee op het nachtkastje. Zelf had hij cola genomen. 'Wil je dat ik de gordijnen dichtdoe?'

Dat hoefde niet.

Kofi draalde naast het bed.

Er was zo veel dat ik tegen hem wilde zeggen. Dat hij een vriend was, een echte vriend, dat ik nooit zou vergeten wat hij voor me had gedaan, dat hij altijd op mij zou kunnen rekenen, wanneer of waar dan ook en dat het leven hier toch om draaide, om warmte, om liefde, om de connectie tussen twee mensen, tijdelijk of voor eeuwig, het maakte niet uit.

'Zou je me even willen vasthouden, alsjeblieft?' vroeg ik.

Kofi zette zijn cola op het nachtkastje. Ik legde de kruik opzij en sloeg het dekbed open.

Hij trok zijn schoenen uit en kwam naast me liggen.

Een beetje schutterig sloeg hij zijn armen om me heen. Ik kroop naar hem toe. Nog nooit waren onze gezichten zo dicht bij elkaar geweest. Kofi had wijde poriën. Het wit rond zijn ogen was een beetje bloeddoorlopen.

'Lig ik eindelijk in je bed met jou erbij,' grapte ik.

Zijn blik bleef ernstig. 'Je hebt je goed gehouden vanmiddag.'

Ik keek naar zijn mond. Hij had prachtige, volle lippen en witte tanden. En dan nog dat gouden hart. Onbegrijpelijk dat Shiona hem had laten lopen.

'En jij hebt heel mooi gezongen. Hoe kwam je erbij om dat te doen?'

Voorzichtig streelde ik zijn rug. Kofi verroerde geen vin.

'Ik had je toch verteld over de drie baby's die mijn moeder heeft verloren? Op sommige dagen kon ik zien dat ze daar verdrietig over was. Ze zei het nooit, maar ik zag het, al was ik zelf nog een kind. Dan kroop ik bij haar op schoot en zong dat liedje om haar te troosten. Ik had het op school geleerd.'

'Waar gaat het over?'

'Het is een oud wiegenliedje.'

Kofi reikte naar achteren en pakte zijn cola. 'Mag ik je iets vragen, Diana?'

Hij trok zijn linkerarm voorzichtig onder me vandaan en kwam overeind. 'In de *ViaVia* stond een koelkast, gratis af te halen in Amsterdam Noord. Nu jouw auto toch hier staat, zou ik die misschien even kunnen lenen om hem op te halen?'

Ik glimlachte. Ik hoefde Kofi niet te vertellen dat we vrienden waren. Hij wist het. 'Natuurlijk,' zei ik. 'Denkt je dat die koelkast erin past?'

'Als ik de achterbank naar beneden klap, moet het lukken.' Kofi dronk zijn cola in drie grote slokken op.

Ik pakte mijn tas en zocht mijn sleutels.

Mijn Ghanese vriend krabde zich op het hoofd. 'En zou ik hem daarna misschien nog even kunnen lenen om een boodschap te doen? Ik heb iemand beloofd—'

'Schat,' onderbrak ik hem. 'Je mag hem zo lang lenen als je wilt. Als ik maar voor zessen thuis ben om mijn kinderen van de crèche te halen.'

'Geweldig,' zei hij verheugd. 'Vind je het niet erg om hier alleen te blijven?'

'Helemaal niet,' zei ik eerlijk.

Oscar had ge-sms-t dat hij pas rond negenen thuis zou zijn.

Maurice wilde een hapje met hem eten, hij had ruzie met Patricia. Iets over haar ex, Oscar wist het niet precies.

Kofi trok zijn schoenen aan.

Ik gaf hem mijn autosleutels.

'Zal ik nog iets te eten voor je maken?' vroeg Kofi.

'Ga nou maar. Ik weet de weg, *madafo*.'

Even later sloeg de voordeur dicht en klonken zijn voetstappen op de trap. Toen het geluid was weggestorven, nam ik een slok thee. Daarna kwam ik uit bed. Ik moest plassen. De kliniek had me extra maandverband meegeven. Ik pakte het uit mijn tas. Op de wc trok ik een beetje angstig mijn broek naar beneden. Het viel mee. Terwijl ik plaste, scheurde ik het bebloede verband uit mijn slip, rolde het op, trok de plakstrip van het schone verband los en zette het vast in mijn onderbroek. Er stond geen afvalemmertje in het toilet. Ik hees mijn broek weer op. De muren van Kofi's wc zagen er kaal uit. Ineens begreep ik waarom: de polaroids van Shiona waren weggehaald.

'*Good for you, Kofi*,' mompelde ik. '*Life goes on.*'

Ik gooide het oude maandverband in de hoge pedaalemmer van glanzend aluminium in de keuken. Het was een Brabantia. Tim en ik hadden hem Kofi cadeau gedaan. Shiona's Italiaanse designkeuken bevatte alle mogelijke inbouwapparatuur, een ijsblokjesmaker, een kraan die kokend water gaf en een volautomatische broodbakmachine, over elk detail van het ontwerp was weken gebrainstormd, alleen een plek om afval in te werpen ontbrak.

We hadden de Brabantia samen bij Blokker in de Beethovenstraat gekocht. In de rij voor de kassa hadden we staan zoenen. Bij het schap met pedaalemmers hadden we ook een potje staan zoenen. Het leukste van clandestiene relaties is dat je elke gelegenheid te baat neemt om grote hoeveelheden speeksel uit te wisselen.

Als iemand me toen had verteld dat ik de Brabantia nog eens zou vullen met een door de nabloeding van een abortus besmeurd maandverband, dan had ik diegene meteen geloofd.

Er zijn weinig dingen waarvan ik denk dat ze mij nooit zullen overkomen. Hoe langer ik leef, hoe meer ik erachter kom dat alles me wel een keer overkomt, in welke vorm dan ook. En dat het zijn charmes heeft. Ik wacht gelaten af totdat de dokter me vertelt waar het kwaadaardige gezwel zich bevindt, totdat ik de klap hoor waarmee mijn auto frontaal op een tegenligger botst, totdat de politie de buurtpedofiel oppakt, die zich heeft vergrepen aan mijn zoontjes. De werkelijkheid zal altijd een slap aftreksel zijn van mijn fantasie.

Ik liep terug naar de slaapkamer en ging op bed liggen. De kruik was lekker warm. Misschien kon ik even gaan slapen.

De zon scheen in mijn gezicht. Ik zou buiten moeten zijn. In Nederland is het aantal zonne-uren per jaar zo gering dat ik me altijd schuldig voel als ik bij mooi weer binnen zit. Toen ik de jongens kreeg, werd dat alleen maar erger. Kinderen moeten zo vaak mogelijk gelucht worden, dat schijnt gezond te zijn. De kraamverzorgster joeg me destijds met min drie de deur uit. 'We pakken ze flink in, dat lukt best. Nu ben ik er nog, straks sta je er alleen voor,' zei ze. Wat een bezoeking. De wagen uitklappen, de jongens eerst nog even verschonen, ze daarna in hun pakken hijsen, in de wagen leggen, mutsen op, dassen om, wantjes aan, spenen mee, spuugdoekjes mee, ik was al kapot voordat ik de hoek van de straat had bereikt.

In december werden Jesse en Daniel drie. In december zou ik geen dikke buik hebben, ik was niet zwanger. Niet meer. Ik had ingegrepen. De wet bood mij de gelegenheid om een ongewenste zwangerschap te beëindigen, ik had van die gelegenheid gebruik gemaakt. Dat was alles.

Slapen ging niet lukken. Mijn hoofd was veel te helder, er brandde een tl-buis in mijn kop. Neuken was een goede manier om uit mijn hoofd te komen, sporten hielp ook, en dansen. Ik trok de kruik dicht tegen mijn buik. Neuken, sporten en dansen. Voorlopig zou het er niet van komen. Voorlopig was ik alleen in Kofi's woning, waar de stilte tegen mijn oren drukte.

Het was niet zo fijn om alleen te zijn als ik had gedacht.

Ik maakte een lijstje van alle mensen die ik het liefst vond en die ik op dit soort momenten bij me zou willen hebben.

Op nummer één stond Oscar.

Op nummer twee Jesse en Daniel.

Ik twijfelde over de derde plaats. Tot voor kort was die voor Tim.

Gevoelens zijn mooie dingen en ze kunnen heel groot zijn, maar dat ze ook kunnen verdwijnen of van gedaante kunnen veranderen, bracht me in de war.

Evelien stond op nummer vier. Ook zij was gezakt. Zij stond ooit op twee, voordat ik Oscar ontmoette zelfs op één.

Mijn ouders stonden op de vijfde plaats.

Ik zou ze op drie kunnen zetten, op de plaats van Tim.

Was dat reëel? Wat bond ons nog, behalve een gezamenlijk verleden en de liefde voor Jesse en Daniel? Wisten mijn vader en moeder nog wie ik was? Ze wilden er zeker van zijn dat het goed met me ging, dan waren ze tevreden.

Mijn ouders bleven op vijf.

Evelien kende me als geen ander. Ik moest meer vertrouwen hebben in onze vriendschap. Als ik zou opbiechten wat er aan de hand was, zou ze me heus wel steunen. Zij zou me niet laten vallen. Ik haalde mijn Nokia uit mijn tas. Misschien kon Evelien een plaatsje omhoog. Oscar, de jongens en Evelien: dat was een mooie top drie.

Ik belde naar haar huis. Er werd niet opgenomen. Ik probeerde haar mobiel. Gelukkig, die ging over. Evelien vergat hem vaak aan te zetten.

'Hallo?' Ze stond ergens buiten. Ik hoorde kinderen schreeuwen.

'Hoi, met Diana.' Toen ik begon te praten, moest ik eigenlijk meteen huilen. Ik probeerde het weg te slikken.

'Wat is er, ben je ziek?'

'Ik... eh...' Hoe vertel je zoiets.

'Mereltje, ga weg daar, dat is gevaarlijk,' riep Evelien. 'Het is straatspeeldag, ik ben buiten met de klas van Marieke.' Ze klonk chagrijnig.

'Kunnen we praten?' vroeg ik.

'Dit is niet echt een handig moment.'

'Het is dringend,' zei ik.

'Heel even dan.' Zo te horen liep ze een eindje bij de kinderen vandaan. 'Waar ben jij eigenlijk?'

'Op de Willemsparkweg.'

'Moest je niet naar je werk vandaag?' Ze deed geen moeite haar afkeuring te verbergen.

'Het is donderdag, dan werk ik meestal thuis.'

Evelien snoof. 'Maar in plaats daarvan zit je op de Willemspark-weg... met Tim of de dakdekker, of allebei, is dat het grote nieuws, heb je net je eerste triootje achter de kiezen?'

'Halló zeg—' begon ik.

'Luister eens, ik ben die verhalen een beetje zat. Je moet het allemaal zelf weten, het is jouw ding, zoals jij dat altijd zegt, maar het is niet mijn ding. Ik heb erover nagedacht en ik wil het allemaal niet meer weten. Jij vindt dat het moet kunnen, Oscar vindt dat blijkbaar ook, ik zou zeggen: veel plezier ermee, laat mij er voortaan buiten.'

Dit gesprek liep helemaal verkeerd.

Moeizaam kwam ik overeind. 'Hé... wat heb jij ineens? Heeft dit met die Clemens te maken?' Als door een wonder wist ik zijn naam nog.

'Daar heb ik dus ook spijt van, dat ik dat aan jou heb verteld. Het was iets moois en jij maakte er meteen iets smerigs van...'

Een zacht piepje onderbrak Evelien's woordenstroom. Iemand stuurde me een sms. Waarschijnlijk Oscar weer.

'...iets veel ergers. Joost is vannacht niet thuis gekomen. Vanoch-tend om acht uur stapte hij binnen, moet je je voorstellen, ik had geen oog dichtgedaan, ik was doodongerust. Hij zei dat hij op kantoor in slaap was gevallen.'

O god, dat was het dus. Daarom was Evelien zo kortaangebonden. De lul was te ver gegaan. In slaap gevallen op kantoor, hou op, daar trapt toch niemand in?

'Ik weet niet wat ik ervan moet denken,' zei Evelien, wat zachter nu. 'Hij had het heel druk met die offerte, hij moest en zou die klant binnenslepen, waarschijnlijk heb ik dat onderschat. Als hij zo kapot is dat hij achter zijn computer in slaap valt en de telefoon niet meer hoort... misschien zit hij tegen een burn-out aan.'

Mijn hemel, ze was bereid hem te geloven!

'Ik ga hem in elk geval wat meer ontlasten,' besloot ze gedeci-deerd. 'Ik vraag best veel van hem.'

Dat was niet overdreven. Joost bracht Thijs en Marieke elke ochtend naar school, kookte zeker twee keer per week en ging elke donderdagavond naar de supermarkt. Hij deed aanzienlijk meer dan Oscar, terwijl Evelien niet eens werkte.

Ze slaakte een diepe zucht. 'Sorry hoor, ik moest het even kwijt. Ik ben zo geschrokken.'

'Dat kan ik me voorstellen,' zei ik.

Ik zou haar een nog veel grotere schok kunnen bezorgen. Ik kon het verhaal van Joost in twee, drie zinnen opblazen. Dat zou ze zelf ook kunnen, als ze doorvroeg, als ze hem het mes op de keel zette, maar ze koos ervoor dat niet te doen. Ze koos voor de illusie.

Wie was ik om haar de illusie te ontnemen? Als iemand dat moest doen, dan was het Joost.

'Ik ga je hangen, Diana, de kinderen maken elkaar af.'

'O,' zei ik verbouwereerd.

'Veel plezier nog daar. Ik zei het wat bot, maar ik hoop dat je me begrijpt. Ik trek het niet meer, al die verhalen.'

Ze verbrak de verbinding.

Ik liet de telefoon uit mijn handen glijden, ging op mijn rug liggen en vouwde mijn handen boven mijn buik.

Als een pijl niet diep is binnengedrongen, is het verwijderen niet moeilijk.

Als je alle pijlen verwijdert, ben je vrij. Gewond, maar vrij.

Kofi zou het niet raar vinden dat ik huilde. Niemand zou het raar vinden.

Ze huilde zeven tranen.

En dat was net genoeg.

Zeven, zeventig of zevenhonderd tranen. Eens was het genoeg.

Een paar minuten later piepte mijn mobiel. Twee ongelezen berichten, toe maar.

Leeft u nog? xJ

en

Ik mis u, mvrouw.

Ik glimlachte.

Mister Cute was echt. Mijn dakdekker was wie hij was. Niet meer, niet minder. Geen illusie, geen mooipraterij, geen dikdoenerij. Joshua, *just Joshua*.

Ik draaide me op mijn zij. Zou ik hem bellen? Hij zou vast beter gehumeurd zijn dan Evelien. Terwijl ik de voors en tegens afwoog, lag mijn duim al op de knop. Ik drukte in. Zijn mobiel stond aan, hij ging over.

Na één keer nam Joshua op met een enthousiast: 'Diana!'

'Hé,' zei ik. 'Hoe is het?'

'Goed. Met jou?'

'Goed, hoor.'

Joshua zweeg. Hij was niet zo'n telefonist.

'Waar ben je?' vroeg ik.

'Op de ring bij Amsterdam, en jij?'

Hij nam een trekje van zijn sigaret. Ik hoorde het en zag het voor me. Joshua Kwakkel op de ringweg in zijn witte bestelbus met een shagje in zijn hand.

'Ook in Amsterdam,' zei ik na een korte aarzeling.

'Echt waar? Waar dan?'

'In Amsterdam-Zuid.'

'En dat zeg je me nu pas!' riep hij uit.

'Ben jij soms met Pasen geboren?' vroeg ik.

'Hoezo?'

'Je bent altijd zo vrolijk.'

Hij lachte. 'Ga je me nog uitnodigen?' vroeg hij toen.

'Wil je me zien dan?' plaagde ik hem.

'Ja, mevrouw. Alstublieft.'

'Tja,' zei ik langzaam. Kofi zou voorlopig niet terug zijn. 'Je zou hier een kopje koffie kunnen komen drinken.'

'Waar is hier?'

'Op de Willemsparkweg, in de woning van een vriend.'

'Ik zal maar niet vragen wat je daar doet,' zei hij gevat.

Ik gaf hem het huisnummer. Hij kon er met tien minuten zijn. We hingen op. Zenuwachtig kwam ik overeind. Wat er ook gebeurde, Joshua mocht niets aan me merken. Waarschijnlijk zag ik lijkwit, ik moest me een beetje opmaken. Met mijn tas onder mijn arm liep ik naar de badkamer.

De verslaggever was er als de kippen bij.

- Wat bezielt u, Mevrouw De Wit?
- Ga toch weg. Waar bemoei je je mee?
- U hebt net met gemeenschapsgeld een kindje laten weghalen. Dat is nauwelijks drie uur geleden. En nu maakt u alweer een afspraak met een van uw vriendjes?
- Dat zijn jouw zaken niet.
- Ik dacht het wel.
- Haal de microfoon uit mijn gezicht.
- Geeft u eerst eens antwoord op de vraag.
- Wat was de vraag?
- Het is toch schandalig wat u doet, waar of niet?
- Hoezo? Ik ben alleen. Ik voel me rot. Heb jij dat nooit? Dat je behoefte hebt aan de aanwezigheid van een ander mens, aan warmte, aan troost?
- Wat bent u met hem van plan?
- Weer zo'n insinuerende vraag. Ik ga hem gebrui-ken, daarna gooi ik hem weg, nou goed?
- Voor het eerst bent u eerlijk.
- Ga je slimme vragen aan iemand anders stellen. Aan Joshua bij voorbeeld. Ik dwing hem niet. Hij zoekt me zelf op. Waarom doet hij dat, denk je? Zou daar ook niet een ietsepietsje eigenbelang bij zitten?
- Dus omdat hij een egoïst is, mag u dat ook zijn?
- Binnen de grenzen van de wet mag ik alles, mijn-heer.

Joshua zag er beestachtig goed uit. Hij had een donkerblauwe overall aan met grote, zwarte werkschoenen eronder. Zijn haar was gemilli-meterd en erg blond. Tim moest altijd een kwartier aan de ijzeren long als hij de trappen van de Willemsparkweg had beklommen, Joshua kwam binnen alsof hij zo uit de lift stapte.

'Hé,' zei hij.

We zoenden elkaar op beide wangen, een beetje verlegen ineens.

Alison Moyet zong *I go weak in the presence of beauty*, de tekst van dat nummer is mij op het lijf geschreven. Mooie mannen maken mij week. Niet een beetje week. Heel erg week. Mooie mannen kunnen mij met een natte vinger lijmen. Het is maar goed dat mooie mannen niet ten volle beseffen wat ze zich allemaal zouden kunnen permitteren bij sommige vrouwen.

'Koffie?' vroeg ik.

'Daar kwam ik voor.' Hij trok zijn schoenen uit en zette ze bij de deur.

Dat lichaam van hem. Zo breed, zo overweldigend mannelijk. En dat ik intussen maar moest doen alsof het heel gewoon was dat het in Kofi's woning rondstapte.

We gingen naar de keuken.

'Verzamelt die vriend van jou koelkasten of zo?' vroeg Joshua.

'Hij handelt erin,' legde ik uit. 'Het is een Ghanees, hij heet Kofi.'

'Goeie handel,' zei Joshua, terwijl hij om zich heen keek. 'Een Arclinea-keuken, die zijn niet te betalen, man.'

'Hoe weet jij dat nou weer?' vroeg ik.

'Monique wil een nieuwe keuken,' zuchtte hij. 'Ze legt elke avond een catalogus voor me klaar: Poggenpohl, Bulthaup, al die design-shit. Als zij eenmaal iets in haar hoofd heeft...'

Ik schonk twee koppen koffie in. Joshua bestudeerde de broodbak-machine, hij zag niet dat mijn handen trilden.

'Gaat het goed met Monique?'

'Zekers. Ze loopt op alle dag.'

Natuurlijk, ze was zwanger.

'Suiker, melk?'

'Alles.'

Ik gaf hem zijn kop, we liepen tussen de koelkasten door naar de woonkamer.

'Die keuken is nog van Kofi's ex,' legde ik uit. 'En de woning ook. Die heeft hij in onderhuur. Zij heeft hem verlaten voor een ander.'

Joshua nam de mededelingen ter kennisgeving aan.

We gingen naast elkaar op de bank zitten.

'Waar is hij nu?' vroeg Joshua.

'Een koelkast ophalen in Noord,' zei ik. 'Hij heeft mijn auto geleend.'

'Aha. En hij kan elk moment terugkomen?'

'Nee, voorlopig is hij nog wel even bezig.'

Joshua nam een slok koffie.

'Je bent nooit meer online,' zei hij. 'Chat je niet meer?'

'Eigenlijk niet, nee. Jij wel?' vroeg ik.

Hij knikte. 'Video-chat en zo, best gaaf. Je komt de gekste types tegen.'

'Met wie chat je dan?'

Hij lachte verlegen. 'Vooral met vrouwen. Maar soms weet je het niet, dan vraagt iemand een gesprek met je aan en dan blijkt het ineens een man te zijn.'

'En dan?'

'Nou... eh.... dan is het meestal nog een homo ook, die wijdbeens, zonder slip voor zijn webcam zit.'

'Dat meen je niet,' riep ik uit.

Hij knikte ernstig.

'Klik je die gelijk weg?'

'Dat is wel heel bot,' zei hij. 'Meestal praat ik even kort, over ditjes en datjes en daarna ga ik weer verder.'

Mr. Cute nam de etiquette in acht. Zo lief.

'Gaat het goed met jou?' vroeg Josh. 'Je ziet een beetje pips.'

Ik werd rood. 'Net ziek geweest... griep....'

'Je gaat me niet aansteken, hè?'

'Dat zou ik nooit doen, dat weet je toch?'

'Hm,' zei Joshua.

We keken elkaar aan. Er ontstond een magnetisch veld tussen zijn gezicht en het mijne. Als vanzelf werden we dichter naar elkaar toe getrokken.

'Ik heb je lang niet gezien,' zei ik. 'De laatste keer was in Zwolle. En de keer daarvoor...'

'...was in jouw garage,' vulde Joshua aan.

Hij had lachrimpeltjes. Nu al. Omdat hij geen grammetje vet had waarschijnlijk.

'Dat was schandalig,' zei ik.

'Inderdaad,' beaamde hij. 'Mogen we nooit meer doen.'

Ineens zaten er twee hele stoute kinderen op de bank.

'Volgens mij had ik nog wat af te maken,' herinnerde Joshua zich.

'O ja?' Ik trok mijn wenkbrauwen hoog op. 'Ik weet van niks.'

'Jawel,' zei hij, terwijl hij zijn koffie wegzette. 'Dat weet u nog heel goed, mevrouw. Alles wat u me schenkt, is te leen. U krijgt het met rente terug.'

Ik dronk snel mijn koffie op.

Joshua pakte het lege kopje uit mijn handen en zette het weg.

'Zo,' zei hij. Het klonk dreigend.

Hij ging me zoenen, wist ik. Wilde ik.

Joshua trok me naar zich toe. Plagerig streelden zijn lippen de mijne. Hij kuste me licht, beet zachtjes in mijn onderlip, deinsde een stukje terug en begon opnieuw. Zijn hand gleed in mijn nek, woelde door mijn haar. Hij trok me steviger tegen zich aan. Ik voelde me een jong vogeltje dat de nabijheid van voedsel gewaarwordt. Mijn mond ging hunkerend open. In de verte hoorde ik de verslaggever een kreet van ontzetting slaken.

Joshua's tong drong tussen mijn tanden.

Hij was net zo hongerig als ik.

Ik wilde de overall van zijn schouders duwen, ik wilde zijn blote vel zien, zijn borstkas voelen, zijn sixpack...

Hij was me voor. Met twee handen pakte hij mijn shirt en trok het omhoog.

Net te laat realiseerde ik me wat er te voorschijn zou komen.

Fuck. Hopelijk ontging het hem.

'Apart hemd heb je aan,' mompelde hij.

'Schatje,' zei ik, terwijl ik een stukje opzij schoof. Ik trok mijn shirt weer naar beneden en stond op. 'Kom mee.'

Ik reikte hem de hand. Als een hondje liep hij met me mee.

In de slaapkamer ging ik op de rand van het bed zitten. 'Blijf staan,' zei ik tegen Joshua.

Hij deed het en keek me afwachtend aan.

'Ik heb bedacht wat je me mag me schenken,' zei ik. 'Het is heel simpel. Kleed je uit.'

'Pardon?'

'Je hoorde me wel. Kleed je uit. Helemaal.'

Ik rechtte mijn rug en sloeg mijn armen over elkaar.

Dominantie is een kwestie van overwicht, van uitstraling, van lichaamstaal. Als je zelf gelooft dat je de baas bent, gelooft de hond het ook.

Joshua liet zijn overall van zijn schouders glijden.

Er kwam een wit T-shirt te voorschijn.

'Ook uit?'

'Wat heb ik nou gezegd?'

Tergend traag trok hij het shirt over zijn hoofd, totdat hij met ontbloot bovenlijf naast het bed stond.

Ik knipperde een paar keer met mijn ogen, ging op mijn zij liggen, vleide mijn hoofd tegen het kussen. De troost van schoonheid.

'Perfect,' zei ik. 'Nu de rest.'

Hij trok de overall over zijn billen naar beneden. Josh droeg een strakke onderbroek met pijpjes. Aan zijn erectie te zien, beviel de onderdanige rol hem goed.

Hij bukte. Zijn sokken gingen uit.

Nu zijn onderbroek nog. Hij keek me aarzelend aan.

'Uit.'

Hij rolde zijn onderbroek af.

Spiernaakt stond hij voor het bed. Zijn geslacht sprong het meest in het oog. Hard, licht trillend, uitstekend als een aparte entiteit.

De bekende, hunkerende scheut ging door mijn onderbuik. Het werkte nog.

Zijn armen hingen werkloos langs zijn lichaam.

'Pak hem maar,' moedigde ik hem aan.

Joshua legde zijn rechterhand om zijn penis. Ik keek naar de dikke, donkerblauwe aderen die over zijn hand liepen. Hij begon te bewegen. Hij trok aan zijn eigen geslacht. Speeksel liep in mijn mond, ik slikte het weg. Tussen mijn benen, achter het maand-verband, verspreidde zich een aangename warmte.

Life goes on.

Ik hield mijn adem in. Joshua's mond was een stukje opengezakt, een gloed van opwinding lag over zijn wangen. Zijn hand bewoog op en neer in een voor hem bekend ritme. Hij sloot zijn ogen.

'Niet dichtdoen, blijven kijken,' zei ik snel.

Joshua strekte zijn vingers in mijn richting.

'Doe ook eens wat uit,' vroeg hij smekend.

Ik schudde mijn hoofd en duwde zijn arm weg.

Voortaan zou ik me aan de regels houden. Misschien kwam er een nieuwe regel bij. Geen penetratie meer. Zou ik het volhouden?

'Wil jij echt niet?'

'Nee. Ga nou maar door.'

Joshua gaf zich gewonnen. Zijn hand ging sneller op en neer, hij begon te kreunen.

Mijn god, wat was hij mooi! Ik wilde hem aanraken, heel even maar. Als in trance kwam ik overeind. Ik ging op mijn knieën op bed zitten en nam zijn penis van hem over.

Verrast keek hij naar beneden.

Met lange, gulle halen trok ik hem af. Mijn linkerhand gleed onder zijn ballen en kneedde ze. Joshua huiverde.

'Blijf me aankijken,' commandeerde ik.

Hij legde zijn linkerhand op mijn schouder. Ik liet het toe.

Het zou niet lang meer duren. Zijn groene ogen werden don-kerder. Zijn gezicht stond strak. Ik zag jeugd, ik zag overmoed en onschuld, ik zag alles wat ik zou verliezen of misschien al verloren had. Ik dacht aan de vrouwen in de wachtkamer van MR 70, ik dacht aan Margareth, aan het knappe meisje met de dreadlocks, aan de vrouw met de hoofddoek en de puber met de Harry Potter-rugzak. Plezier was gevolgd door pijn. Pijn moest gevolgd door plezier.

Na één, twee minuten begon Joshua te kreunen. Zijn ademhaling werd snel en oppervlakkig.

Hij verkrampte, kreunde luider.
'Zeg mijn naam als je komt,' zei ik.
Ik liet zijn ballen los en tilde snel mijn shirt op.
Zijn ogen boorden zich in de mijne. Zijn mond opende zich.
Hij stootte mijn naam uit, twee, drie keer.
Zijn zaad spritste over de blauwe bloemetjes.

Kofi's lied

Baby gjaiesoe mengjengje
Wo so wo je bone a menka
Me de beko abrokjera
Mengjengje wo so

Huil niet meer, mijn kind, ik hou je vast
Ik zeg niets als je stout bent
Ik neem je mee naar het buitenland
Huil maar niet meer

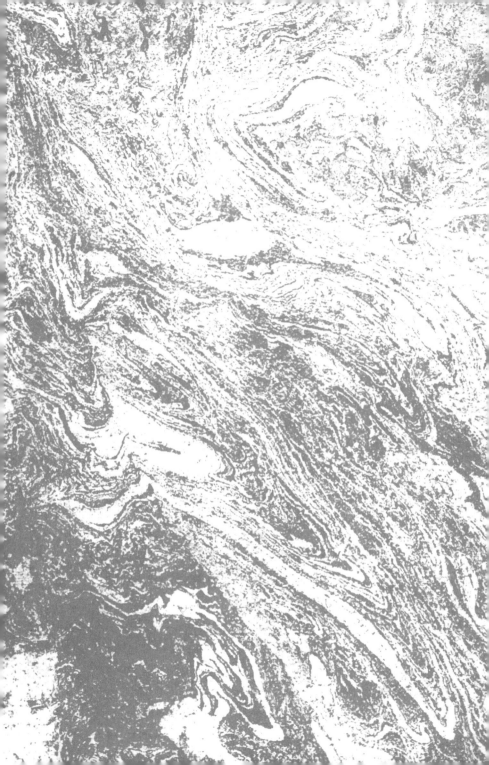